KB052635

하이디

걸 클래식 컬렉션

HEIDI

하이디

요한나 슈피리 지음 · 이경아 옮김

윌북

일러두기

1. 이 책의 번역 대본은 Puffin Books의 『The Puffin in Bloom Collection』을 사용하였습니다.
2. 표지에 쓰인 그림과 제목 서체는 모두 애나 본드의 작품입니다.

HEIDI by Johanna Spyri

Cover illustration © 2014 by Anna Bond of Rifle Paper Co.

All rights reserved.

This cover image licensed to Will Books Publishing Co. in 2019 by arrangement with Puffin Books, an imprint of Penguin Young Readers Group, a division of Penguin Random House LLC through KCC(Korea Copyright Center Inc.), Seoul.

◆ 차례 ◆

날이 밝으면
즐거운 일이 일어날지도 몰라

◆

조경란(소설가)

옛날 집 안방에 다락이 있었다. 벽에 달린 키 높이쯤의 문손잡이를 당겨 열고 네댓 개의 나무 계단을 올라가면 집 안의 온갖 잡동사니를 쌓아둔 어두컴컴한 공간이 나왔다. 어째서인가 학교생활에 잘 적응하지 못했던 나는 초등학교 하교 후 꽤 많은 시간을 다락에서 보냈다. 잡동사니 중에는 신기한 것들이 많았다. 아버지 어머니가 쓰던 라디오, 난로, 선풍기, 태엽 시계, 각종 천들과 헝겊 인형들, 그리고 우리 집에 살던 삼촌과 이모가 사주었거나 남겨두고 간 세계 문학 전집들과 동화책들.

　중요한 것들을 알아차리고 중요해지는 것이 생겨나기 시작하는 나이였다. 나는 그 다락에서 책을 읽기 시작했다. 『빨강 머리 앤』과 『작은 아씨들』, 『작은 공주 세라』, 『비밀의 정원』

등을 읽었다. 『하이디』를 읽을 때는 자매들을 불러 함께 읽고 또 읽었다. 자매들은 우리가 왜 『하이디』를 몇 번이고 다시 읽는지에 대해서 이야기했다.

하이디가 클라라의 프랑크푸르트 대저택에서 산 위의 할아버지 집으로 돌아오게 됐을 때, 페터의 눈먼 할머니에게 희고 부드러운 롤빵을 가져다드릴 때, 클라라가 걷게 되었을 때의 감동적이고 뭉클했던 순간에 대해서도. 그 모든 기억들이 이 책을 새로 읽기 전 그저 어린아이의 눈으로 본 '동화'였기 때문일 거라고 여겼다. 그 후로 수십 년이 흐른 요즘, 같은 장면에서 혹은 "하이디는 마침내 집으로 돌아왔다"라는 문장에서, 나는 시간이 흘러도 변하지 않는 마음의 움직임을 느끼곤 깜짝 놀랐다.

어른이 되어 다시 만난 '하이디'는 어린 나이임에도 불구하고 알프스 산 위의 통나무집에 처음 온 순간 자신이 살아야 할 곳이 어디인지, 자신에게 잘 맞는 공간이 어디인지를 벌써 알아차린 듯 보인다. 전나무들 사이로 바람이 휙 지나가는 소리가 들리고 별들이 환하게 반짝거리는, 신선한 공기와 염소들과 꽃들, 그리고 가족과 친구와 이웃들이 있는 곳. 내가 살아야 할, 살고 싶은 '장소'를 알아차리고 발견하는 것은 어쩌면 생의 가장 중요한 일일지도 모른다. 어떤 어른들에게는 그게 삶의 큰일이기도 하다. 하이디는 그 점을 일찍 알아차렸고 그래서 클라라와 그 가족들이 아무리 도움을 주려고 해도 "목에 커다란 돌이 들어가 있는 것"처럼 병이 들 만큼 할아버지의 통나무 집으로, 자연으로 돌아가고 싶어했던 건 아닐까. 자신의 존재를 자유롭게 풀어놓을 수 있는 완벽한 장소로.

하이디는 마침내 집으로 돌아왔다.

그러자 하이디를 둘러싼 많은 것들이 변한다. 할아버지는 삶에 생기를 얻고 페터의 눈먼 할머니는 슬픔에 잠겨 지냈지만 "날이 밝으면 즐거운 일이 일어날지도 모른다"고 기대한다. 딸을 잃은 의사는 "다시 한번 힘내서 살아보는 것도 좋을 것 같다"고 생각하고, 클라라는 건강을 찾고 클라라의 아버지 제제만 씨는 '진정한 행복'이 무엇인지 깨닫게 된다. 자신이 원하는 것이 무엇인지 알고 그것을 위해 실제로 행동할 수 있는 어린 소녀 하이디가 페터의 할머니에게 "자신의 빛으로 우리를 따스하고 환하게 비추네"라는 성경 구절을 읽어줄 때 그 주체인 태양이 주변 사람들에게는 하이디 자신이 된다는 걸, 이 작고 생기 넘치는 소녀는 알까?

어릴 적 읽은 어떤 책은 내내 가슴에 심은 묘목처럼 자란다. 『하이디』는 흰 빵이 든 바구니를 들고 이웃 할머니에게 염소처럼 뛰어가는 모습으로 오랫동안 내 가슴에 남았고 그 흰 빵을 나누어 먹는 일, 그것은 외롭거나 마음을 다친 날 누군가 선의로 내미는 손처럼 따뜻한 감각으로 살아 있다. 지금 내가 빵을 굽고 글을 쓰는 일도 그것과 무관하지 않을 것이다. 나와 타인을 위해 스스로 무언가를 '하고' 그것을 '나누고' 싶은 욕망 때문이었는지도. 그때나 지금이나 하이디는 맑고 총명한 목소리로 우리에게 이렇게 말한다. "아직 낙담하지 마세요"라고.

　이 책『하이디』를 가능한 한 권 이상 갖고 싶다. little girl 에서 이제 older girl이 되어가는 주변 사람들과 나 자신에게 마음의 평화와 위로를 주는 선물로.

저 산 위로

아기자기한 스위스의 작은 마을 마이엔펠트는 저 아래 골짜기 위로 바위 봉우리들이 음울한 표정으로 우뚝 솟은 산줄기 기슭에 자리 잡고 있다. 마을을 지나면 오솔길이 꼬불거리며 완만하게 산으로 이어진다. 산 아래 비탈은 풀이 듬성듬성하지만, 더 높은 곳에 펼쳐진 비옥한 목초지에서 실려 날아온 꽃향기로 사방이 향긋하다.

햇볕이 쨍쨍한 6월의 어느 아침, 키가 크고 체격이 다부진 젊은 여자가 그 오솔길을 오르고 있었다. 여자는 한 손으로 꾸러미를 들고 다른 손으로 다섯 살가량 된 여자아이의 손을 잡고 있었다. 햇볕에 탄 아이의 두 볼이 발갛게 달아올랐다. 놀랄 일도 아닌 것이 태양이 뜨거운데 아이는 한겨울처럼 옷을 잔뜩 껴입고 있었다. 아이가 어떻게 생겼는지 잘 보이지도 않았다. 원피스를 두 벌이나 껴입은 데다 커다란 빨간색 스카프를 두 번이나 목에 빙빙 둘러 감았기 때문이다. 그 모습은 마치 징이 박힌 부츠를 신고 산을 터덜터덜 걸어 올라가는 볼품없는 옷보따리 같았다.

산길을 한 시간 정도 걸었을까. 두 사람은 산 중턱에 자리 잡은 작은 마을에 도착했다. 그 마을의 이름은 되르플리였다. 이곳은 아이를 데리고 온 여자의 고향이었다. 마을로 접어들자 집집마다 사람들이 그녀에게 인사를 했다. 여자는 별다른 대꾸도 하지 않은 채 발걸음을 재촉해 길 끄트머리 집 앞에 멈추어 섰다. 바로 그때 그 집에서 여자를 부르는 목소리가 들렸다. "조금만 기다려, 데테." 그 집의 누군가가 소리쳤다. "산에 오를 거면 나도 같이 가."

데테라고 불린 여자는 가만히 서 있었다. 여자아이는 잡혀 있던 손을 빼고 땅바닥에 털썩 주저앉았다.

"힘드니, 하이디?" 데테가 아이에게 물었다.

"아니. 그런데 너무 더워." 아이가 대답했다.

"금방 도착할 거야. 쉬지 않고 계속 걸으면 돼. 네가 얼마나 성큼성큼 걸을 수 있는지 한번 보자. 그러면 한 시간이면 도착할 테니까."

바로 그때 통통하고 인상이 좋은 여자가 집에서 나와 두 사람에게 다가왔다. 여자아이가 벌떡 일어나서 앞서가는 두 어른을 따라가기 시작했다. 두 사람은 되르플리와 인근에 사는 사람들의 안부로 수다 꽃을 피우기 바빴다.

"저 애를 데리고 어디 가는 거야, 데테?" 따라나선 마을 여자가 잠시 후 이렇게 물었다. "혹시 쟤, 죽은 네 언니가 남기고 간 딸이니?"

"그래." 데테가 대답했다. "지금 이 아이를 삼촌에게 데리고 가는 거야. 이제부터 그 집에서 살아야 하거든."

"뭐? 알프스 삼촌과 산에서 살아야 한다고? 너 미쳤구나! 어떻게 그런 생각을 할 수 있어? 하기야 네가 애를 맡아달라고 해도 영감님이 금방 쫓아낼 거야."

"왜 그러겠어? 아이의 할아버지잖아. 지금이야말로 할아버지로서 아이를 위해 뭔가를 할 때야. 지금까지 내가 이 아이를 키웠잖아. 말이 나왔으니 말인데, 얘 때문에 얼마 전에 들어온 좋은 일자리를 내팽개칠 수는 없어. 명색이 할아버지라면 도리를 해야지."

"삼촌이 평범한 사람이라면 무슨 문제겠니." 바르벨이 대꾸했다. "하지만 너도 그 영감님이 어떤 사람인지 알잖아. 아이를 보는 일에 대해 뭘 알겠니. 게다가 이렇게 어린아이를? 얘는 분명 산에서는 견디지 못할 거야. 그나저나 그 일자리는 어디에 있는 거야?"

"독일." 데테가 대답했다. "프랑크푸르트에 사는 훌륭한 집안에서 일하는 근사한 자리야. 내가 라가츠에 있는 어느 호텔에서 객실 청소부로 일했잖아. 지난여름에 이 가족이 호텔에서 지냈거든. 내가 담당하는 층의 객실을 몇 개 빌려서. 그 가족이 집으로 돌아가면서 내게 같이 가자고 했지만 그럴 수가 없었어. 이번 여름에 그 가족이 다시 왔는데, 또 같이 가자고 하더라. 그래서 이번에는 꼭 가려고 해."

"맙소사, 내가 저 가여운 아이가 아니라서 다행이야." 바르벨이 암담하다는 듯 양손을 하늘로 들어 올리며 말했다. "삼촌이 왜 그러는지 아무도 몰라. 삼촌도 다른 사람들 일에 전혀 관심 없고. 몇 년째 교회에는 발도 들이지 않았다니까. 자주 있는 일은 아니지만 어쩌다 삼촌이 지팡이를 짚고 산에서 내려오면 마을 사람들이 슬금슬금 피해. 영감님만 보면 겁에 질려서 몸이 굳어버린다니까. 송충이같이 허연 눈썹에 무지막지하게 난 턱수염을 보면 어쩌나 무서운지. 이 산에서 절대 혼자 만나고 싶지 않은 사람이 있다면 삼촌 같은 사람이야."

"그렇기는 하지. 하지만 이제부터 삼촌이 손녀를 직접 키워야 해. 게다가 저 애에게 안 좋은 일이 생기면 그건 다 삼촌 탓이야, 내 탓이 아니고."

"산에서 혼자 살면서 아랫마을과는 통 왕래가 없다니, 무슨 양심에 켕기는 일을 한 걸까?" 바르벨이 궁금해했다. "마을에 온갖 소문이 다 돌아. 너는 무슨 일이 있었는지 알지? 네 언니가 시아버지에 대해서 말해줬을 테니까, 그렇지?"

"그래, 그렇기는 해. 하지만 그 이야기를 옮기지는 않을 거야. 내가 이야기를 했다는 소문이 삼촌 귀에 들어가기라도 하면 나는 혼이 날 거야."

하지만 바르벨은 그 노인에 대해 뭔가 알아낼 수 있는 둘도 없는 기회를 놓치고 싶지 않았다. 그녀는 원래 골짜기 아래에 있는 프래티가우 마을 출신인데, 결혼을 한 후 얼마 전부터 되르플리에 살게 되었다. 그래서 이웃에 대해 알고 싶은 일들이 많았다. 그녀는 노인이 은둔자처럼 산 위에 홀로 사는 이유가 궁금해 죽을 지경이었다. 게다가 마을 사람들이 다른 사람들에 대해서는 잘도 떠들면서 왜 유독 그 노인에 대해서만은 입을 꽁꽁 다무는지도 궁금했다. 마을 사람들은 노인을 마뜩잖게 생각했다. 그것은 확실했다. 그러면서도 노인을 흉보는 일도 두려워하는 것 같았다. 그리고 왜 그 노인을 '알프스 삼촌'이라고 부르는지 의문이었다. 마을 주민 모두의 삼촌일 리 없지 않은가. 그런데도 누구나 그를 알프스 삼촌이라고 불렀다. 바르벨 자신도 그렇게 부를 정도였다. 지금 함께 산에 오르는 여자는 친구 데테였다. 그녀로 말하자면 그 노인과 친척이며 1년 전까지만 해도 평생 되르플리에서 산 토박이였다. 1년 전 데테는 어머니가 돌아가시자 라가츠의 큰 호텔에서 좋은 일자리를 구했다. 그녀는 이날 아침 하이디와 함께 라가츠 호텔에서 출발했고 마이엔펠트까지는 건초 수레를 타고 왔다.

바르벨은 친구의 팔짱을 끼며 살살 구슬렸다. "너라면 적어도 사람들이 하는 말이 사실인지, 어디까지 헛소문인지 정도는 말해줄 수 있잖아. 자, 어서 털어놔. 왜 그 영감님이 마을 사람들에게 등을 돌리게 된 거야? 왜 사람들은 그 영감님을 무서워하는 거고? 그분은 원래 그랬어?"

"나도 잘 몰라. 나는 고작 스물여섯 살이고 영감님은 일흔이 넘었을 테니까. 그래서 젊은 시절에 어땠는지 잘 몰라. 그렇지만 네가 프래티가우에 가서 떠벌리지 않겠다고 약속하면 삼촌에 대해 이것저것 말해줄 수도 있어. 삼촌과 돌아가신 내 어머니 모두 돔레슈크 출신이거든."

"어머 데테, 너는 나를 뭐로 생각하는 거니?" 바르벨이 기분이 살짝 상한 듯 말했다. "우리 프래티가우 사람들은 그렇게까지 남의 험담을 해대지 않아. 다른 사람은 몰라도 나는 마음만 먹으면 절대 소문을 내지 않는 사람이라고. 어서 말해줘. 네가 해준 이야기를 남에게 옮기지 않겠다고 약속할게."

"그렇게까지 말한다면 알았어. 그 대신 절대 소문내면 안 돼!"

데테는 하이디에게 자신의 말이 들릴까 봐 주위를 둘러보았다. 그런데 아이가 보이지 않았다. 아이는 그곳까지 오던 중 어딘가에서 두 사람을 놓친 게 분명했다. 두 사람이 수다를 떠느라 미처 알아차리지 못한 것이다. 데테는 우뚝 멈춰 서서 사방을 둘러보았다. 지금까지 올라온 오솔길이 꼬불꼬불 이어져 있었다. 되르플리까지 길이 한눈에 들어왔지만 사람의 형체는 어디서도 보이지 않았다.

"아! 저기 있어." 느닷없이 바르벨이 소리쳤다. "저기 있는 데 안 보이니?" 그녀는 저 아래 보이는 작은 형체를 가리켰다. "봐, 페터와 염소들과 함께 산비탈을 올라오고 있잖아. 오늘따라 페터가 염소들을 왜 이렇게 늦게 몰고 오나 했더니. 저 애가 하이디를 잘 봐줄 거야. 그러니까 너는 얼른 이야기나 해봐."

"페터가 신경 쓸 필요도 없어." 데테가 말했다. "하이디는 다섯 살이지만 자기 앞가림은 하거든. 애가 아주 똘똘해. 힘든 상황도 잘 헤쳐나갈 거야. 통나무집 한 채와 염소 두 마리가 삼촌의 전 재산인 걸 생각하면 다행이지 뭐야."

"예전에는 부자였다며?" 바르벨이 물었다.

"그랬던 것 같아. 돔레슈크에서 제일 좋은 농장의 아들이었거든. 삼촌은 그 집의 장남이고 남동생이 한 명 있었는데, 그 남동생은 말수가 없고 점잖은 사람이었대. 그런데 삼촌은 겉멋이 들어서 자기가 돈 많은 상류층 사람이라도 되는 것처럼 여기저기 놀러다니기 시작한 거야. 결국 나쁜 친구들을 사귀고 술과 도박으로 농장을 모두 날려버렸지. 삼촌의 부모님이 돌아가셨는데, 그 소식을 듣고 말 그대로 너무 망신스럽고 서러워서 돌아가신 거래. 당연히 남동생도 알거지가 되었어. 그 사람은 마을을 떠났는데, 어디로 갔는지 아무도 몰라. 그리고 누구도 소식을 듣지 못했어. 그 후로 삼촌도 자취를 감췄어. 남은 거라고는 망신뿐이었어. 삼촌의 행방을 아무도 몰랐지. 그런데 얼마 후 군대에 들어가서 나폴리에 있다는 소문이 들려왔대. 그 후로 12년이나 15년 동안 더 이상 소식이 들리지 않았어." 데테는 점점 신이 나서 이야기를 했다. "그래서?" 바르벨이 숨도 제대로 쉬지 못하며 재촉했다.

"그러던 어느 날 삼촌이 어린 아들을 데리고 돔레슈크에 불쑥 나타난 거야. 친척들에게 자기 아들을 돌봐달라고 했어. 하지만 약속이나 한 듯 모두 등을 돌렸지. 다들 삼촌과 상종도 하고 싶지 않았거든."

"어휴!" 바르벨의 입에서 휘파람 같은 탄식이 새어나왔다.

"삼촌은 화가 잔뜩 나서 다시는 그 마을에 발도 들이지 않겠다고 맹세를 했어. 그러고선 아들을 데리고 되르플리 마을에 와서 살았어. 그 아이가 바로 토비야스야. 사람들은 삼촌이 남쪽에서 여자를 만나 결혼을 했을 거라고 짐작했어. 아무도 정확한 사실은 모르는데, 얼마 후 아내가 죽었대. 삼촌은 돈을 조금 모았어. 토비야스를 목수의 견습생으로 보낼 수 있을 정도로. 토비야스는 착했어. 마을 사람들이 다 좋아했지! 하지만 알프스 삼촌은 누구에게도 신망을 얻지 못했어. 삼촌이 나폴리 군대에서 탈영을 했다는 말도 있어. 사람을 죽였는데, 그 일로 벌을 받지 않으려고 말이야. 있잖아, 전투 중이었던 것도 아니고 그냥 치고받고 싸우다가 그랬대. 너도 알 만하지? 그런 사정이 있었지만 우리는 삼촌을 가족으로 받아들였어. 실은 삼촌의 할머니와 우리 엄마의 할머니가 자매였어. 그래서 우리가 그 영감님을 삼촌이라고 부르는 거야. 그리고 되르플리 마을 사람들은 알고 보면 이렇게 저렇게 다 친척 사이잖아. 그래서 마을 사람들도 삼촌이라고 부르게 됐어. 얼마 후에 삼촌이 알프스 산으로 올라가 버렸잖아. 그래서 알프스 삼촌이라고 부르게 된 거야."

"그러면 토비야스는 어쩌다가 그렇게 되었어?" 이야기에 흠뻑 빠진 바르벨이 대뜸 물었다.

"너무 서두르지 마! 지금부터 들려줄 테니까." 데테가 친구를 쏘아붙였다. "토비야스는 멜스에 있는 목수 밑으로 들어가 견습 생활을 시작했어. 기술을 익힌 후에는 곧장 되르플리로 돌아와 내 언니인 아델하이트와 결혼을 했지. 두 사람은 전부터 서로에게 호감을 가지고 있었거든. 부부로서 행복한 삶을 시작했지만, 행복은 오래가지 못했어. 토비야스가 집 짓는 일을 돕다가 떨어지는 들보에 맞아 그만 세상을 뜬 거야. 결혼한 지 2년 만이었지. 가여운 아델하이트 언니는 집에 들려온 남편의 시신을 보자마자 엄청난 충격을 받았어. 열병에 걸리더니 다시는 걷지 못하게 되었지. 언니는 원래도 몸이 건강하지 않았거든. 형부가 죽은 후로 언니는 깨어 있는지 잠들어 있는지 구분이 안 되는 이상한 발작 증세를 계속 일으켰어. 결국 몇 주 후에 언니도 남편의 뒤를 따르고 말았어. 그런데 이 일로 또 사람들이 수군대기 시작한 거야. 젊은 시절 삼촌이 망나니로 살아서 벌을 받은 거라고 했지. 삼촌의 면전에 대고 그런 소리를 했다니까. 목사님은 목사님대로 삼촌에게 속죄하고 양심의 가책 없이 살라고 했고. 삼촌은 그 일로 노발대발했고 결국 전보다 더 어둡고 우울한 사람이 되고 말았어. 목사님이 삼촌을 찾아간 후로 사람들과의 왕래를 완전히 끊었지. 그러니까 마을 사람들도 삼촌을 슬슬 피하게 된 거야. 그러던 어느 날 삼촌이 산 위로 올라가 버리고, 마을에 다시는 내려오지 않을 거라는 소문이 돌았어. 정말로 삼촌은 지금까지 거기서 살고 있어. 사람들 말마따나 하느님에게도, 사람들에게도 등을 돌리고. 엄마와 나는 언니의 딸을 데려와 키우게 되었어. 언니 부부가 죽었을 때 하이디는 고작 한 살이었어. 그러다 지난여름 엄마가 돌아가셨고 나는 도시에서 일자리를 알아보기 시작했어. 얼마 후 나는 하이디를 데리고 페퍼저도르프에 가서 우르술라 할머니에게 아이를 맡기고 일을 했어. 그 덕에 어떻게든 겨울까지 도시에서 일을 할 수 있었던 거야. 내가 바느질 솜씨가 좋잖아. 그곳에는 항상 바느질이나 옷을 수선해야 하는 사람들이 있어. 그런데 프랑크푸르트에서 왔던 그 가족이 올해 초에 또 호텔에

묵었어. 작년에 내가 시중을 들었던 사람들 말이야. 아까도 말했지만, 그 가족은 이번에야말로 나를 데려가고 싶어해. 그분들은 내일모레 집으로 돌아가. 장담하는데, 일류급 일자리야."

"그렇다고 이런 식으로 영감님에게 애를 맡긴다고? 어떻게 그런 생각을 할 수 있어, 데테?" 바르벨은 친구를 나무라듯 말했다.

"그럼 내가 어떻게 해야겠니?" 데테도 발끈했다. "지금까지 나름대로 최선을 다했어. 다섯 살짜리 애를 데리고 그 일을 맡을 수는 없어. 봐, 삼촌 집까지 반이나 올라왔어." 데테가 말했다. "바르벨, 너 어디 가니?"

"페터의 어머니를 만나봐야 해. 아주머니가 내가 겨울에 쓸 실을 갖고 있거든. 여기서 헤어져야겠다. 잘 가, 데테. 행운을 빌어."

데테는 그 자리에 서서 친구가 갈색 오두막으로 걸어가는 모습을 바라보았다. 그 집은 길에서 몇 미터 떨어진 움푹 들어간 작은 터에 있었다. 워낙 허름한 집이라 움푹 꺼진 곳에 있어 거센 산바람을 그대로 맞지 않아도 되니 다행이긴 했다. 하지만 사람이 살기에 너무 낡은 곳이라는 사실은 변함이 없었다. 바람이 불 때마다 문이며 창문이 덜컹거리고 군데군데 썩은 낡은 들보들이 끼익끼익 비명을 질렀다. 움푹 들어가 바람을 피할 수 있는 곳이 아니었다면 벌써 저 아래 골짜기로 날아갔을 것이다.

이 오두막이 염소를 치는 페터의 집이었다. 열한 살인 페터는 아침마다 되르플리 마을로 내려가 염소들을 몰고 산으로 올라왔다. 그리고 염소들을 산 위의 향기로운 목초지로 데려가 종일 풀을 뜯게 했다. 날이 저물면 재빠르게 산을 내려가 염소들을 마을로 데려다주었다. 마을에 도착하면 손가락을 입에 대고 날카로운 휘파람 소리를 냈다. 그러면 주인들이 나와서 자기 염소들을 데리고 갔다. 대개 휘파람 소리에 나오는 사람들은 어린아이들이었다. 염소들은 얌전해서 어린아이들도 겁을 내지 않았다.

페터가 다른 아이들을 만날 수 있는 때는 이렇게 매일 염소를 치는 여름뿐이었다. 1년 중 다른 계절에 페터의 친구라고는 염소들뿐이었다. 엄마와 앞이 보이지 않는 할머니와 같이 살지만, 가족과 집에서 함께 보내는 시간은 거의 없다시피 했다. 페터는 빵 한 조각과 염소젖 한 잔으로 아침을 순식간에 먹어치운 후 이른 아침에 집을 나섰다. 염소를 데려다주러 마을에 가면 되르플리 아이들과 가능한 한 실컷 놀았다. 날이 어두워지면 그제야 집으로 돌아가 저녁을 먹고 곧장 잠자리에 들었다. 염소 치는 일은 원래 페터 아버지의 일이었다. 그러나 아버지는 몇 해 전 나무를 베다가 목숨을 잃었다. 페터 어머니의 이름은 브리기테였지만, 사람들은 '염소치기의 엄마'라고 불렀다. 페터의 할머니는 늙은 사람이나 젊은 사람이나 모두 '그래 니'라고 불렀다.

바르벨이 떠나고 데테는 잠시 두 아이와 염소 떼를 찾아 주위를 열심히 두리번거렸다. 하지만 아이들의 모습은 전혀 보이지 않았다. 그녀는 주위를 더 잘 살피기 위해 산길을 올라갔다. 그리고 걸음을 멈추고 다시 주위를 돌아보았다. 점점 초조해지기 시작했다.

그 무렵 두 아이는 길에서 멀리 떨어진 곳을 돌아다니고 있었다. 페터는 항상 산에 오를 때면 자신만 아는 길로 올라갔기 때문이다. 페터에게는 염소들이 제일 맛있는 관목과 덤불을 먹는 일이 무엇보다 중요했다. 처음에 하이디는 페터를 열심히 따라다녔는데, 연신 숨이 차 헉헉거렸다. 옷을 잔뜩 껴입어서 산을 오르기가 힘들고 몹시 더웠기 때문이다. 하이디는 불평은 하지 않았지만 편안한 바지를 입고 신발도 없이 산을 뛰어다니는 페터를 부러운 듯 바라보았다. 가파른 산비탈이든 덤불과 바위 위든 폴짝폴짝 뛰어다니는 짧지만 재빠른 염소 다리도 바라보았다. 갑자기 하이디가 털썩 주저앉더니 장화를 벗고 양말도 벗었다. 두꺼운 붉은 스카프도 풀고 이모가 짐을 줄여야 한다면서 겉에 입으라고 한 제일 예쁜 원피스와 그 아래 겹쳐 입은 원피스마저 다 벗었다. 이제 하이디가 몸에 걸친 옷이라고는 속치마가 다였다. 그제야 하이디는 신이 나서 팔을 흔들었다. 아이는 벗은 옷을 잘 개어서 한 곳에 쌓더니 페터와 염소들을 따라잡으려고 춤을 추듯 팔랑팔랑 달려갔다. 페터는 하이디가 뭘 하는지 미처 알아차리지 못했다. 그래서 속치마 차림으로 달려오는 하이디를 본 순간 환하게 웃음을 지었다. 저 멀리 하이디가 풀밭에 벗어둔 옷가지가 보이자 입이 찢어져라 웃었다. 하지만 아무 말도 하지 않았다. 하이디는 아까보다 훨씬 기분이 좋았고 몸이 공기처럼 가벼웠다. 그리고 쉴 새 없이 페터에게 질문을 쏟아내며 재잘거리기 시작했다. 페터는 하이디에게 염소를 몇 마리나 치는지, 염소를 몰고 어디로 가는지, 그곳에 도착하면 무엇을 하는지 알려주어야 했다. 마침내 두 아이와 염소들이 페터의 집에 도착해 데테의 눈에 들어왔다. 데테는 아이들을 보자 대뜸 소리를 질렀다.

"거기서 뭐 하고 있는 거니, 하이디? 꼴은 또 그게 뭐야! 원피스들은 어떻게 했어? 스카프는? 이모가 여기 올 때 신으라고 사준 새 장화는? 털실로 떠준 양말은 또 어디에 뒀고? 다 어디에 던져두고 온 거야?"

하이디는 차분하게 옷을 벗어둔 곳을 가리켰다. "저기 있어." 아이가 대답했다. 데테는 저기에 쌓아놓은 무더기를 보았다. 무더기 위에 빨간 점처럼 보이는 것이 하이디의 스카프였다.

"오, 이 못된 녀석!" 데테가 부루퉁해서 소리쳤다. "어쩌자고 옷을 다 벗어버린 거니? 왜 그랬어?"

"옷이 필요 없었어." 하이디는 그거면 다 설명된다는 듯이 간단하게 대답했다.

"이런 멍청한 아이를 봤나. 너는 상식이라는 것도 없니?" 데테가 하이디를 나무랐다. "당장 누가 네 옷을 가지러 저 아래까지 가겠니? 내가 가면 30분은 족히 걸릴 거야. 페터, 네가 얼른 가서 가져오지 않을래? 꾸물대지 말고 얼른 다녀와. 거기에 뿌리라도 내린 것처럼 헉헉거리면서 서 있지 말고."

"저도 지금 늦었어요." 페터가 대답했다. 데테가 하이디를 나무라는 동안 페터는 주머니에 손을 집어넣고 멀뚱히 서 있었다.

"지금 네가 있는 곳에서 별로 멀지 않잖아." 데테가 말했다. "자, 이거 너 줄게." 그녀는 살살 구슬리는 목소리로 아이에게 반짝이는 새 동전을 내밀었다. 동전을 본 페터는 얼른 마음을 바꾸었다. 그리고 가파른 비탈길을 성큼성큼 내려가 순식간에 옷을 모두 챙겨서 돌아왔다. 데테는 동전을 줄 만하다고 인정하지 않을 수 없었다. 페터는 활짝 미소를 지으며 동전을 잽싸게 받아 주머니 깊이 넣었다. 이렇게 큰돈을 손에 넣을 기회는 흔치 않았기 때문이다.

"이제 그 옷을 삼촌 집까지 들고 와. 내가 아는 길로 올라가야 한다." 데테는 염소치기의 집을 뒤로 한 채 가파른 산길을 오르기 시작했다.

페터는 왼쪽 겨드랑이에 하이디의 옷을 끼고 오른손으로 염소 모는 지팡이를 휘두르며 고분고분 데테의 뒤를 따랐다. 알프스 삼촌의 통나무집이 있는 작은 평지에 다다르기까지 꼬박 한 시간이 걸렸다. 삼촌의 작은 집은 사방에서 불어오는 산바람을 고스란히 받았다. 하지만 사방으로 햇볕이 잘 들었고 저 아래 산골짜기까지 한눈에 보이는 풍경이 몹시 아름다웠다. 집 뒤로 굵은 나뭇가지들을 가진 늙은 전나무 세 그루가 서 있었다. 그 나무들 뒤로 가파른 비탈이 시작되어 산 정상까지 이어졌다. 집 바로 위로는 풀이 풍성하게 자라는 고원이 펼쳐져 있었다. 하지만 고원을 지나면 이내 꼬불꼬불 얽혀 자라는 덤불 무리가 나오고 그 덤불들을 지나면 풀도 나무도 자라지 않는 바위투성이 산 정상이 나왔다.

알프스 삼촌은 나무 의자를 만들어, 산골짜기를 굽어보는 집의 옆면 벽에 딱 붙여두었다. 삼촌은 파이프를 입에 물고 두 손을 허벅지에 내려놓은 채 느긋하게 그 의자에 앉아 있었다. 두 아이와 함께 데테가 도착했다. 두 아이는 달음박질쳐 데테를 따라잡은 후 노인에게 달려갔다. 하이디가 노인에게 제일 먼저 다가갔다. 아이는 노인에게 한 손을 내밀며 인사를 했다. "안녕하세요, 할아버지." 하이디가 말했다.

"뭐? 그게 무슨 소리냐?" 노인은 요모조모 뜯어보는 기색으로 하이디를 살피며 퉁명스럽게 대꾸를 하기는 해도 아이가 내민 손을 잡아주었다. 하이디는 수염이 길고 눈썹도 하얗게 센 덥수룩한 할아버지의 낯선 얼굴을 홀린 듯 빤히 바라보았다. 데테가 두 사람에게 다가왔다. 페터는 무슨 일이 벌어질지 기대하며 그들을 지켜보았다.

"잘 지내셨어요, 삼촌." 데테가 인사를 했다. "토비야스의 딸을 데려왔어요. 한 살 때 이후로 못 보셨으니까 얼굴은 못 알아보실 거예요."

"왜 데려왔냐?" 노인이 퉁명스럽게 되물었다. "너는 염소들 데리고 어서 가." 페터에게 말했다. "오늘은 늦었구나. 내 염소들도 꼭 데리고 가." 이렇게 말하며 페터를 쏘아보자, 아이는 걸음아 날 살려라 그곳을 떠났다.

"이제부터는 삼촌이 아이를 데리고 사셔야 해요." 데테는 곧장 본론으로 들어갔다. "지난 4년 동안 최선을 다해서 아이를 돌보았어요. 그러니까 이제 삼촌 차례예요."

"내 차례라고?" 노인이 데테를 매섭게 노려보며 쏘아붙였다. "얘가 울면서 너를 찾아 보채면? 분명 그럴 거 아니야. 그러면 나는 어떻게 하라고."

"그거야 삼촌 사정이죠." 데테도 지지 않았다. "갓 돌이 지난 아이를 떠맡았을 때 아기 보는 법을 가르쳐준 사람은 아무도 없었어요. 하늘도 아실 거예요. 제 앞가림하면서 엄마를 모신 것만으로도 할 만큼 했다는 걸요. 그런데 멀리 일자리가 생겨서 여기를 떠나게 생겼어요. 삼촌이 아이의 가장 가까운 혈육이잖아요. 여기서 이 아이를 못 데리고 있겠다면 원하는 대로 하세요. 단, 아이에게 무슨 일이라도 생기면 반드시 책임을 지셔야 할 거예요. 아무리 삼촌이라도 더 이상 양심에 찔리는 행동은 하고 싶지 않으시겠죠."

사실 데테도 이런 상황이 편치 않았다. 그래서 말이 모질게 나오는 데다가 마음에도 없는 말까지 툭 튀어나왔다.

그녀의 마지막 말에 노인이 벌떡 일어났다. 데테는 노인의 눈빛에 깜짝 놀라 자신도 모르게 뒷걸음질 쳤다.

"네가 온 곳으로 돌아가. 여기는 두 번 다시 얼씬하지 마!" 그는 한 손을 들어 올리며 화를 버럭 냈다.

데테는 노인의 호통을 두 번 다시 듣고 싶지 않았다. "그럼 안녕히 계세요." 그녀는 재빨리 인사를 건넸다. "하이디, 잘 있어." 그리고 되르플리 마을까지 한 번도 멈추지 않고 곧장 산을 내려갔다. 마을에 도착하자 아까보다 더 많은 사람들이 큰 소리로 그녀를 불렀다. 하이디가 분명한 그 아이를 데테가 어떻게 했는지 모두 궁금해했다.

"하이디는 어디에 있니? 그 애를 어떻게 한 거야?" 문가와 창가에서 묻는 소리가 들렸다.

데테는 대답을 할 때마다 점점 더 내키지 않는 말투로 말했다. "그 애는 알프스 삼촌 집에 있어요. 그래요, 그렇다니까요. 알프스 삼촌과 함께 있어요." 사방에서 마을 여자들이 나무라는 소리에 데테는 마음이 불편해졌다. "데테, 어떻게 그런 짓을 할 수가 있어!", "그 어린것을 어쩌자고!", "그 가여운 아이를 저 위에 내팽개치고 간다고?" 사람들의 말소리가 들리지 않는 곳까지 오자, 데테는 하늘에 감사라도 하고 싶은 심정이었다. 그녀는 자신의 결정에 대해 다시 생각하고 싶지 않았다. 그도 그럴 것이 어머니가 돌아가시기 전에 하이디를 잘 돌보겠다고 약속했기 때문이다. 데테는 그 일자리를 잡아 돈을 많이 벌면 하이디를 더 잘 보살필 수 있을 거라고 멋대로 생각했다. 그녀는 마음이 바뀔까 봐 사람들로부터 최대한 빨리 도망쳤다.

할아버지 집에서

데테가 산 아래로 사라지자 노인은 의자에 다시 앉았다. 그는 파이프로 담배 연기를 뻐끔뻐끔 뿜으며 말없이 바닥만 바라보았다. 하이디는 잔뜩 신이 나서 앞으로 살 곳을 여기저기 둘러보았다. 아이는 집 옆에 지어놓은 염소 우리로 가보았다. 그곳은 텅 비어 있었다. 그다음에는 집을 빙 돌아 늙은 전나무들에게 갔다. 아이는 가지 사이로 살랑거리며 지나가는 바람 소리를 가만히 들었다. 잠시 후 바람이 잦아들자 하이디는 다시 집 앞으로 왔다. 노인은 여전히 의자에 앉아 있었다. 하이디가 뒷짐을 진 채 가만히 노인을 바라보자 그가 고개를 들며 물었다.

"이제 뭘 하고 싶니?"

"할아버지 집에는 뭐가 있는지 보고 싶어요." 하이디가 대답했다.

"그럼 들어가 보자." 노인은 이렇게 대답한 후 자리에서 일어나 앞장섰다. "네 옷 꾸러미를 가져와." 노인이 하이디에게 말했다.

"저 옷들은 이제 안 입을 거예요." 하이디가 다부지게 말했다.

노인이 몸을 돌리고 날카로운 눈빛으로 손녀를 바라보았다. 기대감으로 반짝거리는 아이의 까만 두 눈이 보였다.

"맹한 아이는 아니군." 노인은 중얼거린 후 큰 소리로 물었다. "왜 저 옷들을 안 입겠다는 거냐?"

"염소들처럼 뛰어다니고 싶어요."

"그러면 그렇게 하면 되지." 노인이 말했다. "그래도 네 물건들은 집으로 가져와라. 저 벽장에 두면 될 거야."

하이디는 옷 꾸러미를 집어 들고 할아버지를 따라 집으로 들어갔다. 평소 노인이 생활하는 공간은 꽤 넓었다. 테이블과 의자가 하나씩 있고 한구석에 침대가 있었다. 침대 맞은편에는 화로가 있고 그 위에 커다란 냄비가 걸려 있었다. 벽에 문이 하나 달려 있었는데, 노인이 그 문을 열었다. 그의 옷이 걸린 커다란 벽장이었다. 벽장 안은 칸칸이 나뉘어 있었다. 한 칸에는 할아버지의 셔츠와 양말, 손수건이 놓여 있고, 다른 칸에는 접시와 컵, 잔이 있었다. 꼭대기 칸에는 둥근 빵 한 덩어리와 훈제한 고깃덩이, 치즈가 있었다. 그러니까 벽장 안의 물건과 먹을 것이 노인이 가진 전부였다. 하이디는 열린 벽장 안으로 들어가 자신의 옷 꾸러미가 잘 보이지 않도록 뒤쪽으로 밀어 넣었다.

"나는 어디서 자요, 할아버지?" 하이디가 물었다.

"자고 싶은 데서 자렴." 노인이 대답했다.

할아버지의 대답에 하이디는 기분이 좋아졌다. 아이는 자신이 잘 만한 곳을 찾아 주위를 둘러보았다. 그런데 할아버지 침대 근처 벽에 사다리가 세워져 있었다. 곧장 사다리를 타고 올라가니 건초를 넣어두는 다락이 나왔다. 그곳에는 달콤한 향기가 나는 신선한 건초가 있었다. 벽에는 둥글게 낸 창이 있고, 그곳으로 산골짜기가 한눈에 들어왔다.

"여기서 잘래요." 하이디가 아래를 향해 큰 소리로 말했다. "정말 좋아요. 할아버지도 얼른 올라와서 보세요."

"할아버지는 이미 다 안다." 노인은 위를 향해 큰 소리로 대답했다.

"지금 여기에 침대를 만들어야겠어요." 하이디가 계속 말했다. "그러려면 깔고 잘 시트를 할아버지가 주셔야 해요."

"알겠다." 노인이 대답했다. 그는 벽장에 보관해둔 잡동사니를 뒤져 거친 천 한 장을 찾아냈다. 그는 그 천을 하이디에게 주려고 다락으로 올라갔다. 가보니 하이디는 벌써 건초로 매트리스와 베개를 다 만들어두었다. 게다가 건초 침대는 누우면 벽에 둥글게 낸 창으로 밖을 내다볼 수 있도록 창 바로 앞에 만들어놓았다.

"잘 만들었구나." 노인이 말했다. "하지만 좀 더 두꺼워야 해." 노인은 건초를 더 쌓아서 딱딱한 바닥에 등이 배기지 않게 해주었다. 시트로 가지고 온 두툼한 천은 너무 무거워서 하이디가 혼자서는 들지 못했다. 하지만 천이 두툼한 덕분에 뾰족한 건초 잔가지에 찔릴 일은 없었다. 할아버지와 손녀는 힘을 합쳐 건초 침대에 천을 펼쳐 깔았다. 하이디는 천의 네 귀를 팽팽하게 당겨서 건초 매트리스 아래 끼운 후 깔끔하고 편안한 잠자리를 완성했다. 그러더니 무슨 생각에 잠긴 듯 자신의 침대를 보다가 이렇게 말했다. "할아버지, 우리가 깜박한 게 있어요."

"그게 뭐냐?" 노인이 물었다.

"침대에서 덮을 담요요. 그래야 내가 침대에 올라오면 그 아래로 폭 들어갈 수 있잖아요."

"지금 곰곰이 생각한 게 그거였냐? 우리 집에 담요가 없을까 봐?"

"음, 없어도 괜찮아요." 하이디가 대답했다. "건초를 덮고 자면 되니까요." 하이디가 건초를 더 가져오려고 막 몸을 일으키는데, 노인이 말렸다. "잠깐만 기다려." 노인은 이렇게 말하고는 사다리를 타고 내려갔다. 자신의 침대에서 두꺼운 면으로 만든 커다란 자루를 가지고 다시 다락으로 올라왔다.

"봐라. 이게 건초보다 낫지?" 그는 침대 위로 자루를 펼치며 말했다. 하이디는 좋아서 폴짝폴짝 뛰었다.

"이불이 정말 좋아요. 새 침대도 정말 예뻐요. 지금이 밤이면 좋겠어요. 그러면 바로 누울 수 있을 텐데."

"그러기 전에 뭘 좀 먹어야 할 것 같다, 어떠냐?" 노인이 물었다. 하이디는 침대를 만드느라 다른 건 까맣게 잊고 있었다. 하지만 할아버지의 말을 듣는 순간 갑자기 배가 고파졌다. 이곳까지 오는 긴 여행을 앞두고 연한 커피 한 잔과 빵 한 조각을 먹은 후로 계속 굶었기 때문이다. 그래서 얼른 대답했다. "네, 좋아요."

"그래, 네가 좋다면 아래로 내려가서 뭘 먹을지 살펴보자." 그는 화로로 가서 커다란 냄비를 사슬에서 내리고 그 자리에 더 작은 냄비를 걸었다. 그리고 다리가 세 개인 의자에 앉아 풀무로 불을 지폈다. 어느새 화로의 불이 발갛게 타오르기 시작했다. 냄비에서 보글보글 끓는 소리가 나자 노인은 빵을 구울 때 쓰는 커다란 포크에 치즈를 끼워 불 앞에서 이리저리 흔들었다. 잠시 후 치즈 덩어리가 황금빛으로 구워졌다. 하이디는 할아버지가 식사를 준비하는 모습을 신기하다는 눈빛으로 지켜보았다. 그러고는 잠시 무슨 생각이 들었는지 벽장으로 쪼르르 달려갔다. 노인이 다 구워진 치즈와 김이 모락모락 올라오는 냄비를 식탁으로 가져갔다. 그런데 그곳에는 접시 두 개와 나이프 두 개, 동그란 빵이 이미 차려져 있었다. 하이디 솜씨였다. 아까 벽장에서 그릇과 빵을 보고 식사를 할 때 필요하다고 짐작해서 스스로 차려놓은 것이다.

"스스로 이런 생각을 하다니 장하구나." 노인이 칭찬을 했다. "하지만 빠트린 게 있어."

하이디는 김이 모락모락 올라오는 냄비를 보더니 얼른 벽장으로 갔다. 그곳에는 머그컵 하나와 유리잔 두 개가 있었다. 하이디는 머그컵 하나와 유리잔 하나를 가져와 식탁에 놓았다.

"그래, 잘했다. 도움이 되는 방법을 아는구나." 노인이 말했다. "자, 너는 어디에 앉겠니?" 노인이 그 집의 유일한 의자에 앉자 하이디는 등이 없는 의자를 난로 앞에서 가져와 냉큼 앉았다.

"의자가 생겼구나. 하지만 너무 낮아. 내 의자에 앉아도 너한테는 식탁이 너무 높겠어." 노인은 이렇게 말하더니 일어나서 자신의 의자를 하이디 앞으로 밀었다. 그리고 염소젖을 따른 머그컵과 황금색 치즈를 바른 빵 한 조각을 접시에 담아 의자에 내려놓았다. "이제 식탁도 생겼구나. 얼른 먹으렴." 그는 이렇게 말하고 커다란 탁자 한구석에 엉덩이를 걸치고 앉아 음식을 먹기 시작했다.

하이디는 목이 말랐는지 컵을 들어 염소젖을 들이켰다. 빈컵을 내려놓으며 "후" 하고 길게 숨을 토했다. 숨 쉴 틈도 없이 염소젖을 꿀꺽꿀꺽 들이켰기 때문이다.

"염소젖이 맛있니?" 노인이 물었다.

"지금까지 먹어본 우유 중에 제일 맛있어요." 하이디가 대답했다.

"그럼 좀 더 마시거라." 그는 이렇게 말하며 더 따라주었다.

하이디는 치즈 바른 빵도 먹었다. 그것도 무척 맛이 있었다. 빵을 먹다가 사이사이 염소젖으로 목을 축였다. 하이디의 모습은 그 누구보다 행복하고 만족스러워 보였다.

식사를 마친 후 노인은 염소 우리로 갔다. 하이디는 할아버지가 빗자루로 바닥을 쓸고 염소들의 잠자리에 신선한 건초를 가져다놓는 모습을 지켜보았다. 노인은 염소 우리 청소를 마친 후 헛간으로 갔다. 헛간도 집 옆에 지어져 있었다. 노인은 원통형의 나무 몇 개를 톱으로 썰었다. 그리고 튼튼하고 평평한 판자에 원통형 나무 막대들을 끼울 구멍을 뚫었다. 잠시 후 조립을 마치자 높은 의자가 완성되었다. 하이디는 콩닥거리는 가슴을 안고 조용히 할아버지의 작업을 지켜보았다.

"이게 뭔지 알겠니?" 노인이 작업을 끝내고 물었다.

"제 의자예요." 아이가 놀라움을 금치 못했다. "할아버지는 의자를 뚝딱 만들어요!"

'이 아이는 보는 눈도 야무지고 그 눈을 어떻게 쓰는지 잘 아는군.' 노인은 이렇게 생각했다. 그는 의자를 완성한 후에 통나무집 군데군데 못을 박고, 문의 나사를 조이는 등 여기저기 집을 손보았다. 하이디는 할아버지 뒤를 졸졸 따라다니며 하나도 빠트리지 않겠다는 듯 눈을 크게 뜨고 지켜보았다. 아이에게는 모든 것이 새롭고 신기했다.

그렇게 오후가 지나갔다. 다시 바람이 거세져서 전나무 잎들이 소란스럽게 떠들기 시작했다. 하이디는 그 소리가 너무 좋아서 폴짝폴짝 사방으로 뛰고 춤을 추었다. 노인은 헛간 문가에 서서 손녀를 지켜보았다. 갑자기 날카로운 휘파람 소리가 들리더니 염소들 사이로 페터가 불쑥 나타났다. 그 모습을 본 하이디가 반가워 소리를 지르며 아침에 사귄 친구들을 맞으러 달려갔다. 염소들은 통나무집에 도착하자 꼼짝도 않고 가만히 서 있었다. 그런데 갈색 염소와 흰색 염소 두 마리만은 달랐다. 녀석들은 무리에서 떨어져 나와 노인에게 쪼르르 달려갔다. 그러더니 노인의 손을 핥기 시작했다. 노인이 손에 소금을 약간 쥐고 있었기 때문이다. 노인은 그렇게 소금을 주며 하루 종일 풀을 뜯고 돌아온 염소들을 반겼다.

페터는 나머지 염소들을 몰고 산을 내려갔다. 하이디는 염소 두 마리에게 뛰어가 살며시 어루만졌다. "얘들이 우리 염소예요, 할아버지?" 하이디가 물었다. "둘 다요? 얘들은 이제 우리로 가는 거예요? 여기서 우리와 함께 영원히 같이 살아요?" 어찌나 쉴 새 없이 질문이 쏟아지는지 노인은 질문이 끝나고 다음 질문이 시작되기 전에 얼른 대답을 하려고 쩔쩔맸다. 염소들이 소금을 다 핥아 먹자 노인이 말했다. "얼른 가서 네 컵과 빵을 가져와라." 하이디는 재빨리 집으로 들어가 할아버지가 말한 것을 가지고 나왔다. 노인은 하얀 염소의 젖을 컵에 짜서 빵과 함께 하이디에게 주었다.

"이걸 먹고 자러 가거라." 그가 말했다. "잠옷 같은 걸 입고 싶으면 네 이모가 가지고 온 옷 꾸러미를 뒤져보려무나. 할아버지는 염소들을 살피러 가야 해. 잘 자라."

"안녕히 주무세요, 할아버지." 하이디는 염소를 몰고 가는 할아버지 등에 대고 큰 소리로 인사했다. 그러더니 얼른 그 뒤로 달려가 염소들의 이름을 물었다.

"하얀 녀석은 하양이고 갈색 녀석은 밤송이야." 노인이 알려주었다.

"잘 자, 하양이. 잘 자, 밤송이." 하이디는 염소들에게 소리쳤다. 염소들은 하이디의 인사를 들었는지 못 들었는지 우리 안으로 사라졌다. 하이디는 통나무집 밖에 만들어놓은 긴 의자에 앉아 저녁을 먹었다. 어느새 저녁 산바람이 강하게 불어왔다. 잘못하다간 휙 날려갈 것 같았다. 그래서 하이디는 저녁을 얼른 먹고 집으로 들어가 건초 침대가 있는 다락으로 올라갔다. 그러고는 이 세상에서 제일 호화로운 침대에 누운 것처럼 순식간에 곯아떨어졌다.

노인도 어두워지기 전에 잠자리에 들었다. 그는 항상 동틀 무렵에 일어나는데 여름에는 해가 이른 시간에 산 위로 떠오르기 때문이다. 밤새 바람이 더욱 거세졌다. 집이 흔들리고 대들보까지 삐걱거릴 정도였다. 바람이 굉음을 내며 굴뚝을 덮쳤고 늙은 전나무 가지들 한두 개는 우지끈 부서지고 말았다. 노인은 잠자리에서 벌떡 일어났다. '무슨 바람이 이렇게 부누. 애가 겁먹겠네.'

노인은 사다리를 타고 올라가 곤히 자는 아이 곁으로 갔다. 바로 그때 지나가는 구름에 가려져 있던 달이 모습을 드러내며 둥근 창을 통해 하이디 얼굴을 환히 비추었다. 하이디는 두꺼운 이불을 덮고 포동포동한 작은 팔에 장미처럼 붉은 볼을 댄 채 세상모르게 잠들어 있었다. 얼굴에 서린 행복한 표정을 보니 기분 좋은 꿈이라도 꾸는 것 같았다. 노인은 구름이 다시 달을 가려 다락이 컴컴해질 때까지 잠든 아이의 얼굴을 물끄러미 바라보았다. 잠시 후 그는 다락을 내려가 잠을 청했다.

염소들과 보낸 날

다음 날 아침 하이디는 날카로운 휘파람 소리에 잠이 깼다. 눈을 뜨니 벽의 동그란 창으로 햇빛이 쏟아져 들어와 건초들이 황금빛으로 빛났다. 하이디는 여기가 어디인지 생각이 나지 않았다. 하지만 밖에서 할아버지의 굵직한 목소리가 들리자 어제부터 산속 할아버지 집에서 산다는 사실이 떠올랐다. 아이는 우르술라 할머니의 집을 떠나서 무척 기뻤다. 할머니는 귀가 거의 들리지 않고 추위를 너무 많이 타서 온종일 부엌 아궁이나 거실 화로 주위를 벗어나지 않았다. 하이디는 밖에서 뛰어놀고 싶었지만 우르술라 할머니가 볼 수 있도록 집 안에서만 놀아야 했다. 하이디는 새로운 일들이 잔뜩 기다리고 있다는 생각에 신이 나서 침대에서 얼른 나왔다. 서둘러 옷을 갈아입고 사다리를 타고 내려가 밖으로 뛰어나갔다. 페터가 염소들과 함께 그곳에서 기다리고 있었다. 마침 할아버지가 하양이와 밤송이를 우리에서 끌고 나왔다. 하이디는 두 사람과 두 염소에게 아침 인사를 했다.

"너도 페터하고 같이 저 위에 올라가 볼래?" 노인이 물었다. 그 말을 듣자 하이디는 신이 났다. "일단 세수부터 해. 안 그러면 얼굴에 검댕이 묻었다고 해님이 놀릴 거야."

노인이 물이 가득 든 통을 가리켰다. 그 통은 햇빛을 받으며 문 옆에 놓여 있었다. 하이디는 곧장 달려가 물을 튀기며 세수를 했다. 노인은 페터를 불러 집으로 들어갔다. "이리 들어와라, 대장. 네 가방도 가져오고." 페터는 보잘것없는 점심이 든 작은 가방을 내밀었다. 아이는 노인이 자기 점심보다 두 배는 큰 빵 덩어리와 치즈를 가방에 넣는 모습을 보고 눈이 휘둥그레졌다.

"이 컵도 같이 가져가거라. 점심 먹을 때 하이디에게 염소 젖을 두 번 짜서 줘. 하이디는 너처럼 곧장 젖을 받아먹는 법을 아직 모르거든. 종일 하이디를 데리고 있어. 잘 보살피고 골짜기로 떨어지지 않도록 잘 지켜봐라."

하이디가 뛰어 들어왔다. "이제 해님도 저를 놀리지 않을 거예요." 하이디가 말했다. 노인은 그렇다는 듯 미소를 지었다. 하이디는 해님에게 놀림을 받지 않기 위해 올이 거친 수건으로 얼굴을 어찌나 박박 닦았는지 두 볼이 잘 익은 바닷가재처럼 빨갰다.

"오늘 저녁에 돌아오면 물고기처럼 곧장 물통에 들어가야 한다. 염소들과 뛰어다니다 보면 발이 지저분해지거든. 자, 이제 가봐라."

그날 아침은 너무나 아름다웠다. 밤바람이 구름을 몽땅 날려버려 하늘은 눈이 시리도록 파란 자태를 뽐냈다. 햇살은 초록 고원과 그곳에 핀 야생화들 위로 찬란하게 빛났다. 사방에 노란 앵초와 푸른 용담, 앙증맞은 노란색 시스투스가 만발했다. 하이디는 그 모습에 홀딱 반해 이리저리 신나게 뛰어다녔다. 어찌나 신이 났는지 페터와 염소들을 까맣게 잊을 정도였다. 아이는 신나게 달리다가 문득문득 멈춰서 꽃을 따 앞치마에 담았다. 하이디는 그 꽃들을 집으로 가져가서 침대 건초 사이사이에 끼워 장식을 하고 싶었다. 그러면 이 초원에서 잠자는 듯한 기분이 들 것 같았다.

페터는 눈이 양옆과 뒤통수에까지 달려 있어야 했다. 염소들과 하이디를 동시에 살피려면 눈 두 개로는 어림도 없었기 때문이다. 염소도 하이디도 사방으로 돌아다녔다. 여기저기 흩어진 염소들을 모으기 위해 페터는 휘파람을 불고 소리를 치고 지팡이를 마구 흔들었다.

"하이디, 너 지금 어디에 있어?" 페터가 퉁명스럽게 하이디를 불렀다.

"여기에 있어." 거리가 조금 떨어진 작은 언덕 뒤편에서 목소리가 들렸다. 그곳을 뒤덮은 앵초들의 향이 가장 달콤했다. 하이디는 지금까지 이렇게 사랑스러운 향기는 처음 맡아보았다. 그래서 꽃들 사이에 털썩 주저앉아 향기를 한껏 들이마시며 행복해했다.

"어서 이쪽으로 와." 페터가 불렀다. "네가 골짜기에 떨어지지 않게 잘 보라고 삼촌이 말했단 말이야."

"그게 어디에 있는데?" 하이디가 꼼짝도 않은 채 물었다.

"바로 위에. 우리는 아직도 더 가야 해. 그러니까 어서 와. 저 위에서 늙은 매가 끽끽거리는 소리가 들리지?"

그 말을 듣고 하이디는 벌떡 일어나 페터에게 달려갔다. 하이디의 앞치마에는 야생화가 가득 들어 있었다.

"그만하면 충분해." 페터는 다시 산에 오르며 말했다. "이제 그만 꺾어. 안 그러면 또 뒤처지게 될 거야. 게다가 그렇게 계속 꺾으면 내일은 꽃이 한 송이도 남지 않을걸."

생각해보니 일리가 있었다. 어차피 꽃을 담은 앞치마도 이미 불룩했다. 그 후로 하이디는 페터에게서 떨어지지 않았다. 그리고 염소들도 더 고분고분 산에 올랐다. 평소 염소들이 풀을 뜯는 곳에서 자라는, 좋아하는 향긋한 풀냄새가 코를 간질였기 때문이다. 염소들은 얼른 그곳으로 가고 싶었다.

페터는 바위투성이 산 정상이 시작되는 지점에서 염소들을 풀어놓았다. 거기서부터는 가파른 비탈을 더 올라가 보아도 덤불과 왜소한 전나무 몇 그루가 다였다. 게다가 꼭대기는 말 그대로 바위였다. 한쪽 면은 알프스 삼촌이 조심하라고 한 골짜기였는데 바로 떨어지는 가파른 암벽이었다. 페터는 그곳에 도착하자마자 땅이 살짝 파인 곳에 가방을 안전하게 두었다. 가끔 센 바람이 불어왔기 때문이다. 아이는 소중한 점심이 산 아래로 굴러떨어지는 일만은 피하고 싶었다. 열심히 산에 오른 페터는 햇살을 한몸에 받으며 풀밭에 드러누워 숨을 돌렸다. 하이디는 앞치마 가득 꺾은 꽃들을 페터의 가방 옆에 내려놓았다. 하이디도 페터 옆에 앉아 주위를 둘러보았다. 저 아래 계곡에 햇살이 환하게 비치고 있었다. 눈앞에는 눈 덮인 산이 푸른 하늘을 향해 우뚝 솟아 있고 그 왼쪽으로 삐죽삐죽한 쌍둥이 봉우리의 거대한 바위 꼭대기가 서 있었다. 어디로 눈을 돌려도 고요했다. 살포시 불어오는 미풍만이 푸르고 노란 꽃들의 가느다란 꽃대를 건드려 까닥까닥 인사를 하게 했다.

페터는 어느새 잠이 들었고 염소들은 관목 사이를 돌아다니며 풀을 뜯었다. 하이디는 가만히 앉아서 이 모든 것을 즐겼다. 산꼭대기를 뚫어져라 바라보고 있으니 어느새 봉우리들이 하나하나 얼굴을 가진 오랜 친구들처럼 하이디를 바라보는 것 같았다. 그때 갑자기 시끄러운 소리가 들렸다. 고개를 드니 날개를 활짝 펴고 끽끽 거칠게 울면서 하늘을 뱅뱅 도는 커다란 새가 보였다. "페터, 페터! 일어나 봐!" 하이디가 소리쳤다. "저기 매가 있어." 그 소리에 페터가 일어나 앉았다. 두 아이는 커다란 새가 하늘 위로 점점 솟구치더니 마침내 회색 봉우리들 위로 사라지는 모습을 지켜보았다.

"어디로 갔어?" 하이디가 물었다. 아이는 이렇게 큰 새를 난생처음 봤기 때문에 몹시 신기해서 날아가는 모습을 지켜보았다.

"집으로 돌아간 거야." 페터가 대답했다.

"그 새는 저 위에 사는 거야? 멋지다! 그런데 왜 그렇게 시끄럽게 우는 거야?"

"그래야 하니까." 페터가 짧게 대답했다.

"새가 어디 사는지 보러 올라가자." 하이디가 말했다.

"오, 안 돼! 우리는 안 올라가! 염소들도 그렇게 높은 곳까지는 못 올라가. 그리고 삼촌이 나한테 너를 돌보라고 했다는 걸 잊지 마." 페터가 어림도 없다는 표정을 지으며 딱 잘라 말했다. 바로 그때 페터가 휘파람을 불고 소리를 질러 하이디는 깜짝 놀랐다. 염소들이 익숙한 소리를 알아듣고 사방에서 그를 향해 모여들었다. 하지만 어떤 염소들은 여전히 맛있는 풀을 질경질경 씹느라 머뭇거렸고, 어떤 염소들은 장난스럽게 서로 들이받았다. 하이디는 벌떡 일어나 염소들을 향해 달려갔다. 염소들이 즐겁게 노는 모습이 좋았다. 아이는 염소 한 마리 한 마리에게 말을 걸었다. 생김새가 다 달라서 쉽게 구별할 수 있었다.

그동안 페터는 점심이 든 가방을 열어 안에 든 것을 평평한 땅에 꺼내놓았다. 하이디가 먹을 커다란 음식 꾸러미와 자신의 몫인 더 작은 꾸러미였다. 그리고 하양이의 젖을 한 컵 짜서 점심 옆에 내려놓았다. 페터가 하이디를 불렀다. 하이디는 염소들보다 더 늦게 내려왔다. 새로운 친구들과 노느라 페터가 부르는 소리도 차려놓은 점심도 소용이 없었다. 하이디는 페터의 고함 소리가 암벽에 부딪혀 메아리칠 즈음 나타났다. 먹음직스럽게 차려진 점심을 보자 하이디는 신이 나서 깡충깡충 뛰어왔다.

"그만 촐싹거려." 페터가 말했다. "점심시간이야. 앉아서 먹어."

"이 염소젖은 내 거야?"

"그래. 그리고 저 커다란 빵과 치즈도. 그걸 다 마시면 하양이의 젖을 한 번 더 짜올게. 그런 다음에 나도 마실 거야."

"염소젖을 어디서 짜오는데?" 하이디가 물었다.

"내 염소지. 점박이가 내 염소야. 자, 어서 먹어."

하이디는 염소젖을 다 마셨다. 하지만 빵은 조금만 먹고 나머지를 치즈와 함께 페터에게 모두 건넸다. "이거 네가 다 먹어." 하이디가 말했다. "나는 배불러." 페터가 깜짝 놀라 하이디를 바라보았다. 페터는 남에게 양보할 만큼 음식이 많았던 적이 한 번도 없었기 때문이다. 페터는 처음에는 농담일 거라며 선뜻 받지 않았다. 하이디는 계속 빵과 치즈를 내밀고 있다가 마침내 친구의 무릎 위에 내려놓았다. 그제야 페터도 하이디의 말이 농담이 아니라는 사실을 깨닫고 음식을 받아 들었다. 그리고 고맙다며 고개를 끄덕인 후 진수성찬을 즐겼다. 하이디는 앉아서 염소들을 지켜보았다.

"저 염소들은 이름이 뭐야, 페터?" 하이디가 불쑥 물었다.

페터는 다른 것은 잘 모르지만 염소의 이름이라면 잘 알려 줄 수 있었다. 그래서 하이디에게 한 마리씩 가리키며 이름을 알려주었다. 하이디는 귀 기울여 들으며 염소들의 이름을 익혔다. 자세히 보면 염소마다 쉽게 알아볼 수 있는 특징이 있어서 이름을 쉽게 떠올릴 수 있었다. 큰뿔이는 뿔이 대단한데 걸핏하면 다른 염소들을 들이받았다. 그래서 염소들은 되도록 큰뿔이에게서 멀찌감치 떨어졌다. 유일하게 맞서 싸우는 염소는 작고 뾰족한 뿔이 난 장난꾸러기 꼬맹이 뾰족이였다. 큰뿔이는 뾰족이가 용감하게 공격을 해올 때면 너무 놀라서 오히려 싸움을 하지 못했다. 하이디는 눈송이라고 부르는 작고 하얀 염소가 유난히 마음에 들었다. 어쩐지 눈송이는 누구보다 구슬프게 우는 것 같았다. 하이디는 눈송이가 그렇게 울면 달래주었다. 또 울자 얼른 달려가 한 팔로 목을 감싸 안고 다정하게 말을 걸었다. "왜 그러니, 눈송이야? 왜 그렇게 울어?" 그러자 염소가 하이디의 품에 안기며 울음을 멈췄다.

페터는 아직 점심을 먹는 중이라 음식을 입에 넣는 사이사이 큰 소리로 알려 주었다. "눈송이는 엄마와 같이 오지 않아서 우는 거야. 엄마 염소가 마이엔펠트에 있는 농부에게 팔렸거든."

"그러면 할머니는?"

"없어."

"할아버지도?"

"없지."

"불쌍한 눈송이." 하이디는 이렇게 말하며 자그마한 염소를 다시 꼭 안았다. "이제 울지 마. 내가 매일 같이 올 거야. 그러니까 엄마가 보고 싶으면 나를 찾아와." 눈송이는 머리를 아이의 어깨에 비볐다. 그제야 마음이 안정된 것 같았다.

점심을 다 먹은 페터가 쉴 새 없이 새로운 발견을 하고 있는 하이디에게 다가왔다. 하이디는 하양이와 밤송이가 다른 염소들보다 더 독립적이고 나름대로 어른스럽게 행동한다는 사실을 알아차렸다. 그 두 마리는 덤불이 있는 곳으로 다시 올라가는 염소 무리를 이끌었다. 어떤 염소들은 여기저기 멈춰서 풀 맛을 보았고 어떤 염소들은 길에서 작은 장애물을 만날 때마다 껑충 뛰어넘으며 곧장 올라갔다. 평소처럼 큰뿔이가 심통을 부렸지만, 하양이와 밤송이는 본체만체하고 가장 잎이 무성한 덤불 두 그루의 잎사귀를 조심스럽게 뜯기 시작했다. 하이디는 한동안 염소들을 관찰했다. 잠시 후 고개를 돌려 페터를 보니 풀밭에 드러누워 쉬고 있었다.

"하양이와 밤송이가 염소들 중에서 제일 예뻐." 하이디가 말했다.

"알아. 그 두 마리가 알프스 삼촌의 염소야. 삼촌이 매일 깨끗하게 돌봐주고 소금도 주시거든. 염소 우리도 잘 지어주셨어." 페터가 대답했다. 그런데 페터가 입을 다물자마자 벌떡 일어나 염소들을 향해 달리기 시작했다. 하이디는 단 하나도 놓치지 않으려고 유심히 지켜보았다. 호기심 많은 뾰족이가 절벽 가장자리에 서 있는 모습을 페터가 보고 잡으러 간 것이었다. 경사가 워낙 가파르기 때문에 그곳에서 조금만 더 발을 내딛으면 굴러 떨어져 다리가 부러질 것이 분명했다. 페터가 뾰족이를 잡으려고 양팔을 앞으로 죽 뻗었지만, 녀석은 미꾸라지처럼 쏙 빠져나갔다. 다행히 페터가 다리 하나를 움켜쥐었다. 뾰족이는 한쪽 다리가 잡혀 불편해지자 어떻게든 빠져나가려고 힘껏 버둥거렸다. "하이디, 여기 좀 와봐." 페터가 소리쳐 불렀다. "와서 도와줘."

페터에게 붙잡힌 뾰족이 다리는 손아귀를 빠져나가기 일보 직전이었다. 페터는 염소를 놓칠까 봐 섣불리 일어날 수 없었다. 그때 하이디에게 좋은 꾀가 떠올랐다. 풀을 한 줌 쥐고 뾰족이의 코에 갖다 댔다.

"이리 와. 고집 부리지 말고." 하이디가 달랬다. "너도 저기로 떨어져서 다치고 싶지 않잖아."

그 말에 어린 염소가 몸을 돌려 하이디의 손에서 풀을 받아먹었다. 그제야 페터는 땅에서 일어설 수 있었다. 아이는 얼른 뾰족이의 목줄을 잡았다. 줄에는 작은 종이 달려 있었다. 반대편에 선 하이디도 목줄을 잡았다. 두 아이는 양쪽에서 목줄을 잡고 무리를 벗어났던 뾰족이를 안전하게 데려왔다. 안전한 곳으로 오자 페터가 혼내주려고 막대기를 들었다. 자신에게 닥칠 일을 알아차린 뾰족이가 도망치려고 버둥거렸다.

"때리지 마." 하이디가 호소했다. "얼마나 겁에 질렸는지 좀 봐."

"맞아도 싸." 페터는 이렇게 말하며 손을 들어올렸다. 그러자 하이디가 그 손을 잡고 소리쳤다. "안 돼. 그러면 안 된다고! 그러면 뾰족이가 아프잖아. 뾰족이에게 손대지 마!" 하이디가 어찌나 매서운 눈빛으로 바라보는지, 페터는 그만 움찔하며 막대기를 떨어뜨렸다.

"내일도 치즈를 주면 저 녀석을 때리지 않을게." 페터는 어린 염소와 한바탕 드잡이를 벌였으니 그만큼 보상을 받아야 한다는 생각에 그렇게 말했다.

"전부 다 먹어도 돼. 내일만이 아니라 매일매일." 하이디가 약속했다. "나는 치즈를 안 먹어도 돼. 내 빵도 조금 줄게. 대신 앞으로는 뾰족이든 눈송이든 어떤 염소도 때리지 않겠다고 약속해."

"아무려나, 난 상관없어." 페터는 이렇게 대답했다. 이건 페터가 약속을 할 때 입버릇처럼 하는 말이었다. 그러고는 뾰족이를 놓아주었다. 풀려난 염소는 얼른 다른 염소들에게 돌아갔다.

어느새 시간이 훌쩍 흘러 해가 뉘엿뉘엿 넘어가나 싶더니 풀밭과 꽃들 위로 황금색 노을이 펼쳐졌다. 높은 봉우리들도 반짝반짝 빛났다. 하이디는 잠시 앉아서 아름다운 풍경을 감상하더니 벌떡 일어나 소리쳤다. "페터, 페터! 불이야! 불이 났어! 산들이 불타고 있어! 눈도 하늘도! 저기 봐. 나무랑 바위들이 활활 타고 있어. 매의 집이 있는 저 위까지도. 모든 게 불타고 있어."

"저녁에는 원래 이래." 페터가 막대기를 깎으며 차분하게 대답했다. "불이 난 게 아니야."

"그럼 뭔데?" 하이디는 사방에 펼쳐진 진귀한 광경을 잘 보기 위해 여기저기로 뛰어다니며 소리쳐 물었다. "저게 뭐야, 페터?"

"원래 그런 거야." 페터가 대답했다.

"저길 봐. 산들이 전부 장미처럼 빨간색이 되었어! 꼭대기가 눈으로 덮인 산을 봐. 저기 커다란 바위들이 있는 산꼭대기도. 저 산들은 이름이 뭐야, 페터?"

"산에는 이름이 없어." 그가 대답했다.

"분홍색 눈 꼭대기도, 빨간색 바위 꼭대기도 너무 예뻐. 아이쿠, 저게 뭐야." 잠시 후 하이디가 말했다. "예쁜 색깔이 다 사라지고 전부 회색이 되어버렸잖아. 흥, 다 끝났어." 아이는 땅바닥에 털썩 앉아 세상이 끝난 것처럼 속상한 표정을 지었다.

"내일도 똑같은 풍경을 볼 수 있어." 페터가 설명했다. "이제 집으로 돌아갈 시간이야."

아이는 휘파람을 불어 흩어져 있던 염소들을 불러 모았다. 잠시 후 두 아이는 염소 무리를 몰고 산을 내려가기 시작했다.

"산 위는 항상 이래?" 하이디가 기대에 차서 물었다.

"대개는."

"그럼 내일도?"

"그래, 그럴 거야." 페터가 하이디를 안심시켰다.

그 대답에 하이디는 마음을 놓았다. 아이는 곰곰이 생각할 거리가 너무 많아서 통나무집에 도착해 할아버지가 보일 때까지 아무 말도 하지 않았다. 노인은 산에서 돌아오는 염소들을 지켜보려고 전나무 아래에 직접 만들어놓은 의자에 앉아 있었다. 하이디가 노인에게 달려가자 하양이와 밤송이가 뒤를 따랐다. 페터가 인사를 했다. "잘 자, 하이디. 내일 또 올게." 하이디는 얼른 친구에게 달려가 작별 인사를 하고 내일도 꼭 같이 가겠다고 말했다. 그리고 두 팔을 벌려 눈송이의 목을 꼭 안으며 말했다. "잘 자, 눈송이. 내일도 내가 너와 함께 간다는 사실을 기억해. 너는 앞으로 울지 않아도 돼." 눈송이는 믿음이 넘치는 눈빛으로 아이를 바라보고는 다른 염소들을 따라 달려갔다.

"할아버지." 하이디가 할아버지에게 돌아가며 소리쳐 불렀다. "저 산 위는 너무 예뻐요. 꽃도 잔뜩 피어 있고요. 불이 나서 바위들이 전부 분홍색으로 변했어요. 제가 뭘 가져왔는지 보세요." 하이디는 작은 앞치마에 담아온 꽃들을 모두 꺼내 할아버지에게 내밀었다. 하지만 가여운 꽃들은 시들다 못해 바짝 말라 건초나 다름없어 보였다. 하이디는 너무 속이 상했다.

"꽃들이 왜 이래요? 아까 산에서 꺾었을 때만 해도 이러지 않았는데."

"꽃들은 산에서 햇빛을 받는 편이 더 좋은 거야. 햇빛도 들어오지 않는 네 앞치마에 있기 싫었던 거란다." 노인이 말해주었다.

"그러면 앞으로 절대 꽃을 꺾지 않을 거예요. 할아버지, 매는 왜 그렇게 시끄럽게 울어요?"

"내가 염소젖을 짜는 동안 너는 얼른 물통에 들어가렴." 노인이 대답했다. "몸을 깨끗하게 씻고 들어가서 할아버지와 함께 저녁을 먹자. 매에 대해서는 그때 이야기해주마."

하이디는 할아버지 옆자리에 놓아둔 키가 큰 새 의자에 앉았다. 그리고 갓 짠 염소젖을 받아들기 무섭게 또 매에 대해 물었다.

"매는 저 아래 마을에서 말썽이나 일으키는 사람들을 비웃는 거야. '남의 일에 신경 끄고 나처럼 산꼭대기에 올라오면 훨씬 좋을 텐데.' 이렇게 말하는 거지." 할아버지 말이 어찌나 실감이 나는지 하이디는 눈앞에서 커다란 새가 끼익끼익 우는 것 같았다.

"산은 왜 이름이 없어요?" 하이디가 다음 질문을 했다.

"없긴 왜 없어." 노인이 말했다. "어느 산인지 알 수 있게 할아버지에게 설명을 해봐. 그러면 이름을 가르쳐줄게."

하이디는 할아버지에게 봉우리가 두 개 달린 산의 이름을 물으며 자세한 설명을 곁들였다. 노인은 기분이 좋아 보였다. "그 산의 이름은 포크니스야." 이번에는 봉우리가 눈으로 뒤덮인 산에 대해 묻자 노인은 쉐자플라나라고 알려주었다.

"산에서 재미있게 놀았구나?" 노인이 물었다.

"정말 재미있었어요." 하이디는 큰 소리로 대답하고는 낮에 산에서 일어났던 신기하고 재미있었던 일들을 모두 이야기했다. "저녁에 산에 불이 난 모습이 제일 좋았어요. 페터는 불이 난 게 아니라고 했어요. 그런데 페터도 그게 뭔지 모르는 것 같아요. 하지만 할아버지는 알죠, 그렇죠?"

"그건 해가 산들에게 잘 자라고 인사를 하는 거야." 노인이 말해주었다. "내일 아침 다시 돌아올 때까지 잊지 말라고 아름다운 빛을 비춰주는 거란다."

하이디는 할아버지의 이야기가 너무 마음에 들었다. 어서 날이 밝아 다시 산에 올라가서 해님의 저녁 인사를 또 보고 싶었다. 그러려면 먼저 잠을 자야 했다. 그날 밤 하이디는 건초 침대에서 푹 잤다. 산 위로 올라가 여러 봉우리와 만발한 꽃들 사이를 행복하게 뛰어다니는 눈송이의 꿈을 꾸며.

그래니를 만나러 가다

여름내 하이디는 페터와 염소들과 함께 매일 고원을 찾았다. 덕분에 햇빛에 영글어가는 열매들처럼 피부가 까무잡잡해졌다. 하이디는 새로운 환경에서 점점 더 튼튼해졌으며 한 마리 새처럼 행복하고 밝은 분위기를 뿜어내는 아이가 되었다. 하지만 가을이 다가오면서 바람이 거세지자 노인이 말했다. "오늘은 집에만 있어야 해. 너처럼 자그마한 아이는 센 바람 한 번에 산 저쪽까지 날아가 버리고 말 거야."

하이디가 함께 산으로 가지 않으니 페터는 몹시 실망했다. 어느새 하이디와 있는 시간에 익숙해져서 혼자 있으면 너무 지겨웠다. 물론 하이디가 나눠주는 맛있는 치즈와 빵을 못 먹게 된 것도 아쉬웠다. 하이디가 없으니 염소들은 두 배로 말썽을 피웠다. 염소들도 하이디가 그리운지 하이디를 찾으려는 듯 사방으로 흩어져 돌아다녔다.

정작 하이디는 어디에 있든 행복했다. 물론 언제 가도 볼 거리가 잔뜩 있는 산이 좋았다. 하지만 할아버지를 졸졸 따라 다니면서 목수 일이며 잡다한 작업을 지켜보는 시간도 무척 즐거웠다. 특히 할아버지가 염소젖으로 치즈를 만드는 과정이 재미있었다. 할아버지는 소매를 걷고 염소젖이 든 커다란 냄비에 팔뚝까지 집어넣고 꼼꼼하게 휘저었다. 그러면 얼마 후 맛있고 둥근 치즈들이 만들어졌다. 하지만 하이디는 산속의 일상 중에서 바람이 늙은 전나무를 지나가며 내는 소리를 듣는 게 가장 좋았다. 뭔가에 열중해 있다가도 밖으로 뛰쳐나가 전나무 아래 서서 고개를 들고 바람이 소리를 내며 나뭇가지를 휘감고 지나가는 모습을 지켜보았다. 바람은 하이디를 씽하고 지나갔다. 날씨가 쌀쌀해져서 양말과 신을 신고 원피스도 한 겹 더 껴입었지만 소용없었다. 그래도 하이디는 나무 꼭대기에서 나는 묘한 소리에 매료되어서 그 소리가 들리면 도무지 집에 가만히 있을 수 없었다.

순식간에 한파가 찾아왔다. 페터는 아침마다 추위에 곱은 손을 호호 불어 녹이며 올라왔다. 그러던 어느날 밤, 눈이 내리더니 아침이 되자 온 세상이 하얗게 변했다. 푸른 잎이 하나도 보이지 않을 때까지 눈이 펑펑 쏟아졌다. 당연히 페터는 염소들을 산으로 데려오지 않았다. 하이디는 밖에서 눈이 사뿐사뿐 떨어지는 모습을 기쁘게 지켜보았다. 하지만 눈이 내리는 속도가 점점 빨라지더니 어느새 통나무집의 창틀까지 쌓이고 쌓여 밖으로 나가지 못하게 되었다. 계속 눈이 내려서 집이 지붕까지 파묻히면 대낮에도 등불을 밝혀야 했다. 하지만 그런 일은 일어나지 않았다. 이튿날 아침 노인은 눈을 뚫고 나가 사방을 벽처럼 에워싼 눈을 삽으로 파냈다. 삽으로 파낸 눈이 한쪽에 둔덕처럼 쌓였다. 오후에 하이디와 할아버지는 불가에 앉아 몸을 녹였다. 두 사람은 각자 자신의 세 발 의자에 앉았다. 이미 오래전에 노인이 하이디를 위해 만들어준 의자였다. 잠시후 문을 쾅쾅 두드리는 소리에 할아버지와 손녀가 오붓하게 보내던 오후가 끝났다. 누군가 문을 발로 걸어차는 것 같았다. 문을 열어보니 페터가 장화를 문에 두드려 눈을 털고 있었다. 페터는 높이 쌓인 눈을 힘겹게 헤치며 올라왔다. 밖이 많이 추운지 페터의 몸에 묻은 눈이 그대로 얼어버렸고 옷에도 얼음이 매달려 있었다. 하지만 페터는 일주일이나 보지 못한 하이디를 만나려고 마음을 굳게 먹고 올라왔다.

"안녕." 페터는 인사를 하더니 곧장 난로로 향했다. 아이는 입을 다문 채 두 사람을 보며 활짝 웃었다. 마침내 도착해 몸을 녹이니 마음이 놓이고 기분도 좋아졌다. 페터의 옷에 붙은 얼음이 난로 열기에 녹아 뚝뚝 떨어지는 모습을 하이디는 입을 떡 벌리고 지켜보았다.

"어이, 대장." 노인이 페터를 불렀다. "군대를 제대하고 연필 꽁지나 씹어대는 생활은 어떻게 버티고 있나?"

"연필을 씹어요?" 하이디가 깜짝 놀라 물었다.

"그래, 페터는 겨울이 되면 글 읽기와 쓰기를 배우려고 학교에 가거든. 너도 알겠지만 쉬운 일이 아니야. 그럴 때는 연필을 씹는 게 가끔 도움이 된단다, 안 그러니? 대장?"

"맞아요. 말씀하신 대로예요." 페터가 맞장구를 쳤다.

그 말을 듣자마자 하이디는 페터가 학교에서 무엇을 하는지 궁금해졌다. 페터는 자기 생각을 말로 표현하는 것이 대체로 서툴렀다. 그런데 하이디는 궁금한 것이 너무 많아서 페터가 간신히 대답을 하면 곧바로 두세 개 혹은 그보다 더 많은 질문을 했다. 대부분 완전한 문장으로 대답해야 하는 질문이었다. 하이디가 궁금증을 다 채우기도 전에 눈에 젖었던 페터의 옷이 다 말랐다. 노인은 아이들이 재잘거리는 소리에 귀를 기울이다가 이따금 미소를 지었다. 마침내 아이들이 잠잠해지자 노인이 일어서서 벽장으로 갔다.

"음, 대장, 몸도 다 녹였으니 이제 배가 출출하겠구나." 그가 말했다.

노인은 금방 음식을 내왔고 하이디는 식탁 주위에 의자를 놓았다. 통나무집은 하이디가 처음 왔을 때에 비해 살림살이가 조금 더 늘었다. 하이디가 늘 할아버지 옆에 꼭 붙어 있고 싶어서 벽에 붙일 벤치며 두 사람이 넉넉하게 앉을 수 있는 의자도 몇 개나 더 만들었기 때문이다. 마침내 모두 자리에 앉았다. 페터는 자리에 앉자마자 알프스 삼촌이 내민 빵에 눈이 휘둥그레졌다. 커다란 말린 고기를 얹은 두툼한 빵이었기 때문이다. 페터는 정말 오랜만에 이렇게 푸짐한 식사를 받아보았다. 저녁을 다 먹고 페터는 집으로 갈 준비를 했다. 어느새 밖은 어스름이 깔리고 있었다.

"잘 있어." 아이가 인사했다. "고마웠어. 다음 일요일에 또 올게. 그리고 우리 할머니가 네가 우리 집에 놀러 오면 좋겠대."

하이디는 남의 집에 손님으로 찾아간다는 생각에 기분이 들떴다. 그런 일은 난생처음이었기 때문이다. 그래서 이튿날 아침 눈뜨자마자 할아버지를 졸랐다. "할아버지. 오늘 페터 할머니를 만나러 가야 해요. 할머니가 저를 기다리실 거예요."

"눈이 너무 깊이 쌓여서 오늘은 안 돼." 알프스 삼촌은 손녀를 단념시키려고 이렇게 말했다.

하지만 이미 하이디의 머릿속에는 페터의 할머니를 만나러 가겠다는 생각이 콕 박혀서 떠나지 않았다. 매일매일, 적어도 여섯 번은 당장 할머니를 보러가야 하며 얼른 가지 않으면 할머니가 기다리다 지칠 것이라고 졸랐다. 페터가 집으로 찾아온 지 나흘이 지난 날이었다. 눈이 꽁꽁 얼어붙어서 밟으면 쩍쩍 소리가 났다. 키 높은 의자에 앉아 밥을 먹는 하이디 얼굴에 빛나는 햇살이 곧장 떨어졌다. 하이디가 말했다. "오늘은 꼭 할머니를 만나러 가야 해요. 할머니가 내가 오지 않을 거라고 생각하시면 어떻게 해요."

노인이 식탁에서 일어나 다락으로 올라가더니 하이디의 침대에서 두꺼운 자루를 가지고 내려왔다. "자, 이제 가보자." 그가 말했다. 잠시 후 두 사람은 함께 집을 나섰다.

하이디는 하얗게 빛나는 눈 세상을 신나게 뛰어다녔다. 전나무 가지들은 햇빛에 반짝이는 눈의 무게를 이기지 못하고 축늘어져 있었다. 하이디는 난생처음 보는 겨울 풍경이었다.

"저기 나무들 좀 보세요." 하이디가 소리쳤다. "금과 은으로 만든 것 같아요."

그동안 노인은 헛간에서 커다란 썰매를 끌고 나왔다. 썰매 한쪽에는 기다란 손잡이가 달려 있었다. 발꿈치를 땅바닥에 대고 꾹 누르면 썰매의 방향을 요리조리 바꿀 수 있었다. 노인은 눈이 가득 쌓인 나무들을 하이디가 구경할 수 있게 썰매를 태워 끌고 다녔다. 잠시 후 그는 하이디를 안고 썰매에 앉은 후 하이디가 춥지 않도록 자루로 폭 감쌌다. 노인은 왼쪽 팔로 아이를 꼭 안고 오른손으로 손잡이를 꽉 잡은 채 양발로 땅바닥을 세게 밀었다. 두 사람을 태운 썰매가 어찌나 빠르게 산을 내려가는지, 하이디는 하늘을 나는 것 같아 마구 소리를 질렀다. 페터의 집 앞에 도착하자 썰매가 덜컹하며 멈췄다. 노인은 하이디를 일으켜 세워준 후 자루를 걷었다.

"자, 어서 들어가 봐." 그가 말했다. "하지만 어두워지기 시작하면 얼른 집으로 와야 한다." 그러더니 썰매를 끌며 산으로 올라갔다.

하이디가 문을 여니 작은 부엌이 나왔는데, 그곳에는 냄비 몇 개가 놓인 선반과 난로가 있었다. 두 번째 문을 여니 천장이 낮은 작은 방이 또 나왔다. 넓고 번듯한 방과 건초를 보관하는 다락까지 있는 통나무집과 비교하면 페터의 집은 초라할 정도로 비좁았다. 하이디가 들어간 방에서는 어떤 여자가 탁자에 앉아 재킷을 수선하고 있었다. 잘 보니 그 옷은 페터 것이었다. 한쪽 구석에선 늙고 등이 굽은 다른 여자가 실을 잣고 있었다. 하이디는 곧장 그녀에게 다가가 인사를 했다. "안녕하세요, 그래니. 제가 드디어 왔어요. 제가 영영 안 올 줄 아셨죠?"

그래니가 고개를 들더니 더듬더듬 하이디의 손을 찾았다. 마침내 아이의 손이 닿자 한참 쥐고 있더니 이렇게 물었다. "네가 알프스 삼촌의 손녀니? 네가 하이디구나?"

"네. 방금 할아버지가 썰매로 저를 여기까지 데려다주셨어요."

"맙소사! 그런데 네 손이 무척 따뜻하구나. 브리기테, 알프스 삼촌이 얘를 여기까지 데리고 왔어?"

페터 어머니는 수선하던 옷을 내려놓고 다가와 하이디를 바라보았다. "모르겠어요, 어머니." 그녀가 말했다. "설마 그럴

리가 있겠어요? 아이가 착각했겠죠."

그러자 하이디가 브리기테의 얼굴을 똑바로 바라보며 또
박또박 말했다. "착각이 아니에요. 할아버지가 데려다주셨어
요. 나를 담요에 꼭 싸서 여기까지 태워주셨다고요."

"세상에. 그렇다면 페터가 알프스 삼촌에 대해서 한 이야
기가 다 사실이었구나." 그래니가 말했다. "지금까지 우리가 그
사람을 오해했나 봐. 하지만 누군들 의심하지 않겠니? 솔직히
얘가 산에서 3주나 버틸 줄은 상상도 못했어. 아이는 어떻게
생겼니, 브리기테?"

"제 엄마를 닮아 말랐어요. 하지만 새까만 눈동자와 곱슬
거리는 머리는 토비아스와 알프스 삼촌을 닮았네요. 이렇게 보
니 아빠 쪽을 더 많이 닮은 것 같아요."

여자들이 두런두런 이야기를 나누는 동안, 하이디는 작은
방을 둘러보았다. 아이의 야무진 눈은 무엇 하나 놓치지 않았다.

"덧창문 하나가 헐거워요, 그래니." 하이디가 말했다. "할
아버지라면 금방 고칠 수 있어요. 당장 고치지 않으면 창문이
부러질 거예요. 보세요. 앞뒤로 덜렁거리잖아요."

"나는 그 창문이 보이지 않는단다. 대신 소리는 잘 들려.
바람이 횡 하고 틈으로 새어 들어올 때마다 삐걱거리고 덜거덕
거리는 소리들도 다 들리지. 집이 금방이라도 허물어질 것 같
아. 식구들이 모두 잠든 밤이면 지붕이 무너져서 우리가 다 깔

65

려 죽으면 어쩌나 걱정을 한단다. 하지만 집을 손볼 사람이 없어. 페터는 아직 어떻게 하는 줄도 모를걸."

"덧창문을 한번 보세요." 하이디가 그곳을 가리키며 말했다. "다시 덜커덩거려요."

"나는 아무것도 못 본단다, 아가야. 덧창문만 못 보는 게 아니야." 그래니가 한숨을 푹 쉬며 대꾸했다.

"밖으로 나가서 덧창문을 열면 여기가 환해질 거예요. 그러면 보일 거예요, 그렇죠?"

"아니야, 그래도 안 돼. 밝든 어둡든 내게는 차이가 없단다."

"눈이 환하게 빛나는 밖으로 나가면 분명 보일 거예요. 어서 같이 나가요." 하이디는 그래니를 일으켜 세우려고 손을 잡아당겼다. 그래니가 아무것도 못 본다고 생각하니 속이 너무 상했다.

"아가, 나를 그냥 내버려 둬. 반짝거리는 눈 속에 있어도 보이지 않아. 내 주위는 언제나 깜깜하단다."

"여름에도요, 그래니?" 하이디가 안타까운 듯 물었다. "그래니는 분명 해님이 보일 거예요. 해님이 산에게 밤 인사를 건네면 불이 난 것처럼 빨개지는 모습도 보일 거예요, 그렇죠?"

"아니다, 아가야. 아무것도 안 보여. 다시는 그것들을 볼 수 없을 거야."

하이디가 와락 울음을 터트렸다. "아무도 그래니의 눈을 고쳐주지 못해요?" 하이디가 흐느끼며 물었다. "아무도요?"

그래니는 한참이나 아이를 달랬지만 소용이 없었다. 하이디는 원래 잘 울지 않지만, 한번 울음보가 터지면 좀처럼 멎지 않았다. 그래니는 엉엉 우는 하이디가 안쓰러워 이렇게 말했다. "아가야, 이제 그만 울어. 이 할미 말을 잘 들어봐. 나는 눈은 보이지 않지만 귀는 멀쩡하단다. 원래 눈이 보이지 않게 되면 상냥한 목소리는 더 잘 들려. 그래서 네 목소리를 듣자마자 마음에 쏙 들었단다. 이리 와서 내 옆에 앉으렴. 할아버지와 저 산에서 어떻게 지내는지 이야기해주겠니? 나는 전부터 네 할아버지와 잘 아는 사이였어. 하지만 최근 몇 년 동안은 통 왕래가 없었어. 물론 페터가 가끔 이야기를 해주는데, 삼촌에 대해서 들려주는 이야기는 많지가 않아."

하이디가 마침내 눈물을 닦았다. 아이의 눈에 한 줄기 희망이 나타났다. "할아버지에게 그래니에 대해서 알려드릴 때까지만 참으세요. 할아버지라면 그래니의 눈을 고칠 수 있어요. 집도 뚝딱뚝딱 잘 고치고요. 할아버지는 뭐든 할 수 있거든요."

그래니는 굳이 하이디의 말에 토를 달지 않았다. 하이디는 신이 나서 여름부터 지금까지 산 위에서 어떻게 보냈는지 이야기보따리를 재잘재잘 풀어놓았다. 하이디는 할아버지가 얼마나 물건을 잘 만드는지 말했다. 등받이가 있거나 없는 의자들을 만들고 염소들에게는 여물통을 만들어줬고 심지어 욕조며

우유 그릇과 숟가락까지 만들었는데 그것들이 전부 다 나무라고 설명했다. 그래니는 하이디 목소리에서 할아버지가 작업을 하는 모습을 얼마나 즐겁게 지켜보았는지 알 수 있었다.

"나도 언젠가는 그런 물건들을 만들 수 있으면 좋겠어요." 하이디가 이렇게 이야기를 끝맺었다.

"이 이야기 들었니, 브리기테?" 그래니가 딸에게 물었다. "삼촌이 그 일들을 다 했대!"

갑자기 바깥문이 쾅 열리며 페터가 뛰어 들어왔다. 아이는 하이디를 보자마자 우뚝 멈춰 서서 빤히 바라보았다. 하이디가 인사를 하자 그제야 반가워 활짝 웃었다.

"학교가 벌써 끝난 거야?" 그래니가 물었다. "오후 시간이 이렇게 쏜살같이 지나간 게 얼마 만인지! 그래, 페터, 오늘 읽기 수업은 어땠니?"

"늘 똑같아요." 그가 대답했다.

"아이고, 얘야." 그래니가 한숨을 폭 쉬었다.

"지금쯤이면 다른 말을 할 때도 되지 않았니. 2월이면 너도 열두 살이야."

"다른 말은 어떤 말이에요? 무슨 뜻이에요?" 하이디가 궁금증을 참지 못하고 물었다.

"손자 녀석이 읽기를 깨우쳤다는 이야기를 들으면 소원이 없겠구나. 저기 선반에 오래된 찬송가책이 있어. 그 책에는 아름다운 찬송가들이 들어 있거든. 아주 오랫동안 그 곡들을 듣지 못했어. 나는 더 이상 기억이 나지 않아. 그래서 페터가 언젠가 그 노래를 읽어줄 날만 기다리고 있어. 그런데 통 글자를 떼지 못하지 뭐니. 저 애에게는 너무 어려운 게지."

"이제 램프에 불을 붙여야겠네." 브리기테가 불쑥 말했다. 그녀는 내내 옷을 깁고 수선을 했다. "오후가 순식간에 흘러가는 바람에 이렇게 어두워진 줄도 몰랐어."

그 말에 하이디가 깜짝 놀랐다. "어두워지면 집에 가야 해요." 아이가 소리쳤다. "그래니, 안녕히 계세요." 하이디가 페터 가족에게 인사를 하고 막 집을 나서려는데, 그래니가 걱정스러운 목소리로 불렀다. "하이디, 잠깐만 기다려. 혼자 가면 안 돼. 네가 넘어지지 않게 페터가 집까지 데려다줄 거야. 페터, 중간에 멈추지 말고 열심히 올라가. 안 그러면 하이디가 감기에 걸릴 거야. 하이디, 따뜻한 옷을 가져왔니?"

"아뇨." 하이디가 냉큼 대답했다. "하지만 안 추워요." 하이디가 대답을 하자마자 쏜살같이 올라가는 바람에 페터는 따라잡기도 힘들었다.

"브리기테, 내 숄을 가지고 저 애를 따라가." 그래니가 안절부절못하며 말했다. "이렇게 추운 날씨에 저렇게 가다가는 얼어 죽을 거야." 브리기테가 숄을 집어 들고 얼른 따라갔다. 두 아이가 저 앞에서 산을 오르는데 알프스 삼촌이 성큼성큼 산을 내려왔다. 세 사람은 금세 한자리에 모였다.

"할아버지 말을 잘 듣고 착하구나." 노인이 말했다. 그러더니 자루로 하이디를 다시 폭 감싸 양팔로 안고 몸을 돌려 집으로 올라가기 시작했다. 브리기테가 마침 그 모습을 다 보았다. 그래서 페터를 데리고 얼른 집으로 돌아가 자신이 본 놀라운 광경을 어머니에게 들려주었다.

"세상에, 아이의 말이 다 사실이었어." 그래니가 감탄을 했다. "알프스 삼촌이 하이디를 여기에 또 보내주면 좋겠구나. 그 아이가 와줘서 어찌나 즐거웠는지 몰라. 어린것이 마음씨는 얼마나 따뜻하고 어찌나 재잘재잘 즐겁게 이야기를 하던지." 그래니는 기분이 몹시 좋았다. "하이디가 다시 와주면 좋겠어." 그날 저녁 그녀는 몇 번이고 이렇게 말했다. "학수고대할 일이 생겼구나."

"네, 정말 그러네요." 그래니의 말에 브리기테는 매번 맞장구를 쳤다. 페터는 환하게 웃으며 말했다. "제가 뭐랬어요."

한편 집으로 올라가면서 하이디는 두꺼운 자루에 폭 들어간 채 할아버지에게 쉴 새 없이 이야기를 들려주었다. 하지만 하이디를 겹겹이 싸두어서 무슨 말을 하는지 노인은 잘 들리지 않았다.

"집에 도착할 때까지 참으렴. 집에 가면 다 이야기해주려무나." 그가 말했다.

마침내 집에 도착해 두꺼운 자루에서 벗어나자마자 하이디는 조잘거리기 시작했다. "할아버지, 내일 망치와 커다란 못을 챙겨서 페터의 집에 꼭 가야 해요. 그래니의 집 덧창문과 다른 것들을 다 수리해야 하니까요. 집이 계속 삐걱거리고 흔들리거든요."

"뭐? 꼭 가야 한다고? 누가 그렇게 말하라고 시키더냐?"

"아무도 그러지 않았어요. 그냥 나는 알아요. 덧창문이랑 문이 다 헐겁고 덜컹거려요. 그래니는 너무 무서워서 잠도 잘 못 자요. 집이 폭삭 무너질까 봐 너무 무서우니까요. 게다가 할머니는 눈이 보이지 않아요. 아무도 할머니의 눈을 고칠 수 없다고 했어요. 하지만 할아버지는 할 수 있잖아요, 나는 알아요. 생각해보세요. 눈이 보이지 않으면 얼마나 무섭겠어요! 내일 그래니를 찾아가서 도와줘요, 네?"

하이디는 노인에게 매달리며 고개를 들어 확신에 찬 눈빛으로 바라보았다. 그는 잠시 손녀를 바라보더니 말했다. "음, 적어도 덜컹거리는 건 고칠 수 있겠지. 내일 해보자."

알프스 삼촌은 약속을 지켰다. 이튿날 오후 두 사람은 다시 썰매를 타고 내려갔다. 노인이 하이디를 페터의 집 앞에 세워주었다. "이제 들어가 봐." 그는 전날처럼 말했다. "어두워지면 집으로 돌아와야 한다." 그는 하이디를 감쌌던 자루를 썰매에 놓아둔 후 집 뒤로 사라졌다.

하이디가 문을 열고 발을 내딛기 무섭게 구석에서 그래니의 목소리가 들렸다. "하이디가 또 왔구나!" 그녀는 실 잣던 손을 멈추고 두 팔을 활짝 앞으로 뻗었다. 하이디가 얼른 달려가 등받이 없는 작은 의자를 옆에 놓더니 조잘거리기 시작했다. 갑자기 벽을 쿵쿵 두드리는 요란한 소리가 나자 그래니가 깜짝 놀라서 물레를 넘어뜨릴 뻔했다.

"이번에야말로 집이 정말 무너지려나 봐." 그래니가 공포에 차 소리쳤다. 하이디가 그래니의 팔을 냉큼 잡고 말했다. "걱정하지 마세요, 그래니. 할아버지 망치 소리예요. 할아버지는 못 고치는 게 없어요. 그러니까 이제 걱정하지 않아도 돼요."

"그게 사실이니? 하느님이 우리를 잊지 않으셨구나. 너도 저 소리 들리니, 브리기테? 망치 소리가 맞구나. 한번 나가서 살펴봐. 알프스 삼촌이면 잠깐만 들어오시라고 해. 감사 인사를 해야지."

망치질을 하는 사람은 하이디 말대로 알프스 삼촌이었다. 브리기테가 나가 보니 그는 쐐기 모양의 나무못을 벽에 박는 중이었다. "안녕하세요, 삼촌." 그녀가 인사를 했다. "이렇게 저희를 도와주셔서 어머니와 저는 얼마나 감사한지 몰라요. 어머니가 직접 인사를 드리고 싶어하시는데, 잠깐 들어오시겠어요? 저희를 위해 이런 일을 해줄 사람은 없을 거예요. 이 은혜는 잊지 않을……."

노인이 퉁명스럽게 말을 잘랐다. "됐어." 그가 말했다. "당신들이 나를 어떻게 생각하는지 잘 알아. 들어가. 내 일은 내가 알아서 할 테니까." 브리기테는 노인의 말을 거스르고 싶지 않아 얼른 들어갔다. 노인은 집을 빙 돌며 벽마다 망치질을 했다. 벽이 끝나자 이번에는 지붕으로 올라가 구멍을 메우기 시작했다. 어느새 가져온 못이 다 떨어졌다. 그 무렵 날이 어둑어둑해졌다. 노인이 염소 우리에 넣어둔 썰매를 끌고 나오는데, 마침 하이디가 할아버지를 찾으러 왔다. 그는 전날 저녁처럼 하이디를 자루로 감싸서 한 팔로 안고 다른 팔로는 썰매를 끌며 올라갔다. 하이디를 혼자 썰매에 태우면 위험했기 때문이다. 바람에 담요가 순식간에 날아가기라도 하면 하이디가 꽁꽁 얼어붙을 게 분명했다. 그래서 한 손으로는 빈 썰매를 끌고 다른 팔로 하이디를 따뜻하고 안전하게 품에 안았다.

그렇게 겨울이 갔다. 눈먼 가여운 그래니는 오랜 세월 어둠 속에서 슬픔에 잠겨 지냈지만 다시 행복해졌다. 날이 밝으면 즐거운 일이 일어날지 모른다는 기대가 생겼기 때문이다. 매일 그래니는 하이디의 가벼운 발걸음 소리가 들리지 않는지 귀를 기울였다. 마침내 문이 열리고 아이가 들어오면 이렇게 말했다. "감사합니다. 오늘도 하이디가 왔구나." 그러면 하이디가 곁에 앉아 재잘재잘 이야기를 시작했다. 시간이 어찌나 훌쩍 흘러가는지 그래니는 브리기테에게 한 번도 이렇게 묻지 않았다. "아직도 해가 지지 않았니?"

대신 하이디가 가면 이렇게 말했다. "오후가 너무 짧지 않니?" 그러면 브리기테는 방금 점심을 먹고 치운 것 같다고 맞장구를 쳤다.

"하느님, 그 아이를 안전하게 지켜주세요. 알프스 삼촌이 언제나 행복하게 해주세요." 그래니는 항상 이렇게 기도를 올렸다. 또 브리기테에게 하이디가 건강해 보이는지 물었다. 그 질문에 브리기테는 항상 이렇게 대답했다. "하이디는 분홍색 사과 같아요."

하이디는 그래니에게 점점 더 정이 들었다. 누구도 다시는 그녀에게 시력을 되찾아줄 수 없다는 사실을 마침내 받아들였을 때는 큰 슬픔에 잠길 정도였다. 그래니는 하이디가 곁에 있으면 앞이 거의 보이지 않아도 아무렇지도 않다고 몇 번이나 말해주었다. 그 말을 듣고 하이디는 화창한 날이면 항상 할아버지와 함께 썰매를 타고 그래니를 찾아왔다. 노인은 항상 망치와 못과 필요한 자재를 챙겨와 조금씩 수리했고 어느새 집 전체를 다 손보게 되었다. 덕분에 그래니는 밤에 삐걱거리는 소리가 나도 더 이상 무섭지 않았다.

초대받지 않은 두 명의 손님

겨울이 지나갔고 또 한 번의 행복한 여름이 끝났다. 하이디가
산에서 맞이한 두 번째 겨울도 거의 다 갔다. 아이는 따스한 바
람이 불어와 눈이 녹고 푸르고 노란 꽃들이 사방에 피는 봄이
오기만을 오매불망 기다렸다. 그러면 고원으로 올라가 늘 그렇
듯이 그 어느 때보다 즐거운 시간을 보낼 것이다. 하이디는 이
제 일곱 살이 되었다. 그동안 할아버지에게 쓸모 있는 일들을
잔뜩 배웠다. 하이디는 염소를 어떻게 다루는지 배웠다. 하양
이와 밤송이는 하이디 목소리에 기쁘게 매애 하고 울면서 강아
지들처럼 졸졸 따라다녔다. 겨울 동안 페터는 되르플리 마을의
교장 선생님이 보낸 전갈을 두 번이나 가지고 왔다. 교장 선생
님은 알프스 삼촌에게 하이디를 반드시 학교에 보내야 한다고
했다. 하이디는 이미 학교에 입학할 나이였다. 원래는 그전 겨
울부터 학교에 다녀야 했다. 하지만 두 번 다 알프스 삼촌은 자

신은 항상 집에 있으니 할 말이 있으면 교장선생님이 직접 오시라고 대답했다. 물론 삼촌은 하이디를 학교에 보낼 생각이 전혀 없었다. 페터는 이 대답을 충실하게 전했다.

3월의 온기에 산비탈의 눈이 녹기 시작하자 첫 번째 스노드롭 꽃이 활짝 피었다. 나무들도 겨우내 힘겹게 지고 있던 눈을 모두 털어버리고 바람이 불면 나뭇가지들은 살랑살랑 몸을 흔들었다. 하이디는 하루 종일 집과 염소 우리, 전나무들을 돌아보며 녹색으로 뒤덮인 땅이 얼마나 커졌는지 쉴 새 없이 할아버지에게 쪼르르 달려가 알렸다. 하이디가 벌써 열 번이나 밖으로 달려나갔다가 돌아온 어느 아침이었다. 검은 옷을 입고 엄숙한 분위기를 풍기는 노인이 문가에 서 있었다. 그는 하이디가 깜짝 놀라자 다정하게 말을 걸었다. "나를 겁낼 필요 없단다. 나는 아이들을 좋아하거든. 이리 와서 악수를 하자꾸나. 네가 하이디니? 할아버지는 어디 계시니?"

"지금 집에서 나무 숟가락을 만들고 계세요." 하이디는 이렇게 대답한 후 그를 집으로 안내했다.

그 노인은 되르플리 마을의 목사였다. 할아버지가 그곳에 살 때는 이웃사촌이기도 했다. "잘 지냈나, 친구." 목사는 노인에게 다가가며 인사를 했다.

알프스 삼촌이 깜짝 놀라 고개를 들더니 벌떡 일어섰다. "안녕하세요, 목사님." 알프스 삼촌은 이렇게 대답하며 의자 하나를 앞으로 밀었다. "딱딱한 의자라도 괜찮다면 여기 앉으시죠."

"정말 오랜만이군." 목사가 의자에 앉으며 말했다.

"그렇네요." 노인이 대답했다.

"자네에게 할 이야기가 있어서 왔다네. 아마 뭔지 이미 짐작하고 있겠지." 그는 잠시 입을 다물고 문가에 서 있는 하이디를 살짝 보았다. 아이는 흥미로운 표정으로 두 노인을 지켜보고 있었다.

"하이디, 가서 염소들에게 소금을 줘라. 내가 부를 때까지 염소를 돌보고 있어." 노인이 이렇게 이르자, 하이디는 냉큼 밖으로 나갔다.

"저 아이는 늦어도 지난겨울에는 학교에 가야 했어. 그전 겨울에 못 보냈다면." 목사가 말했다. "선생님이 자네에게 통보를 했는데 자네는 신경도 쓰지 않더군. 저 아이를 어떻게 할 작정인가, 이웃."

"하이디를 학교에 보낼 생각이 없습니다."

목사가 알프스 삼촌을 빤히 바라보았다. 삼촌은 완고한 표정을 지은 채 팔짱을 끼고 앉아 있었다.

"그러면 저 애가 커서 뭐가 되겠나?" 목사가 물었다.

"아이는 염소들과 새들과 함께 지낼 겁니다. 그 녀석들이라면 하이디에게 나쁜 생각을 가르치지 않을 테니까. 그러면 하이디도 행복할 거예요."

"하이디는 염소도 새도 아니야. 어린아이야. 그런 친구들 사이에서 나쁜 생각을 배울 일은 없지만 글을 읽거나 쓰는 법은 못 배우지 않나. 하이디는 지금 시작해야 해. 우리 우정을 생각해서 온 걸세. 그러니 자네도 여름 동안 잘 생각해서 계획을 세워보게. 지난겨울까지는 아이를 학교에 보내지 않아도 괜찮았어. 그래도 다음 겨울에는 학교에 꼬박꼬박 가야 하네."

"하이디가 그럴 일은 없을 겁니다." 노인은 고집스럽게 말했다.

"우리가 무슨 말을 나눈들 자네는 뜻을 바꾸지 않겠다는 건가? 자네는 온 세상을 돌아다녔어. 당연히 보고 배운 것도 많겠지. 그런 자네라면 이보다는 더 분별력이 있을 줄 알았네, 이웃."

"목사님." 알프스 삼촌이 심드렁하게 말문을 열었다. 말투에서 불편한 심사가 그대로 전해졌다. "다음 겨울이 되면 제가 하이디처럼 어린아이를 매일 산 아래로 내려보낼 거라고 생각하십니까? 이렇게 춥고 찬바람이 몰아치는 곳에서요? 바람이 몰아치고 눈이 쏟아지면 어른 남자도 걷기 힘든 날씨에 아이가 늦은 저녁 산으로 올라오는 걸 제가 두고 볼 수 있겠습니까? 그렇게 생각하세요? 목사님은 저 아이의 엄마가 이상한 발작을 일으키던 걸 기억하실 겁니다. 학교 다니느라 너무 무리를 하면 하이디도 그런 증세를 보일지 모릅니다. 하이디를 학교에 보내라고 제게 강요하면 법에 호소라도 할 겁니다. 어떻게 될 지 한번 두고 보지요."

"자네 말이 맞아." 목사가 온화하게 말했다. "이곳에서 학 교를 다니게 할 수 없어. 자네가 손녀를 얼마나 아끼는지 잘 알 겠네. 그러니 손녀를 위해서라도 오래전에 했어야 할 일을 하 지 않겠나? 되르플리 마을로 돌아오라는 말일세. 하느님과 인 간에게 등을 돌리고 이곳에서 무엇을 하고 있나? 여기서 문제 가 생기면 누구에게 도움을 청할 건가? 추운 겨울을 어떻게 버 티는지 상상도 안 되네. 혹한을 저 아이가 잘 버텨낸 것도 놀라 울 따름이야."

"아시다시피 저 아이는 건강하고 따뜻한 잠자리가 있습니 다." 알프스 삼촌이 대답했다. "저는 늘 땔감을 넉넉하게 준비 해두죠. 헛간에 땔감이 가득해요. 겨우내 이 집에서 불이 꺼진 적은 한 번도 없습니다. 저는 다시는 되르플리로 돌아가지 않 을 겁니다. 그곳 사람들과 저는 서로를 경멸해요. 그러니 서로 안 보고 사는 게 좋습니다."

"이런 삶은 자네에게 좋지 않네." 목사가 말했다. "자네가 인생에서 뭘 잃고 사는지 나는 잘 알아. 사람들은 자네 생각만 큼 자네에게 냉담하지 않아. 하느님과 이웃과 화해를 하게. 용 서가 필요하다면 그분에게 용서를 구하게. 어서 되르플리로 돌아와. 자네를 대하는 사람들의 달라진 태도를 느껴보게. 자네가 얼마나 행복해질 수 있는지 직접 확인해보라는 말일세."

그가 일어나서 한 손을 내밀었다. "다음 겨울이 찾아오면 우리 곁으로 다시 돌아온 자네를 볼 수 있기를 바라네, 오랜 친구." 그가 말했다. "자네에게 우리 생각을 밀어붙어야 한다면 우리도 마음이 편치 않을걸세. 이제 악수를 하세. 산에서 내려와 다시 우리와 함께 살면서 신과 이웃과 화해하겠다고 약속해주게."

알프스 삼촌은 그와 악수를 나눴지만 진지하게 말했다. "목사님이 좋은 뜻에서 오셨다는 걸 저도 압니다. 하지만 그 부탁은 들어드릴 수가 없어요. 이게 마지막입니다. 저는 하이디를 학교에 보내지도, 마을로 돌아가지도 않을 겁니다."

"그럼 하느님의 가호가 있기를 비네." 목사는 이렇게 말하고는 안타까운 표정으로 집을 나서 산을 내려갔다.

목사가 다녀간 후 알프스 삼촌은 내내 부루퉁했다. 점심을 먹고 평소처럼 하이디는 그래니 집에 갈 시간이라고 말했다. 그러자 그는 이렇게 대답했다. "오늘은 안 된다." 그러더니 그날은 한마디도 하지 않았다. 이튿날 아침 하이디가 그래니의 집에 갈지 또 물었다. 그랬더니 노인은 퉁명스럽게 이렇게 대답했다. "두고 보자꾸나." 그런데 점심 먹은 접시를 치우기도 전에 두 사람에게 또 손님이 찾아왔다. 이번에는 데테였다. 그녀는 깃털이 달린 예쁜 모자를 쓰고 걸을 때마다 치맛자락이 땅에 끌리는 기다란 드레스를 입고 있었다. 통나무집의 바닥이 그 치맛자락에 좋을 리 없을 텐데 말이다. 노인은 말없이 그녀를 위에서 아래로 휙 훑어보았다. 노인이 그러거나 말거나 데테의 태도는 상냥하기 그지없었다. 그녀는 곧장 용건을 꺼냈다.

"하이디가 건강해 보이네요." 그녀가 감탄을 했다. "몰라보겠어요! 삼촌이 아이를 잘 키우셨나 봐요. 저도 늘 하이디를 데리러 오고 싶었어요. 삼촌에게 아이가 방해만 될 뿐이라는 사실을 잘 아니까요. 2년 전에는 아이를 데리고 있을 방법이 떠오르지 않았어요. 아무튼 그때부터 저도 하이디를 받아줄 만한 좋은 집을 계속 찾고 있었어요. 오늘 온 것도 그 일 때문이에요. 하이디에게 좋은 자리가 생겼거든요. 어떤 자리인지 꼼꼼하게 알아봤는데, 문제가 될 만한 구석은 없어요. 백만 번에 한 번 있을까 말까 한 기회예요! 제가 일하는 집의 가족에게 프랑크푸르트에 사는 부유한 친척이 있어요. 그중에서도 제일 부유한 집에 산대요. 그 집에 어린 딸이 있는데, 한쪽 다리를 못 쓰고 몹시 병약해요. 항상 휠체어를 타고 있고 가정교사에게 혼자 수업을 들어요. 애가 평소 얼마나 지겹겠어요. 그래서 같이 놀 친구가 있으면 하나 봐요. 그 친척이 제 고용주에게 늘 그런 이야기를 했대요. 제 고용주는 당연히 그 여자아이가 가여워서 어떻게든 도울 방법이 없나 수소문하고 있었거든요. 그래서 프랑크푸르트에서 어떤 아이를 원하는지 듣게 된 거예요. 그 집에서 여자아이와 같이 지낼 순하고 예의바른 아이를 찾고 있대요. 이왕이면 좀 특이한 아이로요. 그 말을 듣자마자 하이디가 생각나지 뭐예요. 그래서 그 집에서 살림을 맡아 하는 가정부를 찾아갔어요. 그 여자에게 하이디 이야기를 했더니 괜찮을 것 같다는 거예요. 정말 잘된 일 아니에요? 하이디는 정말 복도 많지. 게다가 그 가족이 하이디를 좋아할지도 모르잖아요. 그러다가 그 집 딸에게 무슨 일이라도 일어나면 하이디에게 좋은 일이⋯⋯."

"할 이야기는 그것뿐이냐?" 지금껏 말없이 이야기를 듣고 있던 알프스 삼촌이 그녀의 말을 툭 끊었다.

그러자 데테는 분통을 터트리며 고개를 홱 쳐들었다. "지금 이 모습을 본 사람이라면 제가 무슨 시시껄렁한 이야기라도 한 줄 알겠어요." 그녀가 쏘아붙였다. "근방을 다 뒤져보세요. 이런 이야기를 듣고 고마워하지 않을 사람이 있나."

"그러면 그 사람들에게 가서 말해." 그가 심드렁하게 말했다. "나는 흥미 없으니까."

노인의 말에 데테가 쉬지 않고 말을 쏟아냈다. "그렇게 나오신다는 거죠? 그러면 제가 이야기를 좀 더 해야겠네요. 하이디는 곧 여덟 살이 돼요. 그런데 아무것도 모르고 삼촌도 그 애가 교육을 받게 할 생각도 없다면서요. 오, 그래요. 되르플리에서 그러더라고요. 삼촌이 하이디를 학교도 교회도 보내지 않는다면서요. 하이디는 내 언니의 아이고 저는 조카의 행복에 여전히 책임이 있어요. 이렇게 좋은 행운을 코앞에 두고도 남이야 어찌 되든 상관없는 사람 혼자만 그 애의 장래를 방해하고 있네요. 나는 삼촌이 마음대로 하도록 내버려 두지 않을 거예요. 경고하는데, 되르플리 사람들 전부 제 편이에요. 기어이 재판을 하겠다면 한 번 더 생각하시는 게 좋을 거예요. 삼촌이 잊고 싶었던 일들이 전부 되살아나는 꼴을 지켜봐야 할 테니까요. 법정에서 무슨 과거가 드러날지 누가 알겠어요?"

"그만해." 노인이 눈을 번득이며 버럭 소리쳤다. "그게 그렇게 소원이면 애를 데려가서 마음껏 망쳐. 앞으로 다시는 내게 아이를 데리고 오지 마. 나는 저 애가 깃털 모자를 쓴 꼬락서니도 보고 싶지 않고 방금 너처럼 말하는 것도 듣고 싶지 않으니까." 그 말을 끝으로 노인은 통나무집을 쿵쿵거리며 나가 버렸다.

"이모 때문에 할아버지가 화가 나셨어." 하이디가 잔뜩 성이 난 표정으로 말했다.

"금방 괜찮아질 거야." 데테가 말했다. "자, 어서 가자. 네 옷은 어디에 있니?"

"나는 안 가." 하이디가 말했다.

"물정 모르는 소리 마." 데테는 이렇게 쏘아붙였다. 하지만 이내 살살 구슬리는 말투로 다시 말을 이었다. "앞으로 얼마나 편하게 지낼지 네가 몰라서 그래." 그녀는 벽장으로 가서 하이디 물건을 꺼내서 꾸러미로 만들었다. "네 모자를 써. 꽤 낡았지만 그거라도 써야 해. 서둘러. 당장 출발해야 하니까."

"안 간다고 했잖아." 하이디가 다시 말했다.

"멍청하게 굴지 마. 저 염소처럼 고집부리지 말라고." 데테가 다시 쏘아붙였다. "그런 못된 버르장머리는 염소들에게서 배웠겠구나. 잘 생각해봐. 방금 할아버지가 얼마나 화가 났는지 봤지? 우리를 다시는 보고 싶지 않다고 한 말도 들었고. 할아버지는 네가 나와 함께 가기를 '원하는' 거야. 그러니까 할아버지를 더 화나게 만들고 싶지 않다면 그 말대로 하는 게 좋아. 너는 프랑크푸르트가 얼마나 좋은 곳인지, 거기서 어떤 일이 일어나는지 상상도 못 할걸. 일단 가보고 마음에 안 들면 돌아오면 돼. 그때쯤이면 할아버지도 화가 누그러져 있을 테니까."

"오늘 저녁에 바로 돌아올 수 있어?" 하이디가 물었다.

"그건 안 돼. 오늘은 마이엔펠트까지밖에 못 가. 내일 우리는 기차를 타고 프랑크푸르트로 갈 거야. 집에 오고 싶으면 거꾸로 기차를 타고 마이엔펠트까지 와서 걸어가면 돼. 그렇게 먼 곳이 아니야." 데테는 한 손으로 하이디의 손을 잡고 다른 팔에 옷 꾸러미를 꼈다. 그렇게 두 사람은 산을 내려가기 시작했다.

아직 풀이 자라기에 너무 이른 시기라 페터도 염소들을 몰고 오지 않았다. 대신 이 시간 아이는 학교에서 수업을 들었다. 아니 수업을 들어야 할 시간이었다. 하지만 가끔 페터는 무단결석을 했다. 학교 수업은 시간 낭비 같았고 읽기를 배워야 할 이유를 도무지 알 수 없었기 때문이다. 페터는 그 시간에 여기저기 쏘다니며 땔감을 구하는 편이 훨씬 좋았다. 어차피 땔감은 언제나 필요했다. 이날도 아이는 개암나무 잔가지를 한 아름 안고 집으로 돌아가는 길이었다. 그런데 산을 내려가는 하이디와 데테와 마주쳤다. "어디 가요?" 페터는 두 사람이 다가오자 물었다.

"나는 이모 따라 프랑크푸르트에 가." 하이디가 대답했다. "하지만 그러니를 보고 갈 거야. 나를 기다리고 계시니까."

"안 돼. 그럴 시간이 없어." 하이디가 손을 빼려고 하자 데테가 단호하게 말했다. "나중에 다녀와서 보면 되잖아." 그러고는 하이디의 손을 꼭 잡고 길을 재촉했다. 그녀는 페터네 집에 가면 하이디가 다시 마음을 바꿀까 봐 두려웠다. 그 노인네가 하이디 편을 들 게 분명했다. 페터는 쏜살같이 집으로 들어가 탁자 위에 모아온 나뭇가지를 있는 힘껏 내려놓았다. 어떤 식으로든 속상한 기분을 쏟아내야 했다. 그러니는 난데없는 쿵 소리에 깜짝 놀라 소리쳤다. "이게 무슨 소리야?" 브리기테도 놀라서 의자를 쓰러뜨릴 뻔했지만 평소처럼 차분하게 물었다. "왜 그러니, 페터? 왜 그렇게 성이 났어?"

"그 여자가 하이디를 데려갔어요." 페터가 버럭 소리를 질렀다.

"누가? 어디로 갔는데?" 그래니가 불안한 마음에 얼른 물었다. 하지만 짚이는 구석이 있었다. 브리기테가 알프스 삼촌의 집 쪽으로 올라가는 데테를 보고 다 이야기해줬기 때문이다. 그녀는 얼른 창문을 열고 애원하듯 소리쳤다. "그 아이를 우리에게서 빼앗아 가지 마, 데테!" 데테와 하이디는 발걸음을 재촉했다. 두 사람에게 그래니 목소리가 들리기는 했지만 무슨 말인지 알아들을 수 없었다. 데테는 무슨 말일지 짐작이 되어 하이디의 손을 꼭 쥐고 발걸음을 재촉했다.

"그래니가 부르시는 소리야. 가서 할머니를 보고 싶어." 하이디가 손을 빼려고 버둥대며 말했다.

"그렇게 지체할 여유가 없어. 지금도 늦었단 말이야." 데테가 하이디를 나무랐다. "기차를 놓치고 싶지 않아. 너는 프랑크푸르트에 가면 얼마나 좋을지만 생각해. 일단 가보면 오고 싶은 마음이 생길지 모르겠지만, 그래도 돌아오고 싶으면 그래니에게 선물을 사서 올 수도 있어."

"정말?" 하이디가 선물을 한다는 생각에 갑자기 기분이 좋아져서 되물었다. "그래니에게 드릴 선물로 뭐가 좋을까?"

"맛있는 게 좋지 않을까? 그래니라면 도시에서 파는 하얗고 보드라운 롤빵을 좋아하실 것 같구나. 검은 빵은 너무 단단해서 그 연세에는 잘 못 드실 테니까."

"맞아. 잘 못 드셔. 씹을 수가 없어서 페터에게 빵을 주시는 모습을 전에 본 적이 있어. 서둘러, 이모. 오늘 중으로 프랑크푸르트에 도착할 수 있어? 그러면 바로 롤빵을 사서 돌아올 수 있을 거야." 하이디는 마음이 급해져서 다급하게 달리기 시작했다. 한 팔에 하이디의 옷 꾸러미를 든 데테는 아이와 속도를 맞추기도 힘겨웠다. 하지만 그녀는 그렇게라도 해서 얼른 이곳을 떠날 수 있으면 그걸로 좋았다. 곧 되르플리 마을에 도착할 텐데, 마을 사람들이 이것저것 물어보기 시작하면 하이디의 마음이 흔들릴지도 모르기 때문이었다.

데테의 짐작대로 마을로 들어가자 사방에서 사람들이 말을 걸었다. "쟤, 알프스 삼촌 집에서 도망치는 거야?" "어머나, 저 애가 아직 살아 있네!" "아이가 아주 건강해 보이네." 쏟아지는 질문에 데테는 이렇게 대답했다. "지금 그런 이야기를 하고 있을 시간이 없어요. 보시다시피 우리가 몹시 급하거든요. 갈 길이 멀어요." 데테는 마침내 마을을 벗어나자 하늘에 절로 감사하고 싶어졌다. 하지만 하이디는 입을 꾹 다물고 발을 재게 놀릴 뿐이었다.

그날 그 일이 있은 후 알프스 삼촌은 전보다 더 말이 없고 산속에 은둔하게 되었다. 어쩌다가 그가 등에 치즈가 든 바구니를 지고 한 손에 육중한 지팡이를 든 채 되르플리 마을을 지나가면 엄마들은 아이들이 삼촌의 눈에 띄지 않게 단속했다. 그만큼 노인의 표정은 험악했다. 그는 누구와도 말을 하지 않았다. 그저 마을을 지나 골짜기 아래로 내려가서 나무로 직접 만든 물건들을 팔아 번 돈으로 다시 빵과 고기를 샀다. 노인이 지나가면 마을 사람들은 삼삼오오 모여서 그의 표정과 행동에 대해 수군거렸다. 그들은 하이디가 노인에게서 벗어났으니 얼마나 다행이냐며 입을 모았다. 노인이 따라올까 봐 아이가 겁에 질려 헐레벌떡 산을 내려오던 모습을 보지 않았냐고 하면서 말이다.

하지만 그래니만큼은 언제나 알프스 삼촌 편을 들었다. 사람들이 실을 뽑을 양모를 맡기러 오거나 실을 찾으러 올 때마다 그래니는 삼촌이 하이디를 아주 잘 키웠다거나, 하마터면 지난겨울에 무너질 뻔했던 집을 고맙게도 다 고쳐주었다는 이야기를 일부러 꺼냈다. 마을 사람들은 그 이야기가 도무지 믿기지 않았다. 그래서 그래니가 눈도 안 보이는데 귀까지 먹은 것 같다고 생각했다. 연로한 그래니는 자신이 무슨 말을 하는지도 잘 모를 거라고 마음대로 넘겨짚었다.

알프스 삼촌은 더 이상 그래니의 집 근처에는 얼씬도 하지 않았다. 하지만 삼촌이 집을 어찌나 튼튼하게 잘 고쳐놓았는지 다시 폭풍우가 몰려와도 집은 끄떡도 하지 않을 듯했다. 하이디가 찾아오지 않으니 그래니는 하루하루가 지겹고 주위가 텅 빈 것 같았다. 그녀는 점점 울적해져 죽기 전에 한 번이라도 하이디의 목소리를 듣고 싶다는 푸념을 입버릇처럼 하게 되었다.

새로운 생활이 시작되다

하이디가 이모의 손에 이끌려 간 곳은 프랑크푸르트에 사는 부유한 제제만 씨의 집이었다. 그의 외동딸인 클라라는 몸이 불편해서 하루 종일 휠체어 생활을 했다. 클라라는 가고 싶은 곳이 있으면 누군가가 휠체어를 밀어주어야 했다. 클라라는 참을성이 매우 많은 아이였다. 얼굴은 갸름하고 눈동자는 엷은 푸른색이었으며 안색이 늘 창백했다. 클라라의 어머니는 오래전에 죽었다. 그 후 제제만 씨는 맡은 일은 잘하지만 늘 뚱한 미스 로텐마이어를 가정부로 고용했다. 그녀는 클라라를 돌보고 하인들을 통솔했다. 제제만 씨는 사업을 하느라 집을 자주 비웠기 때문에 집안일은 전부 그녀에게 맡겼다. 단, 절대 클라라의 뜻을 거역해서는 안 된다는 조건이 있었다.

하이디가 오기로 한 날 저녁, 클라라는 평소처럼 근사하고 안락하게 꾸민 방에 앉아 있었다. 사람들은 넓은 식당 옆에 붙어 있는 그 방을 공부방이라고 불렀다. 유리문이 달린 커다란 책장이 한쪽 벽면을 꽉 채우고 있고 이 방에서 클라라는 가정 교사에게 수업을 받았다. 클라라는 벽에 걸린 커다란 시계에서 눈을 떼지 않았다. 오늘따라 시곗바늘이 천천히 돌아가는 것 같았다. 그래서 평소답지 않게 조급한 목소리로 물었다. "올 시간이 되지 않았나요, 미스 로텐마이어?"

미스 로텐마이어는 등을 꼿꼿하게 편 채 작은 작업대에 앉아 바느질을 하는 중이었다. 그녀는 높은 옷깃이 달린 재킷을 입고 터번 같은 것을 머리에 쓰고 있는데, 그 모습은 상당히 눈길을 끌었다.

"지금쯤 도착해야 하는 거 아니에요?" 아까보다 더 초조한 목소리로 클라라가 물었다.

바로 그때 데테와 하이디는 제제만 씨 집 문 앞에 서 있었다. 마침 이 집의 마부 요한이 마차를 몰고 들어왔기에 데테는 어디로 가면 미스 로텐마이어와 이야기를 나눌 수 있는지 물었다.

"그건 내 일이 아니에요." 그가 대답했다. "초인종 줄을 당겨서 세바스티안을 찾아요."

데테는 요한의 말대로 했다. 줄을 당기자 하인이 계단을 내려왔다. 그는 커다랗고 둥근 단추가 달린 말쑥한 상의를 입고 있었다. 눈도 단추처럼 크고 둥글었다.

"지금 미스 로텐마이어를 만날 수 있을까요?" 데테가 물었다.

"그건 내 일이 아니에요." 세바스티안이 대답했다. "다른 초인종 줄을 당겨서 티네테를 찾으세요." 그는 이렇게 대답한 후 가버렸다.

데테가 다시 다른 초인종 줄을 당기자 이번에는 깔끔한 옷차림의 하녀가 나왔다. 머리에는 눈처럼 하얀 모자를 쓰고 당돌한 표정을 짓고 있었다.

"무슨 일이시죠?" 그녀는 계단 꼭대기에서 건방지게 물었다.

데테가 아까 한 질문을 다시 했다. 그러자 하녀가 냉큼 들어가더니 금방 돌아와서 말했다. "기다리고 계십니다." 하이디와 데테는 계단을 올라가 티네테를 따라 공부방으로 향했다. 공부방으로 들어간 두 사람은 공손하게 문 안쪽에 섰다. 데테는 이런 낯선 환경에서 하이디가 어떻게 행동할지 몰라 하이디의 손을 꼭 잡고 있었다. 미스 로텐마이어가 천천히 일어나 다가왔다. 이 집의 외동딸의 말동무로 소개받은 하이디를 요모조모 뜯어보았다. 그녀는 눈앞의 아이가 마음에 들지 않는 듯했다. 그도 그럴 것이 하이디는 다 낡은 면 원피스를 입고 볼품없는 모자를 쓰고 있었다. 게다가 하이디는 미스 로텐마이어가 쓰고 있는 독특한 머릿수건을 놀란 눈으로 쳐다보고 있었다.

"이름이 뭐지?" 하이디를 뚫어져라 바라보던 미스 로텐마이어가 불쑥 물었다. 하이디는 맑고 또렷한 목소리로 이름을 말했다.

"그게 정식 이름일 리 없어, 그렇지? 세례명이 뭐지?"

"기억이 안 나요." 하이디가 대답했다.

"그게 무슨 말이니? 이 아이는 멍청한 거예요? 아니면 버르장머리가 없는 거예요?" 미스 로텐마이어는 데테에게 물었다.

"괜찮으시다면 제가 대신 이야기를 해도 될까요. 아이는 낯선 사람들이 익숙하지 않을 뿐입니다." 데테는 이렇게 말하며 엉뚱한 대답을 한 벌로 조카를 쿡 찔렀다. "절대 멍청한 아이가 아니에요. 버릇이 없는 것도 아니고요. 단지 아무것도 몰라서 그래요. 머리에 제일 먼저 떠오른 생각을 툭툭 내뱉곤 하죠. 지금까지 이런 집에는 와본 적도 없는 데다 아무도 예절을 가르쳐주지 않았거든요. 하지만 영리한 아이니까 조금만 가르치면 금방 배울 거예요. 그러니 이 아이를 용서해주세요. 아이의 세례명은 아델하이트예요. 죽은 저의 언니, 그러니까 아이의 엄마의 이름을 땄죠."

"음, 적어도 그 이름은 상식적이군요. 그런데 아이가 너무 어려 보이는데. 우리는 클라라 아가씨와 나이가 같은 아이를 원한다고 말했을 텐데요. 그래야 함께 수업을 듣고 말동무가 될 수 있으니까요. 클라라 아가씨는 지금 열두 살이에요. 이 아이는 몇 살이죠?"

데테는 이 질문이 나오리라 짐작하고 있었다. 그래서 대답도 생각해두었다. 그녀는 싹싹하게 대답했다. "솔직히 말씀드리면 제가 아이 나이를 정확하게 기억하지 못해요. 아마 열 살 정도 되었을 거예요."

"저는 곧 여덟 살이 돼요." 하이디가 불쑥 대답했다. "할아버지가 그렇게 말해줬어요."

데테가 또다시 쿡 찔렀다. 그러나 하이디는 자신이 말실수를 했다는 사실을 알아차리지 못했다.

"여덟 살도 안 되었다고요!" 미스 로텐마이어가 버럭 소리쳤다. "네 살이나 어리잖아요. 그런데 왜 데리고 온 거죠?" 그녀는 다시 하이디를 보며 물었다. "학교에서는 어떤 책으로 공부를 했지?"

"안 했어요." 하이디가 대답했다.

"그게 무슨 말이니? 그러면 읽기는 어떻게 배웠어?"

"배우지 않았어요." 하이디가 대답했다. "페터도 못 읽어요."

"맙소사. 그 나이에 읽을 줄도 모른다고!" 미스 로텐마이어는 경악을 금치 못했다.

"말도 안 돼! 그럼 너는 뭘 배웠니?"

"아무것도 안 배웠어요." 하이디가 솔직하게 대답했다.

조용한 실내에 긴장감이 감돌았다. 마침내 미스 로텐마이어는 상황을 파악했다.

"잘 들어요, 데테." 마침내 그녀가 말문을 열었다. "무슨 생각으로 이 아이를 데리고 왔는지 모르겠군요. 아이는 여기에 맞지 않아요."

하지만 데테는 호락호락 물러날 생각이 없었다. 그래서 단호하게 말했다. "저는 이 아이가 귀댁에서 찾으시는 아이라고 생각했어요. 저에게 특별한 아이를 원한다고 말씀하셨잖아요. 그런데 나이가 더 많은 아이들 중에는 그런 아이가 없답니다. 다들 비슷하죠. 하지만 하이디는 달라요. 주인마님이 기다리고 계셔서, 괜찮으시다면 저는 이만 가볼게요. 하이디는 일단 두고 가겠습니다. 대신 며칠 후에 어떻게 지내고 있는지 보러 들를게요."

이 말을 끝으로 데테는 짧게 인사를 하고 도망치듯 방을 나가 계단을 후다닥 내려갔다. 잠시 후 미스 로텐마이어가 데테를 뒤쫓아 나갔다. 하이디가 그 집에서 지내려면 미리 상의해야 할 일도 많은 데다 데테가 하이디를 두고 가려고 단단히 작정한 것처럼 보였기 때문이다.

이모와 미스 로텐마이어가 이야기를 하는 내내 하이디는 가만 서서 꼼짝도 하지 않았다. 데테가 자신을 두고 가버리는데도 말이다. 지금까지 이 모든 상황을 휠체어에 앉아 말없이 지켜보던 클라라가 마침내 하이디에게 말을 걸었다.

"너는 하이디와 아델하이트 중에 어떤 이름이 더 좋아?" 클라라가 물었다.

"다들 나를 하이디라고 불러. 그게 내 이름이야." 하이디가 대답했다.

"음, 그럼 나도 하이디라고 부를게. 이상한 이름이기는 해도 너랑 잘 맞아. 너같이 생긴 아이는 처음 봐. 너는 머리를 항상 짧게 자르니? 늘 꼬불거려?"

"응, 그런 것 같아." 하이디가 쾌활하게 대답했다.

"너는 우리 집에 와서 좋아?" 클라라가 계속 물었다.

"아니. 하지만 내일 다시 집으로 돌아갈 거야. 그래니에게 드릴 맛있는 롤빵을 가지고."

"너는 재미있는 아이구나. 있잖아, 너는 내 말동무로 나와 함께 수업을 들으려고 프랑크푸르트로 특별히 데리고 온 거야. 네가 글을 못 읽어도 우리는 재미있게 지낼 수 있을 거야. 수업 시간은 무척 지겨울 때가 많아. 어서 선생님이라고 내 가정교사 선생님이 오셔. 그분이 매일 이 방에서 10시부터 2시까지 수업을 해. 그때는 시간이 얼마나 천천히 가는지 몰라. 가끔 선생님이 책을 얼굴로 바짝 가져가. 지독한 근시라도 되는 것처럼 말이야. 하지만 나는 다 알아. 선생님은 책으로 가리고 하품을 하시는 거야. 또 미스 로텐마이어는 손수건을 꺼내서 얼굴로 가져가. 마치 눈물을 닦는 것처럼 말이지. 하지만 그녀도 하

품을 하는 거야. 그러면 나까지 하품을 하고 싶어진다니까. 그
래도 하품을 꾹 참아야 해. 안 그러면 미스 로텐마이어가 내가
몸이 안 좋다고 수선을 피우면서 대구 간유를 마시게 하거든.
이 세상에서 대구 간유보다 더 지독한 맛은 상상할 수 없어. 하
지만 이제부터 네가 읽기를 배울 때 나는 가만히 듣고 있으면
되겠어. 그 편이 훨씬 더 재미있을 거야."

하이디가 그런 일은 없을 거라는 듯 고개를 흔들었다.

"하지만 너도 읽기를 배울 거야. 모두 다 배워야만 하는
걸." 클라라가 재빨리 이야기를 이었다. "어서 선생님은 무척
상냥하셔. 그분은 절대 성을 내지 않고 설명해주실 거야. 분명
히 처음에는 선생님이 무슨 말을 하는지 들어도 모르겠지. 하
지만 절대 모르겠다고 말하면 안 돼. 그러면 선생님이 설명을
하고 또 해서 오히려 머리가 더 뒤죽박죽이 될 테니까. 아는 게
조금씩 늘어나면, 결국 선생님이 무슨 말을 하는지 다 이해하
게 될 거야."

이때 미스 로텐마이어가 공부방으로 들어왔다. 그녀는 데
테를 따라잡을 만큼 걸음이 빠르지 않아 놓쳐버리고 말았다.
게다가 이 난처한 상황을 빠져나갈 방법이 보이지 않아 짜증이
솟았다. 하이디를 데리고 오는 데 전적으로 찬성했기 때문에
이 상황은 자신의 책임이었다. 미스 로텐마이어는 심란한 듯
공부방과 식당 사이를 서성거렸다. 그러다가 식탁을 차리고 나

서 빼먹은 것이 없는지 살펴보는 세바스티안과 딱 마주쳤다.

"그만 꾸물거리고 어서 식사 내올 준비를 해요." 그녀는 딱딱하게 지시를 내린 후 위압적인 어조로 티네테를 불렀다. 티네테는 미스 로텐마이어조차 분노를 꾹 참을 만큼 오만하고 당당한 표정으로 고상하게 방으로 들어왔다. 미스 로텐마이어는 최대한 냉정을 유지하며 지시를 내렸다. "방금 도착한 아이가 지낼 방이 제대로 정리되었는지 확인해봐요. 모든 준비가 다 되었겠지만 먼지라도 털어야 하니까."

"여부가 있겠습니까?" 티네테는 당당하게 방을 나서며 건방지게 말했다.

세바스티안도 화가 났지만 감히 말대답을 하지는 못했다. 대신 분풀이로 식당에서 서재로 통하는 쌍여닫이를 쾅 하고 세게 열었다. 세바스티안은 클라라를 식탁으로 데려가기 위해 휠체어로 몸을 구부정하게 숙였다. 잠시 서서 휠체어의 손잡이를 조작하는데, 자신을 빤히 바라보는 하이디가 눈에 들어왔다. 그 모습에 짜증이 더 솟구쳤다. 그래서 툴툴거리며 물었다. "나를 왜 그렇게 보니?"

"아저씨는 염소치기 페터를 닮았어요." 하이디가 대답했다. 미스 로텐마이어가 마침 서재에 들어왔다가 그 소리를 듣고 넌더리가 난다는 듯 양손을 들었다.

"하인에게 말투가 그게 뭐니!" 그녀가 소리쳤다. "어떻게 행동해야 하는지 아무것도 모르는구나."

세바스티안은 휠체어를 밀어 클라라를 식탁으로 데려갔다. 그리고 클라라를 안아서 안락의자에 내려놓았다. 미스 로텐마이어는 그 옆에 앉은 후 하이디에게 몸짓으로 맞은편에 앉으라고 했다. 세 사람이 앉아서 먹기에는 식탁이 너무 컸다. 세바스티안이 바로 옆에서 음식을 건네줄 수 있을 만큼 공간은 넉넉했다. 하이디의 접시 옆에는 맛있는 하얀 롤빵이 놓여 있었다. 그것을 본 순간 하이디의 눈이 반짝거렸다. 세바스티안이 구운 생선 요리를 가져다줄 때까지 롤빵에 손도 대지 않고 기다렸다. 어쩐지 페터를 많이 닮은 사람은 믿을 수 있을 것 같아서 세바스티안에게 물어보았다. "이거 가져도 돼요?" 그러면서 빵을 가리켰다.

세바스티안은 미스 로텐마이어가 이걸 보면 뭐라고 할지 곁눈질로 힐끔힐끔 살피면서 얼른 고개를 끄덕였다. 하이디가 롤빵을 집어 주머니에 넣자 그는 어떻게 하면 무표정하게 버틸 수 있을지 난감해했다. 하인은 감정을 드러내서는 안 되기 때문이었다. 그래서 하이디가 요리를 다 먹을 때까지 움직이지도, 말을 하지도 않고 서 있었다. 세바스티안은 지시를 기다리며 하이디 옆에 가만히 서 있었다. 잠시 후 하이디가 고개를 들어 그를 보면서 놀란 목소리로 물었다. "그것도 먹어도 돼요?" 그는 다시 고개를 끄덕였다. 이번에도 얼굴을 일그러뜨리며 간신히 웃음을 참았다.

"그러면 좀 주세요." 하이디가 자신의 접시를 가리키며 고개를 들어 말했다.

"그 접시를 식탁에 내려놓고 나중에 오도록 해요." 미스 로텐마이어가 엄격한 목소리로 지시를 했다. 세바스티안은 잽싸게 문으로 갔다.

"너는 기본부터 배워야겠구나, 아델하이트." 미스 로텐마이어가 짜증스러운 듯 눈을 깜박이며 말을 이었다. "자, 식탁에서 식사를 할 때는 이렇게 해야 한다." 그녀는 식사 방법을 몸소 보여주었다. "그리고 명심해. 식사 중에는 지시를 내리거나 요청할 게 있을 때만 세바스티안에게 말을 해야 해. 그때가 아니면 말을 걸어서는 안 된다. 하인들과는 그렇게 무람없이 말해서는 안 돼. 앞으로 나를 미스 로텐마이어라 부르고. 클라라아가씨는 어떻게 부를지 아가씨가 직접 말해줄 거다."

"물론 클라라죠." 클라라가 얼른 대답했다.

그때부터 미스 로텐마이어는 아침부터 밤까지 하루 일과에 대해 자세하게 설명했다. 아침에 일어나고 밤에 잠자리에 들 때, 밖으로 나갈 때와 집 안으로 들어올 때, 문을 닫을 때와 물건을 정리할 때 어떻게 해야 하는지 규칙은 끝도 없었다. 한창 이야기를 하는 도중에 하이디는 그만 잠이 들어버렸다. 그도 그럴 것이 새벽 5시에 일어난 후, 종일 여행을 했기 때문이다.

마침내 미스 로텐마이어가 일장 연설을 끝낼 즈음 이렇게 물었다. "자, 아델하이트. 지금까지 내가 한 말을 다 이해했니?"

"하이디는 잠들었어요." 클라라가 미소를 지으며 대답했다. 식사 시간이 이렇게 즐거운 적은 정말 오랜만이었다.

"저 아이는 정말 못 말리겠군요." 미스 로텐마이어가 짜증스럽게 말했다. 그리고 초인종 줄을 당겼는데 어찌나 난폭했는지 세바스티안과 티네테가 헐레벌떡 달려오다 서로 부딪쳐 넘어질 뻔했다. 그런 소동이 벌어졌는데도 하이디는 꿈쩍도 하지 않았다. 하이디를 방으로 데려가기 위해 깨우는 것도 여간 힘들지 않았다. 하이디의 방은 집의 반대편 끝에 있었는데, 그곳까지 가려면 공부방을 지나고 클라라의 방을 지난 후 미스 로텐마이어의 응접실까지 지나가야 했다.

미스 로텐마이어를 덮친 불운한 날

이튿날 하이디는 잠에서 깨 주위를 둘러보았다. 전날 일어난 일은 까맣게 잊어버렸다. 아니나 다를까 자신이 어디에 있는지 감도 잡히지 않았다. 하이디는 눈을 비비고 다시 보았지만 눈에 들어오는 광경은 여전히 똑같았다. 하이디는 커다란 방에 놓인 높직하고 하얀 침대에 누워 있었다. 창문에는 기다랗고 흰 커튼이 달려 있고 아름다운 꽃무늬 천을 씌운 커다란 안락의자 두 개와 소파 한 개가 있었다. 그뿐만이 아니었다. 방에는 둥근 탁자가 있었고 구석의 세면대 위에는 난생처음 보는 물건들이 잔뜩 있었다. 갑자기 전날 저녁에 있었던 일이 다 기억났다. 키가 큰 숙녀가 알려준 규칙들도 떠올랐다. 어쨌든 잠이 들 때까지 듣기는 한 것이다.

하이디는 침대에서 폴짝 뛰어내려 얼른 옷을 갈아입었다. 바깥 풍경이 보고 싶어서 이 창문 저 창문으로 왔다 갔다 했다. 커튼을 걷으려니 너무 무거워서 결국 커튼 아래로 들어갔다. 이번에는 창문이 너무 높아서 간신히 밖이 조금 보였다. 그런데 어디를 보아도 높은 벽과 창문들뿐이었다. 하이디는 슬슬 겁이 나기 시작했다. 할아버지 집에 살 때는 아침에 눈뜨자마자 아름다운 풍경을 보기 위해 밖으로 뛰어나갔다. 하늘은 파랗고 해는 환하게 빛나는지 확인하고 나무와 꽃들에게 아침 인사를 건네기 위해서 말이다. 하이디는 이 창문에서 저 창문으로 오가며 겁에 질린 듯 창문을 열려고 했다. 마치 자유를 향해 창살 사이로 빠져나갈 방법을 찾는 새장 속 야생의 새 같았다. 아이는 바깥에 무엇이 있는지 볼 수 있다면, 어디든 마지막 눈이 막 녹은 푸른 풀밭을 볼 수 있다면 마음이 놓일 것 같았다. 하지만 자그마한 손가락들을 창틀 아래에 밀어 넣고 아무리 밀고 당기고 애를 써도 창문은 꽉 닫힌 채 꿈쩍도 하지 않았다. 한참 끙끙거리던 하이디는 결국 포기하고 물러났다. '어쩌면 집 밖으로 나가서 뒤쪽으로 가면 풀이 있을지 몰라.' 하이디는 이렇게 생각했다. '집 앞에는 돌밖에 없어.'

바로 그때 누가 문을 톡톡 두드리는 소리가 났다. 티네테가 방 안으로 머리를 쏙 집어넣고 퉁명스럽게 말했다. "아침 식사가 준비되어 있어." 그러고는 재빨리 문을 닫았다. 하이디는 그게 무슨 말인지 알 수 없었다. 하지만 티네테의 말투가 몹시 사나운 것을 보면 이곳에 가만히 있으라는 뜻일 거라 짐작했다. 탁자 아래를 보니 등받이 없는 작은 의자가 있어서 일단 앉았다. 그리고 무슨 일이 일어날지 가만히 기다렸다. 잠시 후 미스 로텐마이어가 짜증을 내며 요란하게 방으로 들어왔다. 그러더니 다짜고짜 하이디를 나무라기 시작했다. "아델하이트, 너 지금 뭐 하는 거니? 아침 식사라는 말이 무슨 뜻인지도 모르니? 어서 따라와." 이런 말이라면 하이디도 알아들을 수 있었다. 그래서 미스 로텐마이어를 따라 식당으로 갔다. 클라라는 아까부터 아침을 먹으러 와 있었고 하이디를 보자 상냥하게 인사를 건넸다. 클라라는 평소보다 훨씬 밝아 보였다. 신나는 하루를 보낼 것만 같은 예감이 들었기 때문이다.

이후 아침 시간은 별일 없이 지나갔다. 하이디는 버터 바른 빵을 무척 맛있게 먹었다. 식사가 끝나자 클라라는 휠체어를 타고 공부방으로 갔다. 미스 로텐마이어는 하이디도 공부방으로 데려가더니 선생님이 오실 때까지 클라라와 함께 기다리라고 말했다. 곧 두 아이만 남았고, 하이디가 물었다. "창문 밖을 보려면 어떻게 해야 해? 저 아래에는 뭐가 있어?"

"일단 창문을 열어야겠지." 클라라가 활짝 웃으며 대답했다.

"하지만 열리지 않던걸." 하이디가 대꾸했다.

"아니야, 열려. 하지만 네가 직접 열 수도 없고 나도 못 열어. 세바스티안에게 부탁해봐. 열어줄 거야."

하이디는 그 말에 마음이 놓였다. 이번에는 클라라가 하이디에게 지금까지 어디서 어떻게 살았는지 물었다. 질문을 받자마자 하이디는 집 주변의 산과 염소들 이야기며 사랑하는 온갖 것들에 대해 재잘거렸다.

두 아이가 한참 이야기를 나누는데 어서 선생님이 도착했다. 그가 평소대로 곧장 공부방으로 들어가려는데, 미스 로텐마이어가 그를 불렀다. 미스 로텐마이어는 어서 씨를 식당으로 안내하고 자신의 난처한 상황을 털어놓기 시작했다.

"얼마 전에 제제만 씨가 사업차 파리로 출장을 가셨을 때였어요." 그녀는 이렇게 말문을 열었다. "저는 주인어른에게 클라라 아가씨와 동갑내기인 말동무가 있으면 좋겠다는 편지를 보냈어요. 클라라 아가씨가 원했고 저도 괜찮은 생각 같았거든요. 수업 시간에 또래와 경쟁하듯 배우면 공부를 더 열심히 할 것 같았죠. 게다가 친구를 사귀면 클라라 아가씨에게도 좋고 도움이 될 것 같았어요. 말동무를 들이면 클라라 아가씨가 즐겁게 지내도록 제가 신경을 덜 써도 될 것 같았답니다. 그게 쉬운 일이 아니거든요. 제제만 씨도 동의를 하셨습니다만, 데려올 아이도 따님과 똑같은 대우를 받아야만 한다고 하셨어요. 당신 집에서 어떤 아이라도 구박을 받는 일은 용납하지 않겠다고요. 감히 말씀드리는데 걱정할 필요는 없어요! 이 집에서 어느 누가 그런 짓을 하겠어요."

미스 로텐마이어는 이렇게 이야기를 시작했다. 그리고 본

론으로 들어가서 하이디라는 아이가 왔는데 어딜 보나 전혀 적합하지 않다고 했다. "생각해보세요. 그 애는 알파벳도 전혀 몰라요. 예의를 지켜야 할 자리에서 어떻게 행동하는지는 말할 것도 없고요. 그래서 말인데요, 이 끔찍한 상황을 정리할 방법은 하나뿐인 것 같아요. 선생님께서 두 아이를 함께 가르칠 방법이 없다고 말씀해주세요. 잘못하면 클라라 아가씨의 진도가 되돌릴 수 없이 뒤처질 거라고요. 그런 이유라면 이 스위스 아이를 집으로 돌려보내도록 제제만 씨를 설득할 수 있을 겁니다."

어서 씨는 신중한 사람이었다. 어떤 문제든 항상 상반된 관점에서 고려하려고 했다. 일단 그는 미스 로텐마이어에게 예의를 지켜 위로의 말을 몇 마디 건넸다. 어쩌면 걱정한 만큼 상황이 나쁘지 않을 수 있다고 말했다. 그 아이가 어떤 면은 부족해도 다른 면은 앞서 있을지도 모르고 그래서 제대로 가르치면 의외로 빨리 배울 수도 있다고 덧붙였다. 미스 로텐마이어는 가정교사의 협조를 받을 수 없다는 사실을 깨달았다. 말을 들어보니 어서 씨는 하이디에게 알파벳부터 가르쳐도 전혀 개의치 않을 것 같았다. 미스 로텐마이어는 가정교사를 공부방으로 안내한 후 그를 들여보내고 자신은 남았다. 알파벳부터 배우는 하이디를 볼 생각을 하니 불쑥 화가 났기 때문이다. 그녀는 식당에서 초조하게 서성거리며 아델하이트의 호칭을 하인들에게 어떻게 정해줄지 고민했다. 그 아이를 클라라 아가씨와 똑같이 대우하라는 제제만 씨의 지시는 하인들만 따르면 된다고 생각했다. 하지만 그날 아침 미스 로텐마이어는 그런 고민이나 하고 있을 운명이 아니었다. 공부방에서 물건들이 죄다 바닥으로 떨어지기라도 한 듯 와장창 소리가 나더니 세바스티안을 부르는 소리가 들렸기 때문이다. 후다닥 공부방으로 가보니 책이며 종이, 잉크병이 사방에 흩어져 있었다. 게다가 바닥에 떨어진 테이블보 아래에서 잉크가 줄줄 새어나오고 있었다. 하이디는 어디로 갔는지 보이지 않았다.

"이게 다 무슨 일이죠?" 미스 로텐마이어가 양손을 비틀며 물었다. "책들이며 양탄자, 테이블보가 모두 잉크에 젖었잖아요. 이런 난장판은 듣도 보도 못했어요. 이게 다 그 버릇없는 아이 소행이겠군요!"

어셔 씨는 당황한 나머지 주위를 둘러보며 멀뚱히 서 있었다. 그는 이 상황에 대해 어떤 위로의 말도 떠오르지 않았다. 그런데 클라라는 무척 재미있어하는 것 같았다.

"네, 하이디가 그랬어요. 하지만 실수였어요." 클라라가 말했다. "그러니 벌을 주시면 안 돼요. 하이디는 그저 방을 가로질러 뛰어갔을 뿐인데 하필 테이블보에 걸리는 바람에 물건이 몽땅 떨어졌어요. 마침 거리에 마차들이 지나가고 있었어요. 하이디가 마차들을 보고 싶었나 봐요. 하이디는 지금까지 그런 모습을 한 번도 못 봤을 거예요."

"제가 뭐랬습니까, 어서 씨! 그 아이는 구제불능이라고요.
수업 시간에는 얌전히 앉아서 선생님 말씀을 들어야 한다는
것조차 모르지 않습니까. 그런데 지금 아이는 어디에 있죠? 설
마 집 밖으로 뛰쳐나갔나요? 이걸 보면 제제만 씨가 뭐라고 하
실지."

미스 로텐마이어가 헐레벌떡 계단을 내려가니 하이디가
열린 현관문 앞에 서서 놀란 표정으로 길을 두리번거리고 있
었다.

"도대체 너는 무슨 생각으로 이러는 거니? 수업은 왜 뛰쳐
나온 거야?" 미스 로텐마이어가 꾸짖었다.

"전나무들이 바스락거렸어요. 그런데 전나무가 보이지 않
아요. 이제는 바스락 소리도 더 들리지 않고요." 하이디가 대답
했다.

범인은 바로 달리는 마차의 바퀴 소리였다. 하이디가 그
소리를 전나무 사이로 지나가는 바람 소리와 착각한 것이다.
소리가 들리자 하이디는 반가운 마음에 직접 보려고 계단을 황
급히 뛰어 내려갔다. 하지만 그때는 마차들이 이미 지나가 버
린 후였다.

"전나무라고? 너는 이 프랑크푸르트가 숲 한가운데 있는
걸로 보이니? 얼른 따라와. 네가 무슨 짓을 벌였는지 직접 봐."

하이디는 미스 로텐마이어의 뒤를 따라 공부방으로 돌아갔다. 아이는 자신이 앞뒤 보지도 않고 방에서 뛰쳐나가는 바람에 엉망이 된 방을 보고 누구보다 깜짝 놀랐다.

"다시는 이런 짓 하지 마!" 미스 로텐마이어가 바닥을 가리키며 엄하게 말했다. "수업 들을 때는 얌전히 앉아서 집중해야 하는 거야. 또 딴짓을 하면 아예 의자에 묶어버리겠어. 무슨 말인지 잘 알겠니?"

"네. 얌전히 있을게요." 하이디는 자신이 지켜야 할 또 다른 규칙이라고 생각하며 대답했다.

세바스티안과 티네테가 와서 공부방을 정리하기 시작했다. 어서 씨는 수업은 이만하겠다고 말한 후 인사를 하고 돌아갔다. 어쨌든 수업 시간이 전혀 지루하지 않았다!

클라라는 오후에는 항상 쉬어야 했다. 미스 로텐마이어는 하이디에게 클라라가 쉬는 동안 마음대로 하라고 했다. 점심을 먹은 후 클라라는 낮잠을 자러 가고, 가정부도 자신의 방으로 갔다. 그러자 하이디는 미리 생각해둔 계획을 실행에 옮길 기회가 왔다고 생각했다. 하지만 도움이 필요했다. 하이디는 식당 밖 복도에서 세바스티안을 기다렸다. 이윽고 그가 식당 그릇 보관장에 넣어둘 커다란 은제 쟁반을 가지고 주방에서 나와 계단을 올라왔다. 하이디는 그가 계단을 다 올라오자 다가가 말했다. "어, 저기요." 하이디는 미스 로텐마이어에게 지적을 들은 후로 하인을 어떻게 불러야 할지 몰라서 그렇게 불렀다.

"무엇을 도와드릴까요, 아가씨?" 그가 살짝 성이 난 말투로 물었다.

"부탁하고 싶은 일이 있어요." 세바스티안은 기분이 나빠 보였다. "오늘 오전처럼 나쁜 일은 절대 아니에요." 문득 양탄자에 쏟아진 잉크 때문일지도 모른다는 생각이 얼핏 들어 이런 말을 얼른 덧붙였다.

"알겠습니다." 그의 목소리가 한층 밝아졌다. "그런데 무슨 일이죠, 아가씨?"

"내 이름은 아가씨가 아니에요. 하이디예요."

"미스 로텐마이어가 우리에게 그렇게 부르라고 하셨어요." 그가 대답했다.

"음, 그렇다면 그렇게 부르세요." 하이디가 작은 목소리로 말했다. 아이는 미스 로텐마이어의 지시는 반드시 따라야 한다는 사실을 이미 잘 알고 있었다. "그러면 나는 이름이 세 개가 되는 거네요." 하이디는 이렇게 말하며 한숨을 쉬었다.

"그런데 부탁하실 일이 뭔가요, 아가씨?" 세바스티안이 쟁반을 들고 식당으로 들어가며 말했다. 하이디가 그 뒤를 따랐다.

"창문을 열어줄 수 있어요, 세바스티안?"

"그럼요." 그는 이렇게 대답하고 커다란 여닫이창을 열어주었다. 하이디는 키가 너무 작아서 밖을 볼 수 없었다. 턱이 간신히 창턱에 닿을 뿐이었다. 그 모습을 본 세바스티안이 높은 나무 의자를 가져다주며 말했다. "여기 올라가서 보세요, 아가씨. 그러면 저 아래에 뭐가 있는지 다 보일 거예요." 하이디는 냉큼 의자 위에 올라섰다. 하지만 창밖을 휙 둘러본 후 몹시 실망한 표정으로 돌아섰다.

"저 밖에는 돌로 된 거리밖에 없어요." 하이디가 침울한 표정으로 말했다. "집 뒤쪽에는 뭐가 있어요, 세바스티안?"

"똑같아요."

하이디는 사람들이 왜 이런 도시에 사는지 이해가 되지 않았다. 기차를 탔을 뿐인데 산과 목초지가 보이지 않을 정도로 멀리 왔다는 사실도 마찬가지였다.

"그럼 어디 가면 골짜기를 한눈에 볼 수 있어요?"

"높은 곳으로 올라가셔야죠. 저기 꼭대기에 황금공이 얹혀 있는 교회의 종탑 같은 곳 말이에요." 그가 그곳을 가리키며 대답했다. "저기 올라가면 아주 멀리까지 보일 거예요."

하이디는 의자에서 내려와 계단을 한달음에 뛰어 내려가 집을 나섰다. 하지만 위층 창문에서 보았던 것과 달리 건너편 어디에도 탑은 없었다. 곧장 거리로 달려나가 봤지만 교회 탑은 보이지 않았다. 하이디는 몸을 돌려 골목길로 들어갔다. 수많은 사람들이 하이디를 지나쳐 갔다. 하지만 모두 어딘가로

허둥지둥 가는 것 같아서 하이디는 누군가를 불러 세워 길을 물어볼 마음이 들지 않았다. 그때 길모퉁이에 서 있는 소년이 보였다. 아이는 등에 손풍금을 매고 양팔에 거북이 한 마리를 안고 있었다. 하이디는 그 아이에게 다가가 물었다.

"꼭대기에 황금공이 있는 탑이 어디에 있어?"

"몰라."

"그러면 누구에게 물어보면 돼?"

"모르지."

"혹시 높은 탑이 있는 교회를 알아?"

"알아. 한 군데."

"그럼 나를 거기까지 데려다줘."

"데려다주면 내게 뭘 줄 건데?" 소년이 한 손을 내밀며 물었다.

하이디는 주머니에 손을 넣고 더듬거리다 붉은 장미 화환이 그려진 작은 카드를 꺼냈다. 오전에 클라라에게 받은 선물이었다. 하이디는 아쉬운 듯이 카드를 바라보았다. 그리고 골짜기를 볼 수만 있다면 카드를 포기할 만하다고 마음을 정했다. "저기, 이런 거 좋아해?" 하이디가 카드를 내밀며 물었다. 소년이 고개를 가로저었다.

"그럼 뭐가 좋아?" 하이디는 다행이라는 듯 카드를 주머니에 다시 넣으며 물었다.

"돈이지."

"나는 돈이 없어." 하이디가 말했다. "하지만 클라라는 있을 거야. 네게 줘야 하니까 돈을 좀 달라고 하면 분명 줄 거야. 얼마를 받고 싶어?"

"20페니히."

"좋아. 그럼 가자."

두 아이는 함께 긴 거리를 걷기 시작했다. "등에 맨 건 뭐야?" 하이디가 물었다.

"이건 풍금이야. 이 손잡이를 돌리면 음악이 흘러나와. 다 왔어." 마침내 높은 탑이 있는 교회에 다다르자 소년이 도착했다고 말했다. 그런데 교회의 문이 모두 꼭 닫혀 있었다.

"저기에 어떻게 하면 들어갈 수 있어?" 하이디가 물었다.

"몰라."

그때 하이디는 벽에 달린 초인종 줄을 보았다.

"사람들이 세바스티안을 부를 때처럼 나도 종을 울리면 될까?"

"나도 몰라." 그가 또 이렇게 대답했다.

하이디는 그 벽으로 다가가 있는 힘껏 줄을 잡아당겼다.

"내가 탑에 올라가면 여기서 기다려줘. 내가 집으로 돌아가는 길을 모르거든. 네가 집으로 가는 길도 알려줘야 해."

"그렇게 해주면 뭘 줄 건데?"

"뭐가 갖고 싶어?"

"20페니히 더 줘."

그때 문 안쪽에서 낡은 자물쇠가 돌아가는 소리가 들리더니 끼익 문이 열렸다. 문이 열린 틈새로 노인이 머리를 빼꼼 내밀었다. 그는 아이들을 보자 몹시 짜증이 난 것 같았다. "무슨 일로 나를 여기까지 내려오게 한 거냐?" 노인이 물었다. "종 아래에 뭐라고 적혀 있는지 못 읽었어? '탑에 오르고 싶은 사람은 종을 울리시오.' 이렇게 적혀 있지?"

소년은 말없이 엄지손가락으로 하이디를 가리켰다.

"저는 탑에 올라가고 싶어요." 하이디가 말했다.

"네가? 뭐 하러? 누가 너를 보내서 온 거냐?" 늙은 관리인이 다시 물었다.

"아뇨. 저는 꼭대기에 올라가면 무엇이 보이는지 알고 싶어요."

"썩 돌아가." 노인이 말했다. "다시는 이런 장난치지 마. 또 그러면 혼내줄 거야." 노인은 이렇게 으름장을 놓은 후 곧장 문을 닫으려고 했다. 하지만 하이디가 용케 그의 겉옷을 잡았다.

"딱 한 번만 올라가게 해주세요." 하이디가 사정했다.

노인은 아이를 내려다보다가 간절한 표정에 그만 마음이 약해졌다. 그래서 하이디의 손을 잡고 툴툴거리듯 말했다. "좋아. 그 일이 네게 그렇게 중요하다면 따라오거라."

소년은 꿈쩍도 하지 않았다. 대신 돌계단에 주저앉아서 하이디가 부탁한 대로 기다렸다. 곧 문이 닫혔다. 하이디와 노인은 탑에 오르기 시작했다. 올라가면 올라갈수록 계단이 좁아졌다. 마침내 꼭대기에 도착하자 관리인이 하이디를 안아서 열린 창문으로 갔다. "자, 이제 주위가 잘 보일 게다." 그가 말했다. 하지만 그곳에서도 지붕과 굴뚝, 탑들이 끝없이 펼쳐진 풍경밖에 들어오지 않았다. 잠시 후 하이디는 풀이 죽은 채 관리인을 돌아보며 말했다. "제가 기대한 풍경이 아니에요."

"그럴 줄 알았다! 너 같은 꼬맹이가 풍경에 대해 알면 뭘 알겠어! 어서 따라와라. 다시는 탑의 초인종 줄을 당기지 말거라."

하이디는 관리인이 바닥으로 내려주자 그를 따라 내려가기 시작했다. 가장 폭이 좁은 계단들을 다 내려오니 왼쪽으로 문 하나가 보였다. 관리인의 거처로 들어가는 문이었다. 그 문의 옆 구석에 뚱뚱한 회색 고양이 한 마리가 앉아 있고 그 옆에 커다란 바구니가 있었다. 고양이는 하이디가 다가가자 사나운 소리로 겁을 주었다. 이곳은 자신과 새끼들의 집이니 누구라도 새끼 고양이를 건드리면 가만두지 않겠다는 경고였다. 하이디는 그 자리에 우뚝 서서 어미 고양이를 빤히 바라보았다. 그렇게 큰 고양이는 난생처음 봤기 때문이다. 그 탑에는 쥐들이 어찌나 우글거리는지 고양이가 하루에 쥐 대여섯 마리는 쉽게 잡을 수 있었다. 배불리 먹어 고양이는 살이 포동포동 찌고 털에 윤기가 자르르 흘렀다.

"여기 와서 새끼 고양이들을 보려무나." 관리인이 불렀다. "내가 같이 있으면 어미 고양이가 너를 할퀴지 않을 거야." 하이디가 바구니로 다가갔다.

"어머나, 귀여워라! 정말 사랑스러워요." 하이디는 일고여 덟 마리 정도 되는 새끼 고양이들이 옹기종기 모여 있는 모습을 보고 귀여워 어쩔 줄 몰라 하며 감탄했다.

"한 마리 갖고 싶니?" 관리인은 좋아하는 하이디를 보고 웃으며 물었다.

"저보고 키우라고요?" 하이디는 그 말이 믿기지 않는다는 듯 숨을 들이쉬었다.

"그래. 원하면 더 가져가도 되고. 키울 데가 있다면 다 가져가도 돼." 노인은 고양이를 보낼 기회를 놓치지 않고 말했다. 하이디는 이렇게 좋은 일이 일어나다니 믿을 수가 없었다. 그 큰 집에는 방이 잔뜩 있었다. 클라라는 분명 고양이들을 좋아할 것 같았다.

"고양이들을 어떻게 데려가요?" 하이디는 이렇게 물어보며 몸을 숙여 한 마리를 집어 들려고 했다. 그러자 어미 고양이가 어찌나 사납게 덤벼드는지 하이디는 깜짝 놀라 뒤로 물러났다.

"어디 사는지 알려주면 내가 갖다 주마." 관리인은 어미를 살살 달래며 하이디에게 말했다. 노인과 고양이는 오랫동안 그 탑에서 단둘이 살았다. 그래서 서로에게 둘도 없는 친구였다.

"제제만 씨의 집으로 갖고 와주세요." 하이디가 설명했다. "대문에 고리를 물고 있는 황금 개머리가 달린 집이에요."

그는 하이디의 설명을 듣고 어느 집인지 금방 알아차렸다. 관리인은 그곳에서 아주 오래 살아서 인근의 집들을 잘 알았다. 게다가 세바스티안이 그의 친구였다.

"그 집을 알아." 그가 말했다. "그 집에 가서 누구를 찾아야 하니? 내가 알기로 너는 그 집 가족이 아닌데."

"맞아요. 아니에요. 하지만 클라라는 새끼 고양이들이 생기면 아주 좋아할 거예요."

관리인이 서둘러 계단을 내려갈 준비를 하는데 하이디는 발길이 떨어지지 않았다. "일단 두 마리만 먼저 데려가면 안 되나요?" 하이디는 사정을 했다. "클라라랑 한 마리씩 나눠 가지게요."

"그럼 잠깐만 기다리렴." 관리인은 이렇게 말하더니 어미 고양이를 안아 방으로 들어갔다. 그리고 밥그릇 앞에 고양이를 내려놓았다. 그는 얼른 방문을 닫고 바구니가 있는 곳으로 돌아왔다. "자, 이제 고양이를 데려가도 괜찮아." 그가 말했다.

하이디의 눈이 반짝거렸다. 아이는 하얀 고양이와 노란 고양이를 골라서 양쪽 주머니에 한 마리씩 넣었다. 두 사람은 다시 계단을 내려갔다. 소년은 계단에 앉아서 여전히 하이디를 기다리고 있었다.

"자, 제제만 씨의 집으로 돌아가려면 어디로 가야 해?" 관리인이 커다란 문을 닫자마자 하이디가 물었다.

"몰라."

하이디가 최대한 자세하게 그 집을 설명했다. 하지만 소년은 고개만 가로저을 뿐이었다.

"음, 그 집 맞은편에 회색 집이 있는데, 지붕이 이렇게 생겼어." 하이디는 손가락으로 허공에 뾰족한 삼각형 지붕을 그리면서 설명을 했다. 소년은 이제 어느 집인지 알아차린 것 같았다. 그 아이가 냉큼 달리기 시작하자 하이디도 바짝 뒤를 따랐다. 어느새 두 아이는 고리를 문 개머리가 달린 낯익은 문 앞에 도착했다. 하이디가 초인종 줄을 당기기 무섭게 세바스티안이 내려왔다. "어서 들어오세요." 그는 하이디를 보자마자 다급하게 말했다. 소년은 미처 보지 못한 채 문을 쾅 닫아버렸다. 혼자 남겨진 소년은 몹시 황당한 심정이 되었다.

"서둘러요, 아가씨." 세바스티안이 재촉을 했다. "이미 식사는 차려져 있어요. 미스 로텐마이어는 금방이라도 화를 터트릴 것만 같고요. 무엇 때문에 그렇게 달려 나갔던 거예요?"

하이디가 식당으로 들어가니 그곳에는 무시무시한 정적

이 감돌고 있었다. 세바스티안이 하이디가 앉은 의자를 밀어 넣는 동안에도 미스 로텐마이어는 고개를 들지 않았다. 클라라조차 입을 열지 않았다. 미스 로텐마이어가 몹시 쌀쌀맞고 냉랭한 목소리로 말했다.

"나중에 다시 이야기하겠어요, 아델하이트. 지금은 한 가지만 말해두겠어요. 허락을 받거나 외출을 한다고 미리 알리지 않고 집을 나가 이렇게 늦게까지 쏘다니다니 이만저만 잘못된 행동이 아닐 수 없어요. 이런 일은 들어본 적도 없다고요."

"야옹." 그때 누군가 대답하듯 이런 소리가 났다. 아무래도 하이디가 낸 것 같았다. 그 소리에 미스 로텐마이어는 지금껏 참았던 분노가 폭발하고 말았다.

"그렇게 못된 짓을 저지른 것도 모자라서 어디서 감히 장난을 치는 거죠?" 미스 로텐마이어가 화를 내며 버럭 소리쳤다.

"제가 아니에요." 하이디가 말했다. 그런데 무슨 말을 더 하기도 전에 또 '야옹야옹' 소리가 났다. 세바스티안은 들고 있던 것을 던지다시피 내려놓고는 냉큼 방에서 나가버렸다.

"이제 됐어요." 미스 로텐마이어가 침착하게 말을 하려고 애를 썼다. 너무 화가 나서 목소리조차 나오지 않아 속삭이는 것 같았다. "당장 이 방에서 나가요."

하이디는 겁에 질려서 일어섰다. 어떻게 된 일인지 자초지종을 말하고 싶었지만 고양이들이 다시 울어댔다. "야옹, 야옹,

야옹.”

"하이디, 왜 자꾸 야옹거리는 거니?" 클라라가 물었다. "너 때문에 미스 로텐마이어가 얼마나 화가 났는지 모르겠어?"

"하지만 정말 내가 아니야. 고양이들이야." 하이디가 마침내 말했다.

"뭐라고! 고양이! 여기에?" 미스 로텐마이어가 소리를 질렀다. "세바스티안! 티네테! 와서 그 끔찍한 짐승을 잡아서 전부 없애버려요!" 미스 로텐마이어는 이렇게 지시를 내리고는 공부방으로 후다닥 뛰어 들어가 빗장을 질렀다. 고양이를 몹시 싫어했기 때문이다. 아니 고양이가 무서워 견딜 수가 없었다!

세바스티안은 문 밖에서 배꼽이 빠져라 웃었다. 그는 간신히 진정하고 다시 식당으로 들어갔다. 사실 그는 음식을 건네줄 때 하이디의 주머니에서 고개를 빼꼼 내민 새끼 고양이 한 마리를 보았다. 그것을 본 순간 조만간 한바탕 소동이 벌어지겠거니 짐작했다. 그 생각에 갑자기 웃음이 터졌고 한번 터진 웃음은 걷잡을 수 없게 되었다. 그래서 식당을 후다닥 뛰쳐나간 것이다. 마침내 웃음이 진정되어 다시 들어와서 보니 모든 상황이 정리되고 클라라가 고양이들을 다리 위에 올려놓고 있었다. 그 옆으로 하이디가 무릎을 꿇고 서서 고양이를 보고 있었다. 두 아이는 고양이가 귀여워 어쩔 줄 몰랐다.

"세바스티안, 우리를 좀 도와줘." 클라라가 그를 불렀다. "미스 로텐마이어가 이 고양이들을 못 보게 숨길 곳을 찾아줘. 미스 로텐마이어는 고양이들을 무서워해서 얘들을 없애려고 들 게 분명해. 우리끼리 있을 때 고양이랑 놀고 싶어. 얘들을 어디서 키우면 좋을까?"

"제가 적당한 곳을 찾아보겠습니다, 클라라 아가씨." 세바스티안이 공손하게 대답했다. "고양이들이 편하도록 바구니에 넣어서 미스 로텐마이어가 절대 들여다보지 않을 곳에 숨겨두겠습니다. 저만 믿으세요." 세바스티안은 속으로 싱긋 웃으며 클라라에게 한 약속을 지키려고 얼른 자리를 떴다. 그는 더 흥미진진한 사건이 앞으로도 계속 일어날 것만 같은 예감이 들었다. 그는 미스 로텐마이어가 노발대발하는 모습을 늘 재미있어했다. 한편 미스 로텐마이어는 한참 후에 용기를 쥐어짜서 공부방 문을 살짝 열어보더니 열린 문틈으로 소리쳤다. "그 흉악한 짐승들은 다 치웠나요?"

"네, 미스 로텐마이어." 세바스티안이 대답했다. 그는 그렇게 물을 줄 알고 식당을 어슬렁거리던 참이었다. 그는 새끼 고양이를 얼른 집어 들고 그곳을 나섰다.

하이디를 따끔하게 혼내주려던 미스 로텐마이어의 계획은 다음 날로 미룰 수밖에 없었다. 불안과 짜증, 분노와 공포가 뒤섞인 하루를 보낸 터라 너무 피곤했기 때문이다. 결국 그녀는 서둘러 자신의 방으로 돌아갔다. 클라라와 하이디는 아기 고양이들이 안전하다는 사실을 확인하고 행복하게 잠자리에 들었다.

수상한 일들

이튿날 아침, 세바스티안이 어서 씨에게 문을 열어주고 공부방으로 안내하자마자 또다시 종이 울렸다. 어찌나 우렁차게 울리는지 그는 주인 제제만 씨가 예상보다 일찍 출장에서 돌아온 줄 알았다. 그래서 반갑게 문을 활짝 열었다. 그런데 그곳에는 등에 손풍금을 매고 누더기를 걸친 소년이 서 있을 뿐이었다.

"이번에는 또 무슨 일이야?" 세바스티안이 퉁명스럽게 말했다. "여기는 왜 왔니? 종 당기는 법을 다시 가르쳐주랴?"

"클라라를 보러 왔어요." 아이가 말했다.

"이 버르장머리 없는 녀석, 말투가 그게 뭐냐? 클라라 아가씨라고 해야지. 도대체 네가 우리 아가씨에게 무슨 볼일이야?"

"40페니히를 받아야 해요." 아이가 대답했다.

"무슨 소리야! 이 집에 클라라 아가씨가 산다는 건 어떻게 안 거야?"

"어제 내가 그 애에게 길을 가르쳐줬어요. 그 대가로 20페니히를 받기로 했어요. 돌아오는 길을 알려주면 또 20페니히를 받기로 했죠."

"이런 거짓말쟁이 같으니라고." 세바스티안이 냉큼 말했다. "클라라 아가씨는 절대 외출을 하지 않아. 걸을 수가 없으니까. 혼나고 싶지 않으면 얼른 꺼져!"

아이는 세바스티안의 으름장에도 겁내지 않고 못이 박힌 듯 가만히 서 있었다. "어제 이 길에서 그 애를 봤어요. 어떻게 생겼는지 말해줄 수도 있어요." 아이가 말했다. "키가 작고 고불거리는 머리도 눈도 다 검은색이에요. 갈색 원피스를 입었고 말투가 우리와 달라요."

'아하.' 세바스티안이 씩 웃으며 생각했다. '이번에도 작은 아가씨군! 이번에는 또 무슨 일이람? 뭐, 상관없지.' 그는 아이에게 큰 소리로 말했다. "나를 따라와." 그리고 곧장 공부방으로 향했다. "여기서 내가 돌아올 때까지 기다려. 그리고 안으로 들여보내 주면 풍금을 연주해. 클라라 아가씨가 좋아하실 거야." 그는 문을 노크한 후 안으로 들어갔다.

"클라라 아가씨에게 개인적인 용건이 있다는 소년이 와 있습니다." 그가 알렸다. 자신에게 도저히 일어날 수 없는 일이 일어나자 클라라의 눈이 환하게 빛났다.

"당장 여기로 데리고 와요." 클라라가 말했다. "여기로 오라고 해도 되죠, 어서 선생님?"

아이는 이미 공부방으로 들어와 있었다. 그리고 즉시 풍금 손잡이를 돌리기 시작했다. 그때 미스 로텐마이어는 하이디가 알파벳을 공부하는 소리가 듣기 싫어서 식당으로 피신해 있었다. 그녀는 이상한 소리가 들리자 귀를 쫑긋 세웠다. '이 시끄러운 소리는 길에서 나는 건가? 더 가까운 것 같은데. 하지만 공부방에 손풍금 같은 게 있을 리 없잖아!' 미스 로텐마이어는 공부방으로 얼른 달려갔다. 그런데 그곳에서 누더기를 입은 거리의 부랑자가 태연하게 풍금을 연주하고 있는 것이 아닌가! 가정교사는 할 말이 있지만 선뜻 꺼내지 못하는 표정을 짓고 있었다. 한편 클라라와 하이디는 누가 봐도 즐거운 표정으로 음악에 귀를 기울이고 있었다.

"그만! 당장 그만두지 못해!" 미스 로텐마이어가 소리쳤다. 하지만 그녀의 목소리는 시끄러운 악기 소리에 묻혀 잘 들리지 않았다. 이번에는 소년에게 득달같이 달려갔다. 그런데 발에 뭔가 걸리는 바람에 하마터면 바닥으로 넘어질 뻔했다. 그녀는 발에 걸린 것을 보려 고개를 숙였다가 기묘한 검은 형체를 본 순간 공포에 사로잡혔다. 그것은 거북이였다. 그녀는 거북이를 피하려고 펄쩍 뛰어올랐다. 미스 로텐마이어가 공중으로 펄쩍 뛰어오른 게 몇 년 만인지! 그녀는 고래고래 고함을 지르며 세바스티안을 불렀다. 소년이 연주를 뚝 멈췄다. 이번 에야말로 풍금 소리를 뚫고 고함이 귀를 찔렀기 때문이다. 문 바로 밖에 서 있던 세바스티안은 이번에도 웃느라 몸도 제대로 가눌 수 없었다. 마침내 안으로 들어가자 미스 로텐마이어가 쓰러지듯 의자에 앉았다.

"저 꼬마와 짐승을 당장 여기서 내보내." 그녀가 명령했다.

어린 풍금 연주자가 재빨리 거북이를 집어 들자 세바스티 안이 데리고 나갔다. 층계참에 도착하자 세바스티안은 아이 손 에 동전 몇 개를 쥐어주며 말했다. "클라라 아가씨가 주신 돈 이야. 좋은 음악을 들려준 사례비도 함께 주셨어." 그는 아이를 문까지 바래다주었다.

공부방이 조용해지자 수업이 다시 시작되었다. 미스 로텐 마이어는 이런 꼴사나운 소동이 다시 일어나지 않도록 지켜보 겠다며 그곳에 남았다. 의자에 앉자마자 어떻게 된 일인지 알 아내고 소동을 일으킨 사람에게 벌을 주기로 마음먹었다. 그런 데 세바스티안이 다시 들어와 누가 바구니를 들고 와서 클라라 아가씨에게 당장 전해달라고 했다고 알렸다.

"내게?" 클라라는 놀라움을 감추지 못했다. 동시에 바구니 안에 무엇이 들었는지 궁금해 견딜 수가 없었다. "어머나, 당장 가지고 와." 세바스티안은 뚜껑이 닫혀 있는 바구니를 가지고 와서 클라라 앞에 내려놓고는 냉큼 나가버렸다.

"바구니는 수업이 끝난 후에 열어보는 게 좋겠어요." 미스 로텐마이어가 엄격하게 말했다. 하지만 클라라는 미련을 버리지 못하고 바구니만 바라보았다.

잠시 후 격변화를 한창 공부하던 중이었다. 클라라가 어셔씨에게 불쑥 바구니 안을 살짝만 보면 안 되냐고 물었다.

"그 행동에 찬성할 수도, 반대할 수도 있는 이유를 모두 말해줄 수 있단다." 그가 으스대듯 말문을 열었다. "먼저 찬성하는 이유로는, 네 관심이 온전히 쏠려……." 그의 이야기는 여기서 중단되었다. 바구니 뚜껑이 제대로 닫혀 있지 않은 탓에 사방에 고양이들이 돌아다니게 된 것이다. 아기 고양이들은 차례로 바구니에서 빠져나와 사방으로 흩어졌다. 어떤 녀석들은 가정교사의 바짓단을 물어뜯고 그의 발 위로 뛰어올랐다. 또 다른 녀석들은 미스 로텐마이어의 치마 위로 기어오르기 시작했다. 한 마리는 야옹야옹 울면서 클라라의 의자를 마구 할퀴며 위로 올라왔다. 또다시 한바탕 소란이 벌어졌고 클라라는 이 상황이 그저 즐거울 따름이었다.

"오, 너무 사랑스러워! 아기 고양이들이 마구 뛰어다니는 모습을 봐!" 클라라가 기쁨에 겨워 하이디에게 소리쳤다. 하이디는 서재의 이쪽 끝에서 저쪽 끝으로 고양이들을 잡으러 다니느라 정신이 없었다. 어셔 씨는 테이블 옆에 서서 다리를 흔들어보았지만 고양이들은 여전히 바짓단에 매달려 있었다. 미스 로텐마이어는 고양이라면 질색이었기 때문에 처음에는 너무 놀라 아무 말도 나오지 않았다. 잠시 후 정신을 차리고 큰 소리로 세바스티안과 티네테를 불렀다. 미스 로텐마이어는 조금이라도 움직이면 이 무시무시한 작은 짐승들이 자신을 덮칠 것 같았다. 하인들이 재빨리 들어왔다. 세바스티안은 아기 고양이들을 잡아서 다시 바구니에 집어넣었다. 그리고 하이디가 전날 데려온 두 마리의 잠잘 곳을 마련해둔 다락으로 얼른 가지고 올라갔다.

오늘도 클라라는 수업이 전혀 지루하지 않았다. 그날 저녁, 미스 로텐마이어는 낮에 있었던 소동이 약간 진정이 되자 세바스티안과 티네테를 공부방으로 불러 그날 일어난 일에 대해 꼬치꼬치 캐물었다. 그 결과 이 모든 소동이 전날 하이디가 몰래 집을 빠져나간 데서 빚어졌다는 사실을 알게 되었다. 미스 로텐마이어는 너무 화가 난 나머지 처음에는 자신의 생각을 표현할 단어가 떠오르지 않았다. 그녀는 하인들을 내보낸 후 클라라의 의자 옆에 얌전히 서 있는 하이디를 향해 돌아섰다. 하이디는 자신이 무슨 잘못을 했는지 도무지 이해가 되지 않았다.

"아델하이트." 미스 로텐마이어가 엄하게 하이디를 불렀다. "너 같은 야만인에게 내릴 유일한 벌이 떠올랐다. 박쥐와 쥐들이 우글거리는 컴컴한 지하실에 잠시 내려가 있으면 철이 좀 들 거야. 그러면 더 이상 괴상한 생각이 나지 않을 거다."

하이디는 미스 로텐마이어가 생각해낸 벌에 무척 놀랐다. 하이디가 아는 지하실은 할아버지가 치즈와 염소젖을 저장하는 작은 헛간뿐이었는데, 그곳에 가면 늘 즐거웠기 때문이다. 게다가 하이디는 그곳에서 한 번도 박쥐나 쥐를 보지 못했다.

하지만 클라라는 큰 소리로 항의를 했다. "오, 미스 로텐마이어! 아빠가 돌아오실 때까지 기다려주세요! 아빠가 곧 오시잖아요. 그때 내가 다 말씀드리면 아빠가 하이디를 어떻게 할지 정하실 거예요." 미스 로텐마이어는 이 의견에 반박할 수 없었다. 이 집에서 클라라의 말은 절대 거스를 수 없었다.

"잘 알겠어요, 클라라 아가씨." 그녀가 뻣뻣하게 말했다. "하지만 나도 주인님께 따로 말씀을 드리겠어요." 그 말을 끝으로 미스 로텐마이어는 공부방에서 나갔다.

그 후 며칠은 아무 소동도 일어나지 않고 조용히 지나갔다. 하지만 미스 로텐마이어는 내내 신경이 곤두서 있었다. 하이디를 보기만 해도 아이의 나이를 제대로 확인하지 않아 자신이 사기를 당했다는 생각이 자꾸 들었다. 또 하이디가 온 집 안을 휘저어서 다시는 예전과 같은 생활을 할 수 없을 것만 같았다. 클라라는 하루하루 즐겁고 수업 시간이 더 이상 지루하지 않았다. 하이디가 곁에 있으면 언제나 웃을 일이 생겼다. 가령 하이디는 알파벳 모양을 자꾸 혼동했다. 이래서는 영원히 글을 못 읽을지도 모른다는 생각이 들 정도였다. 어서 선생님은 하이디가 쉽게 이해하도록 알파벳을 뿔이나 부리처럼 익숙한 사물에 비유하며 가르쳤다. 그랬더니 하이디는 집에서 키우는 염소나 산 위에 사는 매를 떠올리는 바람에 수업에 조금도 도움이 되지 않았다.

저녁이 되면 하이디는 클라라에게 산 위의 통나무집에서 보낸 날들에 대해 들려주었다. 이야기를 하다 보면 하이디는 집이 너무 그리워서 늘 이런 말로 이야기를 끝맺었다. "집에 돌아가고 싶어. 내일은 꼭 갈 거야." 그러면 클라라는 이렇게 하이디를 달랬다. "적어도 아빠가 돌아오실 때까지만이라도 여기에 있어줘. 그때 가서 어떻게 할지 다시 생각해보자." 하이디는 그 말에 기운을 조금 차리는 것처럼 보였다. 실은 이곳에 머물수록 그래니에게 드릴 하얀 롤빵이 두 개씩 늘어난다는 사실에 남몰래 위안을 받은 것일 뿐이었다. 하이디는 이 집에 도착한 날부터 점심과 저녁을 먹을 때마다 빵을 주머니에 몰래 숨겼다. 그렇게 모은 빵이 지금은 한 무더기 쌓여 있었다. 하이디는 그 빵을 한 개도 먹지 않았다. 그래니가 평소 먹는 검은 빵 대신 이 빵을 얼마나 맛있게 드실지 잘 알았기 때문이다.

점심을 먹고 난 오후에 하이디는 자기 방에서 혼자 지냈다. 알프스의 집과 달리 프랑크푸르트에서는 아무 때고 밖으로 훌쩍 나갈 수 없다는 사실을 깨달았기 때문에 다시는 집을 나서려고 하지 않았다. 미스 로텐마이어는 하이디에게 세바스티안과 이야기를 나누지 말라고 했다. 티네테에게는 말을 걸어볼 꿈도 꾸지 않았다. 솔직히 하이디는 가능하면 티네테와 이야기를 하지 않으려고 했다. 그도 그럴 것이 티네테는 하이디에게 말을 할 때마다 업신여기는 티를 전혀 숨기지 않았다. 하이디 말투를 흉내 내기도 했다. 하이디는 티네테에게 비웃음을 당하고 있다는 사실을 모르려야 모를 수가 없었다. 그래서 하이디는 지금쯤 산 위의 눈은 얼마나 녹았을지, 풀밭과 산비탈의 꽃밭이며, 지금 집에 가면 골짜기로 쏟아지는 환한 햇살이 얼마나 아름다울지 상상하며 남아도는 시간을 보냈다. 아이는 집이 너무 그리워 견딜 수 없었다. 그럴 때면 원하면 언제고 돌아갈 수 있다고 한 이모의 말을 떠올렸다. 그래서 어느 오후 하이디는 자신의 커다랗고 빨간 스카프에 지금까지 모은 빵을 몽땅 싸고 낡은 밀짚모자를 쓰고는 아래층으로 내려갔다. 하지만 문에 도착하자마자 외출하고 돌아오는 미스 로텐마이어와 딱 마주쳤다. 엄격한 그녀는 깜짝 놀라 아이를 바라보았다. 그녀의 예리한 시선이 붉은 꾸러미에 머물렀다.

"지금 뭐 하는 거니?" 그녀가 물었다. "왜 그렇게 입고 있어? 혼자 거리를 쏘다니거나 허락 없이 외출을 해서는 안 된다고 내가 단단히 이르지 않았니? 또 말없이 밖으로 나가려는 거니? 게다가 그 거지같은 행색은 또 뭐야?"

"아무 데나 쏘다니려는 게 아니에요." 하이디가 살짝 겁을 먹고 말을 더듬었다. "할아버지와 그래니를 보러 집으로 돌아가려고 나온 거예요."

"뭐라고? 집에 가고 싶다고?" 미스 로텐마이어는 질렸다는 듯 양손을 허공으로 들어 올렸다. "이렇게 도망치듯이 가버리겠다는 거냐? 제제만 씨가 뭐라고 하시겠니? 그분이 이 이야기를 절대 들으실 일이 없었으면 좋겠구나. 이 집이 뭐가 문제라는 거냐? 네 평생 이렇게 훌륭한 집에서 살아보기라도 했니? 아니면 이렇게 폭신한 침대에서 잠을 자보기를 했어? 이렇게 맛있는 음식은 언제 또 먹어봤니? 어디 한번 대답해봐라."

"이런 집도 음식도 다 처음이에요." 하이디가 대답했다.

"이 집에서 살면 네가 원하는 걸 모두 가질 수 있어. 너는 이렇게 잘살게 해준 은혜도 모르는 배은망덕한 아이로구나."

아무리 하이디라도 이런 말을 들으니 그만 설움이 폭발하고 말았다. "집에 가고 싶어요. 제가 여기 있으면 눈송이가 울테고 그래니도 저를 보고 싶어하실 거예요. 여기에서는 해님이 산에게 밤 인사를 하는 것도 볼 수 없어요. 매가 프랑크푸르트까지 날아온다면 그 어느 때보다 요란하게 울 거예요. 여기에는 사람들이 아무리 많이 살아도 아무도 산에 오르지 않고 서로에게 못되게 굴기만 하니까요."

"맙소사! 얘가 머리가 어떻게 되었나 봐!" 미스 로텐마이어는 이렇게 소리치며 후다닥 위층으로 올라갔다. 그러다 마침 계단을 내려오던 세바스티안과 꽈당 부딪혔다. "저 진저리나는 아이를 당장 데리고 와요." 그녀가 명령했다.

"알겠습니다." 세바스티안이 대답했다.

하이디는 꼼짝도 하지 않았다. 온몸이 사시나무 떨 듯 부들부들 떨리고 두 눈이 불타듯 빛났다. "이번에는 또 무슨 짓을 벌이셨어요?" 세바스티안이 쾌활한 목소리로 물었다. 하이디는 굳은 듯이 서 있을 뿐이었다. 그는 아이의 어깨를 토닥이며 동정심 어린 말투로 이렇게 덧붙였다. "괜찮아요. 너무 마음에 담아두지 마세요. 항상 미소를 지어요. 그게 최선이에요. 방금 내려오다가 미스 로텐마이어와 얼마나 심하게 부딪혔는지 보셨어요? 하마터면 그 자리에서 자빠질 뻔했지 뭐예요. 하지만 걱정하지 마세요. 자, 우리는 뒤로 돌아 계단을 올라갈 거예요. 미스 로텐마이어가 그렇게 하라고 시켰으니까요." 하이디는 천천히 그를 따랐다. 어찌나 넋이 나간 표정인지 세바스티안은 진심으로 하이디가 가여웠다.

"힘내세요." 그가 격려했다. "상심하지 마시고요. 지금까지 아가씨가 우는 모습을 한 번도 못 봤어요. 아가씨가 얼마나 속이 깊은 분인지 잘 알아요. 나중에 미스 로텐마이어가 방으로 돌아가면 고양이들을 보러 가지 않을래요? 고양이들이 다락에서 신나게 지내고 있어요. 녀석들이 한데 어울리고 장난치는 모습을 지켜보고 있으면 시간 가는 줄 모른다니까요."

그제야 하이디는 감정이 가라앉는지 고개를 살짝 끄덕이고는 자신의 방으로 갔다. 그 애처로운 모습을 세바스티안은 따뜻한 눈으로 지켜봤다.

저녁 시간 미스 로텐마이어는 거의 말을 하지 았았다. 하지만 하이디가 금방이라도 기상천외한 일을 벌일지 모른다는 듯 매섭게 하이디를 힐끔거렸다. 정작 하이디는 쥐처럼 조용히 앉아서 아무것도 먹지도 마시지도 않았다. 그래도 잊지 않고 롤빵을 주머니에 몰래 집어넣었다.

이튿날 아침 어서 씨가 도착했다. 그러자 미스 로텐마이어가 수상한 분위기를 풍기며 가정교사에게 식당으로 와보라고 손짓했다. 그녀는 어서 씨에게 하이디가 남다른 경험을 많이 했고 최근에 새로운 생활 방식과 이전과는 다른 분위기를 접한 나머지 머리가 이상해진 게 아닌지 걱정이라고 했다. 그리고 가정교사에게 하이디가 집에서 도망치려고 했다며 그때 한 이상한 말도 들려주었다. 어서 씨는 그녀를 일단 진정시키려고 했다.

"걱정하지 않으셔도 됩니다." 어서 씨가 말했다. "아델하이트는 몹시 독특합니다. 그런데 달리 보면 또 지극히 정상이죠. 세심하게 보살펴주면 언젠가는 만족스러운 수준으로 정서가 안정이 될 거예요. 저는 그보다 아이가 알파벳을 통 익히지 못하는 점이 더 우려스럽습니다. 지금까지 전혀 진전을 거두지 못했거든요."

미스 로텐마이어는 가정교사의 말에 어느 정도 만족해서 그를 제자들에게 보내주었다. 그날 오후 그녀는 하이디가 집으로 간다며 입었던 괴상한 옷차림이 떠올랐다. 그리고 제제만 씨가 돌아오기 전에 작아져서 못 입는 클라라의 옷들을 당장 하이디에게 줘야겠다고 생각했다. 그녀는 먼저 클라라의 의향을 물었다. 클라라는 당장 하이디에게 원피스며 모자와 다른 옷들을 주라고 했다. 미스 로텐마이어는 있는 옷을 살펴보고 버릴 옷과 남길 옷을 고르려고 하이디의 방으로 갔다. 잠시 후 그녀는 그 어느 때보다 당황한 표정으로 그곳에서 나왔다.

"아델하이트." 그녀가 큰 소리로 하이디를 불렀다. "네 옷장에 있는 게 다 뭐니? 내 눈을 믿을 수가 없구나. 들어보세요, 클라라 아가씨. 벽장 바닥에서 뭘 찾았는지 상상이 가나요? 아델하이트. 벽장은 옷을 넣어두는 곳이야! 세상에 그곳에서 비쩍 말라 비틀어지고 퀴퀴한 냄새까지 나는 롤빵 한 무더기를 찾았지 뭐예요. 빵을 그렇게 숨겨뒀다니, 세상에!" 그러더니 그녀는 큰 소리로 티네테를 불렀다. "아델하이트의 방으로 가봐요." 그녀는 이렇게 지시했다. "그리고 벽장에 있는 빵과 탁자 위에 있는 낡은 밀짚모자를 당장 쓰레기통에 버려요!"

"안 돼요." 하이디가 울부짖었다. "제 모자는 그대로 두세요.

그리고 그 빵은 그래니에게 드릴 빵이에요." 아이가 티네테를 따라 달려가려고 했지만 미스 로텐마이어가 단단히 붙잡았다.

"너는 여기 있어. 그 쓰레기는 갖다 버릴 거니까." 그녀가 단호하게 말했다.

하이디는 클라라의 의자 옆에 몸을 던지며 서럽게 울기 시작했다. "그래니가 맛있는 하얀 빵을 맛보실 수 없게 되었어." 하이디가 흐느꼈다. "그 빵은 전부 그래니에게 드릴 거였어. 그런데 다 갖다 버릴 거래." 하이디는 심장이 부서진 것처럼 울었다. 그러자 미스 로텐마이어가 서둘러 방을 나갔다. 클라라는 이 모든 소동에 매우 속이 상했다.

"하이디, 울지 마." 클라라가 애원했다. "내 말을 들어봐. 지금 당장 울음을 그치면 네가 집으로 돌아갈 때 그래니에게 드릴 빵을 지금 모은 수만큼, 아니 그보다 훨씬 더 많이 줄게. 약속해. 그리고 전부 보드랍고 갓 구운 빵으로 줄게. 네가 모아 둔 빵은 지금 다 딱딱해졌을 거야. 기운 내, 하이디. 제발 이제 그만 울어."

하이디는 좀처럼 울음을 그치지 않았다. 서러워 울면서도 마음 한구석에서는 클라라의 약속을 듣고 안심이 되었다. 하지만 여전히 약속이 진심인지 확인하고 싶었다.

"정말 내가 모아둔 것만큼 줄 거야?" 하이디는 여전히 울먹이며 물었다.

"당연하지. 그러니까 이제 기분 풀어."

그날 저녁 하이디는 울어서 빨개진 눈으로 저녁을 먹으러 왔다. 자신의 접시 옆에 놓인 롤빵을 보자 울컥 목이 메어왔다. 하지만 용케 울음을 참았다. 식사 자리에서 그러면 안 되기 때문이었다. 식사 시간 동안 세바스티안은 하이디의 옆을 지나갈 때마다 이상한 신호를 보냈다. 먼저 자신의 머리를, 다음으로 하이디의 머리를 가리키더니 눈을 찡긋하며 고개를 끄덕였다. 마치 매우 비밀스러운 이야기를 전하려는 것 같았다. 마침내 방으로 돌아오니 담요 밑에 하이디의 낡은 밀짚모자가 있었다. 아이는 모자를 다시 본 기쁨에 모자를 집어 살포시 안았다. 그런 후에 낡고 커다란 손수건으로 모자를 감싸 옷장 뒤쪽에 숨겨두었다.

세바스티안이 저녁 시간에 한 이상한 행동은 바로 이 모자에 대한 것이었다. 그는 미스 로텐마이어가 티네테에게 내린 지시며 하이디가 서럽게 우는 소리를 다 들었다. 그래서 티네테를 뒤따라가 그녀가 하이디 방에서 빵 더미와 모자를 가지고 나올 때까지 기다렸다. 그는 빵 더미 위에 얹혀 있는 모자를 재빨리 낚아채며 말했다. "이건 내가 처리할게." 그렇게 세바스티안은 쓰레기통에 버려질 운명에서 그 모자를 구할 수 있었다.

제제만 씨가 받은 불길한 보고

며칠 후 그 큰 집은 계단을 오르락내리락하며 부산을 떠는 사람들로 어수선했다. 출장을 갔던 제제만 씨가 돌아왔기 때문이다. 세바스티안과 티네테는 쉴 새 없이 마차에서 짐을 내렸다. 제제만 씨는 출장에서 돌아올 때면 항상 선물과 좋은 물건들을 잔뜩 사왔다.

그는 도착하자 딸부터 찾았다. 클라라는 하이디와 같이 있었다. 늦은 오후면 두 아이는 항상 같이 시간을 보냈다. 아버지와 딸은 서로를 무척 사랑하고 아꼈다. 한참 만에 만난 부녀는 다정하게 인사를 나눴다. 제제만 씨는 슬며시 구석에 가 있던 하이디에게 한 손을 내밀며 상냥하게 말했다.

"그래, 네가 스위스에서 온 꼬마 아가씨로구나. 이리 오렴, 우리 악수를 하자. 그래. 이제 말해보거라. 너희 둘은 사이좋은 친구니? 너희 둘이 다투지 않고 잘 지내면 좋겠구나. 아옹다옹

하다가 화해하고 나서 또 아옹다옹하지는 않겠지?"

"아니에요. 클라라는 제게 항상 잘해줘요." 하이디가 말했다.

"하이디는 절대 나와 다투지 않아요." 클라라도 맞장구를 쳤다.

"그렇다니 다행이구나." 제제만 씨가 말했다. "자, 애들아, 미안하지만 이제 가봐야겠구나. 내가 하루 종일 아무것도 못 먹었거든. 뭘 좀 먹고 다시 와서 너희를 위해 준비한 선물들을 보여주마."

그는 식당으로 향했다. 그곳에서는 미스 로텐마이어가 모든 것이 제대로 준비되었는지 확인하고 있었다. 그가 식탁에 앉자 그녀도 맞은편에 앉았다. 먹구름이 낀 것처럼 잔뜩 찌푸린 표정이었다.

"무슨 일입니까, 미스 로텐마이어?" 그가 물었다. "클라라는 기분이 아주 좋아 보이던데, 저를 맞아들이는 표정이 왜 그렇게 어두운가요?"

"제제만 씨." 그녀가 거만한 태도로 이야기를 시작했다. "우리 모두 끔찍하게 속았어요. 특히 클라라 아가씨는 말이죠."

"그래요?" 그는 와인을 한 모금 마시며 차분하게 대꾸했다.

"제제만 씨도 기억하시죠? 클라라 아가씨에게 말동무가 있으면 좋겠다고 이야기하지 않았습니까. 클라라 아가씨가 품위 있고 교육을 잘 받은 사람들과 어울리기를 바라신다는 점 잘 압니다. 그래서 스위스 산에서 사는 여자아이라면 말동무로 적당할 거라 여겼죠. 이런 아이들에 관한 글을 자주 읽었거든요. 순수한 알프스 공기의 숨결처럼 땅을 딛지 않고 둥둥 떠다닐 것 같은 아이들이죠."

"스위스 아이들이라 해도 가고 싶은 곳으로 가려면 땅에 발을 딛어야만 할 텐데요." 제제만 씨가 심드렁하게 말했다. "그렇지 않으면 날개를 달고 태어났겠죠."

"오, 제가 하려는 말은 그런 게 아니에요." 미스 로텐마이어가 서둘러 말했다. "자연에서 사는 순수한 아이 말이에요. 세상의 때가 전혀 묻지 않은."

"그런 게 클라라에게 무슨 도움이 될지 모르겠군요." 클라라의 아버지가 말했다.

"저는 심각합니다, 제제만 씨. 이렇게 속아 넘어가다니 이만저만 망신스러운 게 아니라고요!"

"어느 부분이 망신이라는 겁니까? 그 아이를 만나봤지만 어떤 점 때문에 그렇게 화를 내시는지 모르겠군요."

"그 아이가 집에 끌어들인 사람들과 짐승들을 보셔야 해요. 어서 선생님이 제 말이 사실이라고 증명해주실 겁니다. 그게 다가 아니에요."

"무슨 말씀을 하는지 이해하지 못하겠군요." 그가 말했다.

하지만 미스 로텐마이어는 제제만 씨가 이 대화에 관심을 보이기 시작했다고 생각했다.

"그러실 겁니다. 평소 그 아이의 행동은 상상을 초월했거든요. 아무래도 머리가 이상한 아이가 분명해요."

조금 전까지 제제만 씨는 그녀의 불평을 귀담아듣지 않았다. 하지만 이 문제는 달랐다. 그녀의 주장이 사실이라면 클라라가 위험한 일을 당할지도 몰랐다. 제제만 씨는 머리가 조금 이상해진 사람이 미스 로텐마이어는 아닌지 의아한 표정으로 그녀를 잠시 바라보았다. 다음 순간 식당 문이 열리며 하인이 어서 씨가 왔다고 알렸다.

"마침 잘 오셨군." 제제만 씨가 중얼거리듯 말했다. "어서 와서 앉으세요. 커피 한잔하시죠. 선생님은 제게 상황을 명확히 말씀해주실 수 있겠죠. 제 딸의 어린 친구에 대해 허심탄회하게 말씀해주세요. 그 아이가 동물을 집으로 들였다니 이건 무슨 이야기입니까? 정말 아이의 머리가 좀 이상한가요?"

평소 말을 빙빙 돌려 하는 어서 씨는 제제만 씨가 무사히 돌아와 기쁘다는 이야기를 장황하게 늘어놓기 시작했다. 하지만 제제만 씨가 그런 입에 발린 소리를 막았다. 제제만 씨는 자신의 질문에 대해 핵심만 듣고 싶었다. 하지만 어서 씨는 한번 조립하면 부품이 멈출 때까지 작동해야만 하는 기계처럼 여전히 이야기를 주절주절 늘어놓았다.

"아이에 대한 의견을 말씀드리자면." 그는 일단 이렇게 시작했다. "우선 강조하고 싶은 사실이 있습니다. 아이는 제대로 된 교육을 받지 못하고 방치되었다고 말할 수 있습니다. 적어도 교육이 늦어진 감이 있죠. 그 결과 어느 면에서는 발달이 지체되었을 수도 있습니다. 산에서 오랫동안 살았기 때문일 수 있죠. 물론 그런 생활에는 장점도 있습니다. 너무 오래 지속하지만 않는다면……."

"친애하는 어셔 선생님." 제제만 씨가 말을 끊었다. "상세하게 말씀하실 필요 없습니다. 아이가 동물을 집으로 데려와서 놀라셨나요? 클라라의 말동무로 그 아이를 어떻게 생각하시나요? 그것만 말씀해주시면 됩니다."

"그 아이를 나쁘게 말하고 싶지 않습니다." 어셔 씨가 조심스럽게 말문을 열었다. "왜냐하면 그 아이가 산에서 문명과 동떨어진 생활을 하다가 프랑크푸르트에 온 탓에 남들과 다르게 행동한 것이라면, 의심할 여지 없이 이런 변화가 아이에게 중요한 역할을 했을 겁니다. 좀 대담한 표현이기는 하지만요……."

그 순간 제제만 씨가 자리에서 일어났다. "실례합니다, 어셔 선생님. 말씀은 이 정도면 된 것 같습니다. 클라라에게 잠시 가봐야 할 것 같군요." 그는 서둘러 나갔고 다시 돌아오지 않았다. 그리고 곧장 공부방으로 들어가 클라라 곁에 앉았다. 그가 들어가자 하이디가 일어섰다. 그는 클라라와 단둘이 이야기를 나누고 싶어서 하이디에게 한 가지 부탁을 했다.

"얘야, 나가서 내게…… 음, 뭐가 필요했더라? 그래. 물 한 잔만 가져다주겠니?"

"신선한 물이요?"

"그래, 신선하고 시원한 물." 그 말을 듣자 하이디가 얼른 공부방을 나갔다.

제제만 씨는 클라라에게로 의자를 가까이 가져간 후 아이의 손을 다독였다. "자, 클라라. 새 친구가 집으로 동물을 데려왔다던데 어떻게 된 일인지 들려주겠니? 왜 미스 로텐마이어는 하이디의 머리가 이상하다고 생각하는 거니?"

클라라는 그동안 있었던 일을 아빠에게 다 털어놓았다. 거북이와 아기 고양이들부터 롤빵까지 전부 다 말이다. 클라라의 이야기가 끝나자 제제만 씨가 껄껄 웃음을 터트렸다.

"세상에, 그러면 너는 하이디를 집으로 돌려보내고 싶지 않은 거구나, 그렇지? 그 아이가 지겨운 게 아니지?"

"당연히 아니죠, 아빠." 클라라가 큰 소리로 말했다. "하이디가 여기 온 후로 거의 매일같이 즐거운 일들이 일어나요. 전보다 집이 훨씬 더 재미있어졌어요. 게다가 하이디가 재미난 이야기도 잔뜩 들려줘요."

"그렇다면 됐다. 저기 하이디가 오는구나. 내게 맛있고 시

143

원한 물을 가져왔구나, 그렇지?"

"식수대에서 바로 떠왔어요." 하이디가 물을 건네며 말했다.

"너 혼자 그 식수대로 간 건 아니지?" 클라라가 물었다.

"혼자 다녀왔어. 어쩌다 보니 꽤 멀리까지 다녀왔어. 왜냐하면 처음 두 식수대는 줄이 너무 길었거든. 그래서 다음 거리에 있는 식수대까지 가서 물을 떠왔어. 그곳에서 머리가 하얀 신사를 만났어요. 그분이 제제만 씨에게 안부를 전해달라고 하셨어요."

"심부름 가는 길이 꽤 흥미진진했구나." 제제만 씨가 미소를 지으며 말했다. "네가 만났다는 신사가 누군지 궁금한걸."

"그분이 식수대를 지나가시다가 저를 보시고는 이렇게 말씀하셨어요. '얘야, 네게 컵이 있으니 물 한 잔만 떠주겠니. 너는 누구를 주려고 물을 뜨러 왔니?' 그래서 이렇게 대답했어요. '제제만 씨에게 드릴 거예요.' 그랬더니 그분이 껄껄 웃으시면서 제제만 씨가 물을 맛있게 드시기 바란다고 하셨어요."

"어떻게 생긴 분인지 이야기해봐." 제제만 씨가 말했다.

"미소가 멋진 분이었어요. 굵은 금 목걸이를 하셨어요. 목걸이에 금 조각이 달려 있는데, 그 조각 한가운데 붉은 보석이 박혀 있었어요. 짚고 계신 지팡이는 손잡이가 말 머리처럼 생겼고요."

"의사 선생님." 클라라와 제제만 씨가 한목소리로 외쳤다.

제제만 씨는 자신의 갈증을 해소해줄 물을 길어오는 이 특별한 방법에 대해 오랜 친구인 의사 선생이 뭐라고 할지 궁금해서 빙긋 웃었다.

그날 저녁 그는 미스 로텐마이어와 집안일을 상의했다. 하이디에 대해서는 계속 데리고 있겠다고 말했다. "아이는 더할 나위 없이 정상입니다. 클라라도 하이디와 함께 지내고 싶어하고요." 그는 이렇게 자신의 결정을 설명했다. "아이의 재미난 행동을 결점으로 여기면 안 됩니다. 부탁하건대, 여기서 아이가 따스한 대접을 받도록 신경을 써주세요. 혼자서 아이를 다루기가 힘에 부치신다고 해도 곧 도움을 받을 수 있을 겁니다. 왜냐하면 조만간 어머니가 오실 예정이거든요. 평소처럼 오래 지내다 가실 거예요. 아시다시피, 어머니가 다루지 못하는 사람은 없죠."

"알겠습니다, 제제만 씨." 미스 로텐마이어가 풀이 죽은 채 대답했다. 그녀는 방금 들은 새 소식에도 마음이 놓이지 않았다.

제제만 씨가 집에 머무른 기간은 고작 2주였다. 그는 다시 파리로 출장을 갔다. 클라라는 아빠가 더 오래 머무를 수 없다는 사실에 실망을 감추지 못했다. 제제만 씨는 딸의 기분을 풀어주기 위해 할머니가 곧 오실 거라고 말했다. 그가 떠나자마자 약속이라도 한 듯 제제만 부인이 프랑크푸르트로 오고 있으며 다음 날 도착할 것이라는 편지가 당도했다. 편지에서 부인은 집으로 타고 갈 마차를 역으로 보내달라고 당부했다.

클라라는 뛸 듯이 기뻤다. 클라라가 할머니 이야기를 어찌나 많이 했는지 하이디도 제제만 부인이 아니라 할머니라고 부를 정도였다. 미스 로텐마이어는 하이디가 할머니라고 할 때마다 눈살을 찌푸렸다. 하지만 하이디는 그녀의 못마땅한 표정에 익숙해져서 신경 쓰지 않았다. 그런데 그날 밤 방으로 돌아가는 하이디를 미스 로텐마이어가 불러 세웠다. 그러더니 다시는 제제만 부인을 '할머니'라고 부르지 말라고 엄하게 일렀다. "너는 그분을 항상 '고귀한 부인'이라고 불러야 해. 알아들었니? '고귀한 부인'이야." 하이디는 왜 그래야 하는지 이해가 되지 않았지만 미스 로텐마이어의 험악한 눈빛을 본 순간 이유를 물어보고 싶은 생각이 쏙 들어갔다.

할머니가 오시다

이튿날 제제만 씨 집 식구들은 고대하던 손님을 맞을 준비로 눈코 뜰 새 없이 바빴다. 그것만 봐도 이 집에서 클라라의 할머니가 얼마나 중요한 사람이며 얼마나 극진한 대접을 받는지 한눈에 알 수 있었다. 티네테는 제제만 부인을 위해 예쁜 새 모자를 썼다. 세바스티안은 집에서 찾을 수 있는 발받침을 다 찾아서 집 안 곳곳에 놓았다. 덕분에 제제만 부인이 어디에 앉든 발받침이 준비되었다. 미스 로텐마이어는 온 집 안을 돌아다니면서 모든 것을 샅샅이 살피며 부산을 피웠다. 자신의 권위를 모두에게 과시하고 새 손님이 오더라도 자신의 권위를 빼앗길 생각이 조금도 없다는 의지를 보여주기로 작정한 것 같았다.

　마차가 정문을 향해 달려오자 세바스티안과 티네테가 얼른 계단을 내려갔다. 미스 로텐마이어가 평소보다 더 위엄 있는 태도로 손님을 맞이하기 위해 뒤를 따랐다. 하이디는 부르러 올 때까지 방에서 기다리라는 지시를 받았다. 클라라와 할머니가 단둘이 있을 시간을 가지기 위해서라고 했다. 그동안 하이디는 방에 앉아서 노부인의 호칭을 조용히 연습했다. 하이디는 호칭이 너무 낯설었다. 그래서 미스 로텐마이어가 실수했을 거라며 '부인'이 앞에 와야 한다고 생각해버렸다. 잠시 후 티네테가 문틈으로 고개를 쏙 들이밀며 쌀쌀맞게 말했다. "공부방으로 가보세요."

하이디는 얼른 공부방으로 갔다. 방으로 들어가자 제제만 부인이 다정한 목소리로 하이디를 불렀다. "이리 오너라, 얘야. 얼굴을 보여주렴."

하이디가 얼른 그녀에게 다가가 조심스럽고 깍듯하게 인사를 했다. "안녕하세요. 부인 고귀한."

"뭐라고?" 노부인이 웃음을 터트렸다. "산에서는 사람들을 그렇게 부르니?"

"아뇨. 아무도 그렇게 부르지 않아요." 하이디가 진지한 태도로 대답했다.

"여기서도 그래. 아이들은 다 나를 '할머니'라고 불러. 그러니까 너도 이제부터 그렇게 부르면 된다. 잘 기억할 수 있겠지, 그렇지?"

"네. 저도 그렇게 불러서 알아요."

"좋아." 제제만 부인이 알겠다는 듯 고개를 끄덕이며 하이디의 볼을 토닥였다. 부인은 하이디의 얼굴을 가만히 바라보았다. 그리고 하이디가 마음에 드는지 고개를 다시 끄덕였다. 무엇보다 부인의 눈을 마주 보는 하이디의 눈빛이 차분하면서도 진지했기 때문이다. 한편 하이디는 하이디대로 노부인의 상냥한 표정을 본 순간부터 그분이 좋아졌다. 사실 하이디는 노부인의 모든 점이 좋았다. 제제만 부인은 눈처럼 하얗고 예쁜 머리에 앙증맞은 레이스 모자를 썼는데, 모자 뒤에 커다란 리본두 개가 달려 있었다. 리본들은 주위에 항상 산들바람이 부는 것처럼 살랑거렸다. 하이디는 그 모습이 유난히 예뻐 보였다.

"이름이 뭐니?" 노부인이 물었다.

"진짜 이름은 하이디예요. 그런데 요즘은 아델하이트라고 불러요. 그렇게 부르면 제가 대답을 해요." 바로 그때 미스 로텐마이어가 방으로 들어와 하이디는 그대로 얼어붙었다. 아직도 아델하이트라는 이름이 익숙지 않아서 미스 로텐마이어가 불러도 종종 대답하지 못했다는 사실이 떠오른 것이다.

"제제만 부인, 부인께서도 제 생각과 같으실 거예요." 심기가 불편한 미스 로텐마이어가 말했다. "민망하지 않은 이름으로 불러서 익숙해지게 해야 해요. 특히 하인들 앞에서 그런 이름을 쓸 수는 없으니까요."

"친애하는 로텐마이어." 제제만 부인이 말했다. "저 아이는 항상 하이디라고 불렸고 그 이름이 더 익숙하다면 나는 그렇게 부를 거예요."

미스 로텐마이어는 자신을 부를 때 '미스'를 빼면 좋아하지 않았다. 하지만 언제나 제멋대로인 노부인이 그렇게 부르겠다면 싫어도 참을 수밖에 없었다. 제제만 부인은 한번 마음을 먹으면 절대 뜻을 바꾸지 않았다. 게다가 아직도 정정해서 집에서 벌어지는 일을 하나도 놓치지 않았다.

이튿날 오후 클라라는 평소처럼 쉬러 갔다. 제제만 부인도 손녀 옆 안락의자에서 잠시 눈을 붙였다. 잠에서 깨니 몸도 마음도 개운했다. 제제만 부인은 가정부를 찾아 식당으로 갔지만 그곳은 텅 비어 있었다.

'로텐마이어도 잠시 낮잠을 자는 모양이군.' 노부인은 그렇게 생각하고 로텐마이어의 방으로 가서 문을 똑똑 두드렸다. 잠시 후 미스 로텐마이어가 문을 열었다. 자신을 찾아온 노부인을 보고 놀란 것 같았다.

"하이디가 어디에 있는지 궁금해서 왔어요. 그 아이는 이 시간에 혼자 뭘 하죠?"제제만 부인이 물었다.

"그 아이 방에 있습니다."미스 로텐마이어가 대답했다. "그 시간을 쓸모 있게 보낼 마음이 조금이라도 있다면 뭐라도 하겠죠. 그런데 그러기는커녕 얼토당토않은 계획을 세우고 심지어 실행에 옮기기까지 한답니다. 점잖은 분들 앞에서는 감히 입에 담을 수조차 없는 짓들이죠."

"나도 이렇게 돌보는 사람 없이 방치되면 똑같이 행동할 거예요. 그러면 당신은 점잖은 사람들 앞에서 감히 내 생각을 입에 담지 못할 테지요. 가서 그 애를 내 방으로 데리고 오세요. 가져온 책 몇 권을 주고 싶어요."

"책이라고요!" 미스 로텐마이어가 손을 맞부딪히며 소리 쳤다. "그 애에게 책이 무슨 소용이 있다고요! 여기 온 후로 아직 알파벳도 못 뗀걸요. 어서 선생님도 말씀하시겠지만, 그 애에게 아무것도 가르칠 수 없어요. 성인과 같은 인내심이 없었다면 어서 선생님은 오래전에 그 애를 포기하셨을 거예요."

"그것 참 이상하네요. 그리 아둔해 보이지 않던데. 어쨌든 가서 데리고 오세요. 그림 정도는 볼 수 있겠죠." 미스 로텐마이어는 좀 더 이야기를 하고 싶었지만 제제만 부인은 몸을 홱 돌려 방을 나갔다. 노부인은 하이디가 배우는 속도가 느리다는 말에 깜짝 놀랐다. 아무래도 그 이유를 알아봐야 할 것 같았다. 그러나 어서 씨에게 물어볼 생각은 없었다. 어서 씨는 매우 좋은 사람이었다. 제제만 부인도 그 사실을 잘 알기 때문에 그와 우연히 마주치면 정중하게 인사했다. 하지만 그와 이야기를 시작하지 않으려고 꽤 조심했다. 그가 잘난 척하며 말을 시작하면 노부인은 견디기 힘들었기 때문이다.

곧 하이디가 왔다. 아름답고 커다란 그림책을 주자 하이디는 무척 기뻐했다. 그런데 하이디가 짧게 탄식하며 울음을 터트렸다. 제제만 부인은 아이의 마음을 아프게 한 그림이 무엇인지 보았다. 푸른 초원에서 수많은 동물들이 풀을 뜯고 목동이 기다란 지팡이에 몸을 기댄 채 그 모습을 지켜보고 있는 그림이었다. 해가 서서히 지면서 들판에 황금빛 노을이 물들어 있었다. 노부인은 하이디의 손을 토닥이며 달래주었다.

"울지 마. 그만 뚝. 이 그림을 보고 뭔가가 기억났나 보구나. 그런데 이 그림에는 재미있는 이야기가 딸려 있단다. 오늘 저녁에 그 이야기를 들려주마. 게다가 이 책에는 그것 말고도 이야기가 잔뜩 들어 있어. 이제 눈물을 닦아. 네게 할 말이 있거든. 내가 널 잘 볼 수 있게 여기 앉아보렴."

하지만 하이디는 좀처럼 울음을 그치지 않았다. 제제만 부인은 아이가 진정될 때까지 가만히 두었다. 하이디의 감정이 조금씩 가라앉자 제제만 부인이 말했다. "좋아. 우리 잠시 재미있는 이야기를 나눠보자꾸나. 먼저 이 할머니에게 말해봐. 요즘 공부는 잘하고 있니? 그동안 어떤 걸 배웠어?"

"배운 게 없어요." 하이디가 한숨을 폭 쉬며 말했다. "어차피 공부를 해봤자 배우지 못할 거예요."

"그게 무슨 말이야? 뭘 못 배운다는 말이지?"

"읽기요. 너무 어려워요."

"왜 그렇게 생각하니?"

"페터가 그랬거든요. 페터도 아무리 노력하고 애를 써도 읽기를 못 배웠어요. 그래서 공부라면 페터가 잘 알아요."

"그렇다면 그 애는 정말 이상한 아이로구나. 너는 그 아이의 말을 간단히 믿으면 안 돼. 일단 직접 노력해봐야 해. 내 생각에는 네가 어서 선생님의 수업에 제대로 집중하지 못하는 것 같구나."

"소용없어요." 하이디는 의욕이 전혀 없는 것처럼 말했다.

"내 말을 잘 들어봐, 하이디. 너는 지금까지 한 번도 읽기를 배운 적이 없어. 왜냐하면 페터의 말을 곧이곧대로 믿었거든. 지금부터는 이 할머니의 말을 믿어. 페터가 아니라 네 자신을 믿어봐. 그러면 얼마 후 다른 아이들처럼 너도 글을 잘 읽게 될 거야. 네가 글을 읽게 되면 들판의 목동 그림이 있는 이 책을 주마. 그러면 스스로 이야기를 읽어서 목동과 그의 동물들이 어떻게 되었는지 알 수 있을 거야. 그러면 너도 좋겠지, 그렇지?"

하이디는 눈을 반짝거리며 노부인의 이야기를 들었다. 그러더니 한숨을 쉬며 말했다. "지금 당장 읽을 수 있으면 좋겠어요!"

"금방 그렇게 될 거야, 내가 장담해." 노부인이 말했다. "이제 클라라를 보러 가자. 이 책들도 챙겨서." 두 사람은 손을 잡고 공부방으로 갔다.

집에 돌아가려다가 미스 로텐마이어에게 들켜 꾸중을 들

은 날 이후로 하이디에게 변화가 찾아왔다. 이제 하이디는 데테 이모가 뭐라고 했건 자신이 집으로 가고 싶을 때 갈 수 없다는 사실을 받아들였다. 한동안 어쩌면 영원히 프랑크푸르트에서 살아야 할지도 모른다는 사실을 깨달은 것이다. 하이디는 집으로 가고 싶다고 하면 제제만 씨가 배은망덕한 아이라고 생각할 거라 믿었다. 그 사실을 알게 되면 할머니와 클라라도 똑같이 생각할 거라 믿었다. 그래서 하이디는 아무에게도 자신의 마음을 털어놓을 수 없었다. 아이의 마음에는 슬픔이 들어차기 시작했다. 하이디는 점점 식욕을 잃었고 안색이 파리해졌다. 밤에 조용한 방에 혼자 누워 있으면 몇 시간이고 잠들지 못하고 집과 산을 그리워했다. 마침내 잠이 들면 꿈속에 나타난 집과 산이 어찌나 생생한지 아침에 눈을 뜨면 기쁨에 겨워 다락방에서 사다리를 타고 내려갈 수 있을 것만 같았다. 하지만 하이디가 누워 있는 곳은 여전히 프랑크푸르트의 침대였다. 집에서 너무나 멀리 떨어진 곳 말이다. 그 사실이 너무나 실망스러워 어떤 날은 한없이 눈물이 흘렀다. 그러나 하이디는 마음껏 울지도 못했다. 울음소리가 새어나가지 않도록 베개에 얼굴을 파묻고 울었다.

제제만 부인은 하이디의 슬픔을 꿰뚫어 보고 슬픔이 지나가기를 기다리며 며칠 동안 지켜보았다. 하지만 하이디의 기분은 좀처럼 좋아지지 않았다. 며칠 동안은 아침마다 그 어린 얼굴에 눈물 자국까지 남아 있었다. 결국 노부인은 하이디를 자신의 방으로 데리고 갔다. 그리고 무슨 문제가 있는지, 왜 그렇게 슬퍼하는지 상냥하게 물었다.

하이디는 사실을 털어놓았다가 노부인이 역정을 낼까 두려웠다. 그래서 이렇게 대답했다. "말할 수 없어요."

"말할 수 없어? 그러면 클라라에게는 말할 수 있니?"

"아뇨. 아무에게도 말할 수 없어요." 그렇게 말하는 하이디가 어찌나 슬퍼 보이는지 노부인도 마음이 무척 아팠다.

"할머니 말을 잘 들어봐." 그녀가 말했다. "곤란한 문제가 있지만 주위 사람들에게 좀처럼 털어놓을 수 없을 때가 있어. 그럴 때는 언제든지 하느님에게 말하면 돼. 그분은 도움을 청하면 언제나 우리를 도와주셔. 무슨 말인지 알겠니? 매일 밤 좋은 일이 일어나게 해주셔서 감사합니다. 나쁜 일이 일어나지 않게 보호해주세요. 너도 이렇게 기도를 하지, 그렇지?"

"아뇨. 하지 않아요." 하이디가 대답했다. "한 번도 한 적이 없어요."

"기도하는 법을 배우지 않았니, 하이디? 그럼 모르는 거니?"

"예전에 할머니와 살 때는 기도를 드렸어요. 하지만 아주 오래전이에요. 이제 거의 다 잊어버렸어요."

"아하, 그렇구나. 슬픈 일이 있는데 도움을 청할 사람이 없을 때는 말이야. 하느님에게 다 털어놓으면 돼. 그러면 마음이 얼마나 홀가분해지는지 몰라. 왜냐하면 그분이 반드시 우리를 도와주실 거니까. 이 할머니의 말을 믿어봐. 그분은 언제나 우리가 다시 행복해질 수 있는 방법을 알려주신단다."

하이디의 눈이 다시 빛났다. "그분에게는 뭐든 다 이야기할 수 있어요?" 아이가 물었다.

"그럼, 뭐든 다 말할 수 있고말고."

하이디가 노부인에게 잡혀 있던 손을 스르르 뺐다.

"이제 가도 돼요?" 하이디가 물었다.

"그래 가도 돼."

하이디는 얼른 자신의 방으로 돌아갔다. 그리고 의자에 앉아 두 손을 맞잡았다. 잠시 후 하이디는 마음에 품고 있던 고민을 하느님에게 모두 털어놓았다. 그리고 하느님에게 할아버지가 계신 집으로 돌아가게 도와달라고 간청했다.

일주일 후 아침, 어서 씨가 중요한 이야기가 있다며 제제만 부인과 잠시 이야기를 나눌 수 있는지 물었다. 노부인이 어서 씨를 방으로 불렀다. 방으로 찾아온 어서 씨를 노부인은 평소처럼 친절하게 맞이했다.

"이쪽에 앉으세요, 어서 씨." 노부인이 말했다. "이렇게 선생님을 보니 반갑군요. 제게 무슨 이야기를 하고 싶으신가요? 불편한 일이 있으신 게 아니길 바랍니다."

"오히려 그 반대입니다, 부인." 그가 말했다. "오래전에 포기했던 일이 벌어지고 있습니다. 사실 아무도 이런 일이 일어나리라 기대하지 않았을 겁니다. 그런데 일어났어요. 불가능한 일이 일어났습니다."

"혹시 하이디가 마침내 글을 읽게 되었다는 말씀이신가요?" 제제만 부인이 물었다. 어서 씨의 눈이 쟁반만큼 커졌다.

"맙소사, 부인께서 그런 가능성을 예상하시다니 하이디가 거둔 성과에 버금갈 정도로 놀랍습니다. 지금까지 아무리 애를 써도 철자도 익히지 못할 것 같았습니다. 더 이상 제 도움 없이 혼자 공부를 하도록 내버려 두어야 할지도 모른다는 결론을 내릴 수밖에 없었지요. 내키지 않지만요. 그런데 하이디가 거의 하룻밤 만에 철자를 다 익혔습니다. 이제 글을 '읽어요'. 글을 처음 배우는 다른 학생들과 비교해봐도 하이디가 훨씬 더 정확하게 잘 외우고 있었습니다. 눈에 띄게 성장했어요."

"이 세상에는 신기한 일들이 많이 일어나죠." 제제만 부인이 흐뭇해하며 말했다. "아마도 이제야 배우고자 하는 열망이 생겼나 봅니다. 이유가 무엇이 됐든 우리 모두 그 아이가 여기까지 온 것을 하늘에 감사하도록 하죠. 앞으로도 더욱 발전하기를 기원하고요."

제제만 부인은 가정교사를 문까지 배웅했다. 어서 씨가 돌아가자 제제만 부인은 이 희소식을 직접 확인하고 싶은 마음에 서둘러 공부방으로 향했다. 가보니 하이디가 큰 소리로 클라라에게 글을 읽어주고 있었다. 게다가 자기 앞에 활짝 열린 새로운 세계에 꽤 들떠 있었다. 흰 페이지에 검은 선에 불과했던 글자들이 살아 움직이고 온갖 사람들과 사물들에 대한 이야기로 변하기라도 한 듯 말이다.

그날 저녁 하이디가 식당으로 가보니 자신의 접시 옆에 커다란 그림책이 놓여 있었다. 아이는 제제만 부인을 보고 환하게 웃었고 부인은 고개를 끄덕이며 말했다. "그래. 그 책은 이제 네 것이란다."

"영원히요? 언제까지나? 제가 집에 돌아갈 때도요?" 하이디가 잔뜩 들떠 볼을 붉히며 물었다.

"그렇고말고. 우리 내일부터 그 책을 읽어보자."

"하지만 너는 집에 가지 않을 거잖아, 하이디. 여기서 오래오래 살 거잖아." 클라라가 불쑥 끼어들었다. "할머니도 곧 집으로 돌아가실 거야. 그러면 네가 꼭 필요해."

그날 밤 잠자리에 들기 전에 하이디는 선물받은 예쁜 책을 실컷 구경했다. 이제 독서는 하이디의 가장 큰 즐거움이 되었다. 때때로 저녁에 제제만 부인은 이렇게 말했다. "하이디, 우리에게 책을 읽어주겠니?" 그렇게 부탁을 받을 때마다 하이디는 스스로가 몹시 자랑스러웠다. 하이디는 책을 소리 내어 읽으면 더 잘 이해되는 것 같았다. 게다가 제제만 부인은 필요하면 언제라도 설명해주었다. 하이디는 처음 보았을 때 눈물을 터트렸던 그림이 있는 목동 이야기를 제일 좋아해서 몇 번이고 다시 읽었다. 이제 하이디는 이 목동이 산 위의 목동들처럼 해가 환히 비치는 초원에서 아버지의 양과 염소를 즐겁게 보살핀다는 사실을 알게 되었다. 다음 그림에서 목동은 사랑하는 가족을 떠나 낯선 땅에서 낯선 사람의 돼지들을 치고 있었다. 이 그림에서는 해가 빛나지 않았고 풍경은 언제나 잿빛에 안개가 자욱했다. 그림 속 젊은 목동의 안색이 창백하고 야위어 보였다. 그도 그럴 것이 그는 배불리 먹지 못했다. 마지막 그림에서 목동은 누더기를 걸치고 슬픔에 젖어 집으로 돌아갔다. 그러자 아버지가 두 팔을 벌려 아들을 맞으러 달려왔다.

재미있는 이야기를 읽고 그림을 보면서 할머니와 보내는 시간은 너무나 행복했다. 하지만 그만큼 시간이 쏜살같이 흘러갔다.

향수병에 걸리다

제제만 부인이 와 있는 동안 매일 오후 클라라가 자기 방에서 쉬고 미스 로텐마이어도 아마도 휴식을 취하기 위해 방으로 돌아가면, 노부인은 클라라와 잠시 같이 있다가 자신의 방으로 돌아가 하이디를 불렀다. 노부인은 하이디와 이야기를 나누며 갖가지 방법으로 하이디를 즐겁게 해주었다. 노부인은 작고 예쁜 인형들을 가지고 있었는데, 하이디에게 인형 옷 만드는 법을 보여주었다. 인형을 가지고 놀면서 하이디는 어느새 바느질을 배웠다. 제제만 부인에게는 조각 천을 모아둔 가방이 있었는데, 온갖 종류의 직물과 색깔을 갖춘 조각 천들이 그 가방에 들어 있었다. 하이디는 그 천들로 인형들에게 원피스며 코트, 앞치마를 만들어주었다. 가끔 제제만 부인은 하이디에게 책을 소리 내어 읽어보라고 했다. 그럴 때면 하이디는 무척 행복했다. 이야기는 읽을수록 더 좋아졌다. 하이디는 이야기에 등장

하는 등장인물을 만나면 만날수록 더 친근하게 느끼게 되었다. 그들을 다시 만나면 항상 즐거웠다. 하지만 이렇게 즐거운 일들에 빠져 있는데도 하이디는 진심으로 행복한 것 같지 않았다. 항상 반짝거리던 눈에서 어느새 생기가 사라져버렸다.

제제만 부인이 아이들과 지내는 마지막 주 어느 오후였다. 평소처럼 하이디가 큰 그림책을 들고 노부인의 방으로 갔다. 노부인은 하이디를 불러서 책을 옆에 내려놓고 말했다.

"아가야, 왜 기분이 울적한지 말해주겠니. 여전히 문제가 해결되지 않은 거니?"

하이디가 고개를 끄덕였다.

"하느님에게 그 문제에 대해서 이야기는 했고?"

"네."

"다시 행복하게 해달라고 그분에게 매일 기도를 해?"

"아뇨. 더 이상 하지 않아요."

"그렇다니 할머니 마음이 아프구나. 왜 그만뒀어?"

"소용이 없어요." 하이디가 대답했다. "하느님은 제 말을 듣지 않으셨어요. 프랑크푸르트에 사는 사람들이 모두 같은 시간에 기도를 드린다고 생각해보세요. 그러면 하느님이 어떻게 모든 말에 귀를 기울일 수 있겠어요. 그래서 제 말은 못 들으신 거예요."

"왜 그렇게 확신하니?"

"지금까지 매일 같은 기도를 드렸지만 아무 일도 일어나지 않았잖아요."

"그렇지 않단다, 하이디. 하느님은 우리 모두에게 사랑하는 아버지와 같은 분이야. 그분은 우리에게 진짜 좋은 게 뭔지 다 아셔. 우리가 뭔가를 부탁해도 그게 우리에게 옳지 않으면 그걸 주시지 않을 거야. 하지만 우리가 하느님을 믿고 계속 기도를 하면 더 좋은 것을 찾아주시지. 단, 그분이 생각하기에 적당한 때에. 하느님이 네 기도를 듣지 않으셨다고 멋대로 생각하면 안 돼. 왜냐하면 그분은 동시에 모두의 기도를 들으실 수 있거든. 그 점이 바로 경이로운 부분이지. 너는 하느님에게 어떤 소원을 빌었어. 하지만 하느님은 지금 당장은 그 소원을 이뤄주시지 않기로 결심하신 거야. 속으로 생각하셨겠지. '하이디의 기도에 응답을 할 거야. 하지만 적당한 순간이 와야 해. 그래야 하이디가 진정으로 행복해질 수 있으니까. 내가 지금 응답을 하면 나중에는 그걸 청하지 말걸 그랬다고 생각할지도 몰라. 왜냐하면 그 아이가 기대한 것과 다를 수도 있으니까.' 그분은 지금까지 너를 지켜보고 계셨어. 그 사실을 절대 의심하지 마. 그런데 너는 지금 기도하지 않아. 그건 네가 그분을 진심으로 믿지 않는다는 뜻이지. 네가 자꾸 그렇게 의심한다면 하느님도 네 마음대로 하도록 내버려 두실 거야. 그러다 보면 언젠가 일이 네 뜻대로 되지 않고 아무도 너를 도와주지 않는다고 불평하는 날이 올지도 몰라. 그런데 그때 욕을 들어야 할 사람은 누굴까? 바로 너야. 왜냐하면 너에게 진짜 도움을 줄 수 있는 유일한 분에게 등을 돌렸잖니. 하이디, 정말 네 소원이 이루어지기를 원한다면 이렇게 해보지 않겠니? 당장 네 방으로 가서 하느님에게 용서를 구해. 그리고 더 많은 믿음이 생기도록 도와달라고 해. 그분이 언젠가는 너의 기도를 들어주시리라는 믿음을 잃지 않게 도와달라고 매일 열심히 기도를 해봐."

하이디는 노부인의 이야기를 집중해 들었다. 할머니를 굳게 믿었기 때문에 그 말을 하나도 빼먹지 않고 다 기억하고 싶었다. 마침내 하이디는 후회를 하며 울음을 터트렸다.

"당장 가서 하느님에게 용서를 빌고 다시는 그분을 잊지 않겠다고 말씀을 드릴래요."

"그래야 착한 아이지."

하이디는 용기백배해서 당장 자기 방으로 갔다. 그리고 하느님에게 잊지 말고 축복을 내려달라고 열심히 청했다.

제제만 부인이 집으로 돌아가는 날이 되자 클라라와 하이디는 서운한 마음을 가눌 수 없었다. 하지만 노부인은 마차를 타고 출발하는 순간까지도 두 아이의 기분을 북돋워주려고 애썼다. 마침내 바퀴 소리가 들리지 않고 집 안이 텅 빈 것처럼 조용해졌다. 그러자 두 아이는 버림받은 기분에 무엇을 해야 할지 아무 생각도 나지 않았다.

이튿날 저녁 하이디가 자신의 책을 가지고 서재에 가서 클라라에게 말했다. "이야기를 듣고 싶으면 내가 잔뜩 읽어줄게." 클라라는 고맙다고 했다. 하이디는 열의에 차서 작은 도전 과제를 시작했다. 하지만 하이디의 계획은 마음먹은 대로 되지 않았다. 하필 하이디가 고른 이야기가 할머니가 돌아가시는 내용이었기 때문이다. 감정이 너무 복받친 하이디는 눈물을 펑펑 쏟으며 흐느꼈다. "할머니가 돌아가셨어." 읽는 내용마다 너무나 생생해서 하이디는 이야기 속 할머니가 그래니라고 믿게 되었다.

"다시는 그래니를 볼 수 없을 거야." 하이디가 울며 말했다. "맛있는 하얀 롤빵을 절대 맛보시지 못할 거야."

클라라는 이야기 속의 할머니가 다른 할머니라고 하이디를 달랬지만 하이디는 좀처럼 그 말을 믿지 않았다. 마침내 하이디는 클라라 말대로 이야기는 이야기로 받아들이기로 했지만 영 마음이 편치 않았다. 그 이야기 때문에 자신이 멀리 나와 있는 동안 그래니와 할아버지가 돌아가실 수 있다는 사실을 깨달았기 때문이다. 오랫동안 집을 떠나 있으면 간신히 돌아가도 모든 것이 전과 같지 않고 사랑하는 사람들도 영원히 떠나버렸을지 모른다는 생각이 자꾸 들었다.

그때 미스 로텐마이어가 공부방으로 들어왔다. 하이디가 울음을 그치지 않자 미스 로텐마이어가 짜증스럽게 말했다.

"아델하이트, 제발 그렇게 울부짖지 말고 내 말을 잘 들어. 클라라 아가씨에게 책을 읽어주다가 또다시 이런 꼴사나운 짓을 하면 그때는 책을 압수하고 다시는 돌려주지 않을 거야."

이 으름장은 즉각 효과를 발휘했다. 그 책은 하이디에게 가장 소중한 보물이었기 때문이다. 순식간에 하이디의 얼굴에서 핏기가 사라졌다. 하이디는 눈물을 닦고 새어 나오는 울음을 틀어막았다. 그 후로 하이디는 어떤 내용을 읽더라도 다시는 울지 않았다. 대신 울지 않으려고 참다 보니 이상한 표정을 짓게 되었다. "나는 네가 그런 표정을 짓는 건 처음 봤어." 클라라가 깜짝 놀라며 이렇게 말할 정도였다. 어쨌든 미스 로텐마이어는 아무것도 알아차리지 못했다. 그래서 하이디가 어떻게든 슬픔을 억누르면 그 순간만큼은 모든 일이 별 탈 없이 지나갔다.

하지만 하이디의 식욕은 통 돌아올 줄 몰랐다. 그래서 점점 살이 빠지고 안색도 창백해졌다. 아무리 맛있는 음식을 내놓아도 하이디는 입에도 대지 않았다. 그걸 알아챈 세바스티안은 몹시 걱정을 했다. 그는 하이디에게 음식을 건넬 때마다 이렇게 소곤거렸다. "이거 조금만 먹어보세요, 아가씨. 정말 맛있어요. 그 정도로는 충분하지 않아요. 자, 한 숟가락 더 먹어보세요." 하지만 모든 노력이 다 허사였다. 하이디는 이제 거의 먹지 않았다. 잠자리에 들면 그토록 사랑하던 집의 풍경이 눈앞

에 스르르 나타났다. 하이디는 베개가 흠뻑 젖을 때까지 울고
또 울었다.

시간은 자꾸 흘러갔다. 하지만 하이디는 지금이 겨울인지
여름인지조차 분간할 수 없었다. 창문 밖으로 보이는 풍경은
벽과 집들뿐이었고 그 풍경은 언제나 똑같았다. 하이디는 클라
라의 몸 상태가 괜찮아서 마차를 타고 바깥 공기를 쐬러 나올
때나 함께 집을 나왔다. 어차피 집에서 나와도 눈에 들어오는
풍경은 죄다 건물들뿐이었다. 클라라의 몸 상태가 오래 소풍을
갈 정도는 아니어서 마차를 타고 근처 거리 정도만 돌아보았기
때문이다. 거리마다 수많은 행인이 지나다니고 아름다운 건물
들이 늘어서 있었다. 하지만 그곳에는 풀 한 포기, 꽃 한 송이,
나무 한 그루 없었다. 하물며 산은 더더욱 없었다. 하이디의 향
수병은 날이 갈수록 심해졌다. 이제 사랑했던 것들의 이름을
읽기만 해도 눈물이 차오를 정도였다. 하지만 하이디는 눈물을
꾹 참았다.

가을과 겨울이 지나갔다. 맞은편 집 하얀 벽에 환한 햇빛
이 쏟아지기 시작했다. 하이디는 곧 페터가 염소들을 데리고
산 위의 고원으로 풀을 먹이러 갈 때가 왔다고 짐작했다. '온갖
야생화들이 꽃망울을 터뜨리고 저녁마다 산들이 환하게 불타
오르겠지.' 하이디는 방에 틀어박혀 있을 때면 도시의 햇빛이
보고 싶지 않아 양손으로 눈을 가렸다. 클라라가 다시 찾을 때

까지 향수병을 억지로 마음속에 밀어넣으며 그렇게 가만히 앉
아 있었다.

집에 유령이 나타나다!

프랑크푸르트 제제만 씨 집에서 이상한 일들이 일어나기 시작했다. 미스 로텐마이어는 말없이 생각에 잠긴 채 집 안을 서성거렸다. 그녀는 어두워진 후 다른 방에 가거나 복도를 지나가야 할 일이 있으면 자꾸 뒤를 돌아보거나 구석진 곳을 유심히 바라보았다. 마치 그늘에서 뭔가 기어나와 치마를 끌어당길까봐 겁을 내는 것처럼 보였다. 호화롭게 꾸민 손님방들이 있는 위층으로 가거나 넓은 응접실이 있는 아래층으로 갈 때면, 항상 옮겨야 할 물건이 있을지 모른다고 하면서 티네테를 데리고 갔다. 그곳은 환한 낮에도 발소리가 메아리처럼 울리고 벽에 걸린 초상화 속에서 빳빳하고 하얀 옷깃이 달린 옷을 입은 늙은 시의원들이 사람들을 빤히 바라보는 곳이었다. 하녀를 데리고 갈 때는 항상 위층이나 아래층으로 옮겨야 할 물건이 있다고 했다. 이상한 말이지만, 티네테의 행동도 미스 로텐마이어와 크게 다르지 않았다. 그녀도 위층이나 아래층 방으로 가야 할 일이 있으면 세바스티안을 데리고 갔다. 옮겨야 할 물건이 있다는 핑계도 똑같았다. 세바스티안도 비슷하게 느끼는 것 같았다. 평소 사용하지 않는 방에서 뭔가를 가져올 일이 생기면 마부 요한을 불러 함께 갔다. 혼자서 할 수 없는 일이 있다는 핑계를 댔다. 그리고 함께 가자는 부탁을 받으면 모두 두말 없이 따라갔다. 도움이 필요하지 않더라도 상관없었다. 모두 언젠가는 자신도 그런 부탁을 하게 될지 모른다고 생각하는 것 같았다. 아래층 주방의 상황도 비슷했다. 그 집에서 오랫동안 일을 한 늙은 요리사는 냄비들 옆에 서서 고개를 가로저으며 중얼거렸다. "늘그막에 이런 꼴을 보게 되다니."

모두가 이렇게 불안해하는 데는 그만한 이유가 있었다. 얼마 전부터 매일 아침 하인들이 일어나 보면 1층 문이 활짝 열려 있었다. 그런데 누가 문을 열었는지 알 만한 것이 전혀 발견되지 않았다. 처음 하루 이틀은 도둑맞은 물건이 없는지 집 안을 샅샅이 뒤져보았다. 낮에 강도가 몰래 숨었다가 밤에 물건을 가지고 도망갔을지도 모른다고 생각했다. 하지만 사라진 물건은 없었다. 그날 이후 하인들은 매일 밤 대문에 자물쇠를 두 개 채우고 빗장까지 걸었다. 하지만 다음 날 아침 일어나 보면 문은 활짝 열려 있었다. 아무리 하인들이 새벽같이 나가봐도 마찬가지였다.

마침내 미스 로텐마이어는 요한과 세바스티안을 설득해 아래층 응접실 옆방에서 보초를 서도록 했다. 미스터리의 정체를 파헤치기 위해서였다. 두 사람은 제제만 씨가 소장하고 있는 무기로 무장을 했다. 혹시 모를 일을 대비해 용기를 내려고 와인 한 병도 챙겼다.

어둠이 내려앉자 두 사람은 그 방으로 갔다. 자리를 잡자마자 와인을 마시다 보니 술기운에 말이 많아졌다. 이내 졸음이 몰려왔다. 두 사람은 각자 앉은 안락의자에서 몸을 만 채 잠이 들었다. 시계가 댕댕 12시를 알렸다. 그 소리에 세바스티안이 퍼뜩 정신을 차렸다. 요한을 깨우려고 했지만 너무 깊이 잠이 들어 소용없었다. 깨우려고 이름을 부를 때마다 요한은 좀 더 편하게 자세를 바꿀 뿐이었다. 하지만 세바스티안은 이미 잠이 확 달아나 이상한 소리가 들리지 않는지 귀를 쫑긋 세웠다. 집 안도 거리도 고요했다. 집 안이 너무 조용해서 점점 더 불안해질 지경이었다. 그는 이름을 불러봐야 요한을 깨울 수 없다는 사실을 깨닫고 그를 흔들기 시작했다. 그렇게 한 시간을 깨운 후에야 요한이 간신히 잠에서 깨고 자신이 왜 그 방에 있는지 기억해냈다. 그는 용기백배해 의자에서 일어나며 말했다.

"밖으로 나가서 무슨 일인지 살펴보는 게 좋겠네. 겁먹지 말게나. 나만 따라와."

그가 문을 밀어 열었다. 문은 이미 살짝 열려 있었다. 그는 복도로 나갔다. 복도로 나가기 무섭게 그가 손에 들고 있던 촛불이 활짝 열린 정문으로 들어온 한 줄기 바람에 훅 꺼졌다. 지레 겁을 먹은 요한은 후다닥 방으로 돌아갔다. 그러다가 마침 방을 나서던 세바스티안을 넘어뜨릴 뻔한 것도 아랑곳하지 않고 문을 쾅 닫고 잠가버렸다. 요한은 얼른 성냥을 켜서 초에 불을 붙였다. 세바스티안은 영문을 몰라 어리둥절했다. 요한이 뚱뚱한 편이라 그의 시야를 완전히 가리는 바람에 아무것도 보지 못한 것이다. 그는 찬바람조차 느끼지 못했다. 하지만 요한은 얼굴이 백지장처럼 새하얘져서 사시나무 떨듯 벌벌 떨고 있었다.

"무슨 일이야? 밖에 뭐가 있었어?" 세바스티안이 흥분해 물었다.

"정문이 또 활짝 열려 있더라고." 요한이 대답했다. "그리고 계단에 하얀 형체가 보이는가 싶더니 순식간에 사라져버렸어."

서늘한 냉기가 세바스티안의 등줄기를 타고 내려갔다. 두 사람은 딱 붙어 앉아 꼼짝도 하지 못했다. 얼마 후 비로소 동이 트고 길거리에서 사람들의 목소리가 들리자 두 사람은 방을 나가 문을 닫고 지난밤 일을 미스 로텐마이어에게 보고했다. 그녀는 이미 일어나서 옷도 다 갈아입은 상태였다. 사실 그녀는 두 사람이 괴이한 일의 진상을 밝힐 수 있을지 궁금해서 뜬눈

으로 밤을 지새우다시피 했다. 미스 로텐마이어는 이야기를 다
들은 후 곧바로 제제만 씨에게 구구절절 편지를 썼다. 두려움
으로 몸이 굳어 펜도 못 들 형편이며 또 무슨 일이 생길지 몰라
식구들이 아무도 편히 잠을 자지 못하고 있으니 서둘러 돌아와
달라는 내용이었다.

하지만 제제만 씨가 보낸 답장은 당장 일을 중단하고 되돌
아갈 형편이 아니라는 내용이었다. 그는 집 안을 배회하는 '유
령' 이야기에 놀랐지만 별일 아닌 헛소동으로 끝날 것이라고
했다. 혹시라도 소란이 계속되면 제제만 부인에게 다시 프랑크
푸르트로 와달라는 편지를 보내보라고 미스 로텐마이어에게
제안했다. 제제만 부인이라면 어떤 '유령'이든 효과적으로 퇴
치할 테니 유령이 다시는 나타나지 않을 것이라고 했다. 미스
로텐마이어는 그가 문제를 심각하게 받아들이지 않는다는 사
실에 짜증이 났다. 그녀는 당장 제제만 부인에게 편지를 썼다.
하지만 이번에도 만족할 만한 대답을 들을 수 없었다. 노부인
은 미스 로텐마이어가 유령을 봤다고 상상한다는 이유로 프랑
크푸르트까지 먼 길을 다시 돌아갈 수는 없다는 내용의 신랄한
답장을 보냈다. 노부인은 지금껏 집에 유령이 나타난 적이 없
으니 조사를 해보면 그 유령도 살아 있는 사람일 것이라고 했
다. 만약 미스 로텐마이어가 이 상황을 해결하기 버겁다면 경
찰을 불러야 한다고 적혀 있었다.

미스 로텐마이어는 아무리 생각해도 이런 식으로 지내고
싶지 않았다. 사실 그녀에게는 제제만 씨의 관심을 끌 묘책이
있었다. 그녀는 유령에 대해 아이들에게 말하지 않았다. 아이
들이 겁에 질려 어른과 함께 있으려고 할까 봐 걱정되었기 때
문이다. 그러면 그녀가 너무 피곤해질 테니까. 이제 그런 게 문
제가 아니었기 때문에 미스 로텐마이어는 곧장 공부방으로 가
서 잔뜩 쉰 목소리로 밤에 유령이 출몰한다는 이야기를 소곤거
렸다. 역시나 클라라는 이야기를 듣는 즉시 단 1초도 혼자 있
지 않겠다고 선언하듯 말했다.

"아빠가 집으로 오셔야 해요. 미스 로텐마이어는 제 방에
서 주무세요." 클라라가 울먹였다. "하이디도 절대 혼자 두면
안 돼요. 유령이 하이디에게 무슨 짓을 할지도 모르잖아요. 우
리는 한방에서 항상 같이 지내고 밤새도록 불을 밝혀둬야 해
요. 티네테에게 우리 옆방에 자라고 해요. 세바스티안과 요한
은 유령이 위층에 나타나면 놀라서 쫓아버리게 복도에서 자는
게 좋겠어요." 클라라가 너무 흥분을 하는 바람에 미스 로텐마
이어는 클라라를 달래느라 꽤 애를 먹었다.

"제제만 씨에게 편지를 쓸게요." 미스 로텐마이어가 약속
을 했다. "클라라 아가씨 방에 내 잠자리를 만들게요. 클라라
아가씨는 혼자 있지 않아도 돼요. 하지만 우리가 모두 한방에
서 잘 수는 없어요. 아델하이트가 무섭다고 하면 티네테가 그

방에서 같이 자면 될 거예요." 하이디는 듣지도 보지도 못한 유령보다 티네테가 훨씬 더 무서웠다. 하이디는 자신은 무섭지 않으니 혼자 자도 괜찮다고 했다. 미스 로텐마이어는 책상에 앉아 제제만 씨에게 편지를 쓰기 시작했다. 집에서는 괴현상이 여전히 계속되고 있으며 이러다간 병약한 클라라에게 어떤 일이 일어날지 모르겠다고 썼다. '두려움을 이기지 못하고 발작을 일으킬지도 모릅니다.' 그녀는 이렇게 썼다. '아니면 무도병에 걸릴지도 모르죠.'

그녀의 짐작은 보기 좋게 들어맞았다. 이틀 후 제제만 씨가 초인종 줄을 당겼다. 어찌나 종소리가 요란한지 집안 사람들은 유령이 이제 낮에도 장난을 치는 줄 알고 간이 철렁했다. 세바스티안이 위층 창문에서 밖을 살짝 내다보았다. 그때 또 종이 울렸는데, 어찌나 요란한지 유령이 아니라 살아 있는 사람이 울렸다는 사실은 의심의 여지가 없었다. 그제야 세바스티안은 제제만 씨가 도착했다는 사실을 깨닫고 쏜살같이 달려 내려갔다. 허둥대고 내려가다가 하마터면 계단에서 굴러떨어질 뻔했다. 제제만 씨는 그를 보는 둥 마는 둥 곧장 클라라의 방으로 갔다. 클라라는 기쁘게 그를 맞았다. 겉으로는 평소와 같은 모습의 쾌활한 딸의 모습을 보니 가슴을 묵직하게 누르던 돌을 내려놓은 것 같았다. 클라라는 몸 상태가 평소와 다름없다며 아버지를 안심시켰다. 아빠를 보니 너무 좋아서 오히려 유령에게 감사를 해야겠다는 농담까지 할 정도였다.

"그런데 유령이 무슨 짓을 하고 있습니까, 미스 로텐마이어?" 그가 미소를 지으며 물었다.

"오, 이건 심각한 문제입니다." 그녀는 뻣뻣하게 대답했다. "내일이면 그렇게 웃음을 지으실 수도 없을 거예요. 제 생각에는 과거 언젠가 이 집에서 끔찍한 일이 벌어진 것 같습니다. 물론 지금까지 밝혀지지 않았고요."

"존경받아 마땅한 내 조상에게 그런 생각을 품지 마시오!" 제제만 씨가 말했다. "응접실에 있을 테니 세바스티안을 그리로 보내주세요. 단둘이 이야기를 하고 싶으니까." 그는 세바스티안과 미스 로텐마이어의 사이가 원만하지 않다는 사실을 알고 있었다. 두 사람의 관계를 생각하다가 유령 소동의 진상을 밝힐 수 있는 실마리가 하나 떠올랐다.

"어서 오게." 제제만 씨는 세바스티안이 들어오자 말했다. "사실대로 말해주게. 혹시 자네가 미스 로텐마이어를 놀래주려고 유령 소동을 꾸며냈나?"

"오, 주인님. 제발 그렇게 생각하지 마세요. 저도 그녀만큼 놀랐습니다." 세바스티안이 대답했다. 어딜 보나 그가 솔직하게 대답하는 게 분명했다.

"음, 그게 사실이라면 자네와 아무 쓸모도 없는 요한에게 낮에는 유령이 어떻게 보이는지 알려줘야겠군. 자네처럼 건장한 사내가 그런 것에 놀라 줄행랑을 치다니 부끄러운 줄 알게. 자, 당장 의사 선생에게 내 전갈을 전해주게. 내가 안부를 전한다고 말씀드리고 무슨 일이 있어도 오늘 밤 9시에 여기로 와달라고 부탁을 하게. 내가 진찰을 받아야 할 문제가 있어서 일부러 파리에서 돌아왔다고 해. 상태가 심각하니 오늘 밤은 이곳에서 보낼 준비를 하고 오는 게 좋을 것 같다는 말도 꼭 전하도록 하고. 알아들었나?"

"네, 주인님. 당장 다녀오겠습니다."

제제만 씨는 클라라에게 돌아가 다음 날이면 유령은 사라지고 없을 것이라고 안심시켰다.

정확히 9시, 두 아이가 잠자리에 들고 미스 로텐마이어도 자신의 방으로 물러났다. 그즈음 의사가 도착했다. 그의 머리는 하얗게 세었지만 혈색이 좋고 밝게 빛나는 두 눈에서 다정함이 느껴졌다. 집으로 들어오는 그의 얼굴에 걱정이 역력했다. 하지만 친구의 얼굴을 보자마자 웃음을 터뜨렸다.

"밤새 간호해줄 사람이 필요한 사람치고는 건강해 보이는군." 의사는 친구의 어깨를 툭툭 치며 말했다.

"속단하지 말게, 친구." 제제만 씨가 대답했다. "자네 도움이 언제 필요할지 몰라. 우리가 오늘 밤에 잡을 수도 있는 사람은 나처럼 건강하지 않을지도 모르거든."

"그렇다면 이 집에 정말 환자가 있기는 한가 보군." 의사가 말했다. "그리고 그 사람을 우리가 붙잡아야 하고, 응?"

"그 정도가 아닐세! 여기 유령이 있어! 이 집에 유령이 나타난단 말이네."

의사가 다시 웃음을 터뜨렸다.

"동정심을 가져보게." 제제만 씨가 나무라듯 말했다. "지금 그 웃음소리를 미스 로텐마이어가 듣지 않아 천만다행이군. 그녀는 우리 조상 중 한 명이 자신의 죄를 속죄하며 이 집을 배회하고 있다고 철석같이 믿고 있다네."

"그 사람은 어쩌다가 그 유령을 만난 건가?" 의사가 여전히 껄껄 웃으며 말했다.

제제만 씨는 아는 것을 모두 말한 후 이렇게 덧붙였다. "만약을 대비해서 권총 두 자루를 우리가 보초를 설 방에 준비해뒀네. 총알도 장전해뒀어. 내가 집을 비운 동안 하인 중 누군가의 친구가 이 집 사람들을 놀래주려고 저지르는 못된 장난일지도 몰라. 총을 허공에 대고 한 발 쏘면 겁을 줄 수 있고 다치는 사람도 없을 거야. 혹시 이 모든 게 강도의 계략일 가능성도 무시할 수 없어. 유령 때문에 식구들이 겁에 질려 밤에 방에 틀어박혀 있도록 손을 썼을지도 모르니까 말이야. 그렇다면 든든한 무기를 지니는 편이 현명하지 않겠나."

그는 이런 말을 하면서 요한과 세바스티안이 밤을 보낸 방으로 친구를 안내했다. 테이블에는 총 두 자루와 와인 한 병이 준비되어 있었다. 혹시 밤을 새워야 한다면 간간이 목을 축여줄 와인은 대환영이었다. 각각 양초 세 자루를 꽂을 수 있는 촛대 두 개가 방을 환하게 밝히고 있었다. 제제만 씨는 컴컴한 곳에서 유령을 기다릴 생각이 없었다. 하지만 불빛이 복도로 새어나가 유령에게 경고하는 셈이 되지 않도록 문을 꼭 닫았다. 두 신사는 안락의자에 편안하게 앉아 와인을 마시며 즐거운 대화를 나누었다. 그동안 시간이 쏜살같이 흘렀다. 어느새 시계가 종을 댕댕 울리며 자정을 알리자 두 사람은 그 소리에 화들짝 놀랐다.

"유령이 우리 낌새를 맡고 오늘은 나오지 않을 거야." 의사가 말했다.

"좀 더 기다려봐야 해." 제제만 씨가 말했다. "1시가 되어야 나오니까."

그래서 두 사람은 한 시간 더 이야기를 나눴다. 거리에는 아무 소리도 들리지 않았다. 그런데 의사가 느닷없이 두 번째 손가락을 들었다. "무슨 소리 듣지 못했나, 제제만?" 그가 물었다.

두 사람이 귀를 쫑긋 세우자 과연 무슨 소리가 들렸다. 누군가 빗장을 들어 올리는 소리가 나는가 싶더니 열쇠를 돌리고 문을 여는 소리가 이어졌다. 제제만 씨가 권총으로 손을 뻗었다.

"겁먹은 거 아니겠지?" 의사가 조용하게 말했다.

"조심해서 나쁠 건 없잖나." 제제만 씨가 소곤거렸다.

두 사람은 각자 한 손에 초를 들고 다른 손에 권총을 들고 복도로 나갔다. 열린 문틈으로 은색의 달빛 한 줄기가 쏟아져 들어오고 있었다. 그 문턱에 하얀 형체가 달빛을 받아 반짝이며 가만히 서 있었다.

"거기 누구요?" 의사가 크게 소리쳐 묻자 그 소리가 복도에 메아리쳤다. 그들은 앞문을 향해 천천히 다가갔다. 그 형체가 몸을 돌리더니 흐느끼기 시작했다. 그곳에 서 있는 유령의 정체는 바로 하이디였다. 하이디는 하얀 잠옷을 입고 맨발로 서서 겁에 질린 채 권총과 불빛을 빤히 바라보았다. 하이디는 몸을 부들부들 떨더니 입술을 씰룩거렸다. 두 남자는 놀라서 말도 못하고 서로 마주보기만 했다.

"자네에게 물을 떠다 준 아이 아닌가?" 의사가 물었다.

"여기서 뭘 하는 거니, 애야?" 제제만 씨가 물었다. "왜 아래층에 내려왔니?"

제제만 씨 앞에 선 하이디는 입고 있는 잠옷처럼 얼굴이 창백해져서 기어들어 가는 목소리로 대답했다. "모르겠어요."

"내가 나서야 할 일인 것 같군." 의사가 말했다. "내가 저 아이를 방에 데려다줄 테니 자네는 그 방에서 기다리고 있게." 의사는 권총을 바닥에 내려놓고 하이디의 손을 살며시 잡은 후 위층으로 이끌었다. 하이디가 여전히 떨고 있어서 의사는 상냥한 목소리로 말을 걸어 아이를 진정시켰다. "겁내지 마라. 무서운 일은 아무것도 일어나지 않을 거야. 너는 괜찮아."

하이디의 방에 도착하자 의사는 테이블에 초를 내려놓고 하이디를 침대에 눕혔다. 그는 정성스럽게 이불을 덮어준 후 침대 옆 의자에 앉아 하이디가 진정될 때까지 기다렸다. 잠시후 그는 아이의 손을 잡고 부드럽게 말을 걸었다. "이제 좀 진정이 되었나 보구나. 자, 이제 말해주겠니? 방금 어딜 가려던 거였지?"

"아무 데도요." 하이디가 작은 목소리로 말했다. "아래층에 내려간 줄도 몰랐어요. 그냥 거기 있었어요."

의사가 따스한 손으로 잡은 하이디의 손은 차갑게 곱아 있었다.

"그렇구나." 그가 대꾸했다. "혹시 꿈을 꾸었는지 기억할수 있겠니? 진짜인 것처럼 생생한 꿈을 꾸었니?"

"네, 맞아요." 하이디가 의사의 눈을 바라보았다. "매일 밤할아버지에게 돌아가는 꿈을 꿔요. 꿈에서는 전나무들 사이로 바람이 휘 지나가는 소리가 들려요. 꿈에서는 바깥 하늘에 별들이 환하게 반짝여요. 그러면 얼른 일어나 통나무집 문을 열어요. 밖으로 나가면 아름다운 풍경이 펼쳐져 있어요. 하지만 눈을 뜨면 저는 여전히 프랑크푸르트에 있어요." 목으로 울음 덩어리가 올라왔지만 하이디는 애써 그 덩어리를 삼켰다.

"어디 아픈 데는 없니?" 의사가 물었다. "머리나 등 말이야."

"아뇨. 대신 목에 커다란 돌이 들어가 있는 것 같아요."

"큰 덩어리를 삼키는 바람에 목에 걸리는 것처럼?"

하이디가 고개를 가로저었다. "아뇨. 꼭 울고 싶은 것처럼요."

"그러면 가끔 후련하게 울고 그러니?"

하이디의 입술이 다시 씰룩거리며 떨렸다. "아뇨. 저는 그러면 안 돼요. 미스 로텐마이어가 금지했어요."

"그래서 그 덩어리를 꾹 삼키는구나. 너는 프랑크푸르트에서 사는 게 좋지, 그렇지?"

"네." 하이디는 이렇게 대답했지만, 정작 말투는 '아니요'라고 대답하는 것 같았다.

"할아버지와 너는 어디에서 살았니?"

"산에서요."

"그런 곳에 사는 건 별로 재미가 없지, 그렇지? 몹시 지루할 것 같은데."

"아니에요. 정말 좋아요." 하이디는 더 이상 말을 이을 수가 없었다. 지금까지 받은 충격에 집에 대한 추억이 더해져서 내내 눈물을 막고 있던 둑이 툭 터져버렸다. 느닷없이 터진 눈물이 두 볼을 따라 비가 오듯 흘러내렸고 하이디는 서럽게 울기 시작했다.

　　의사는 자리에서 일어나 하이디의 머리를 상냥하게 베개에 뉘어주었다. "실컷 울어. 그래도 괜찮아." 그가 말했다. "다 울고 나면 푹 자려무나. 내일 아침이면 모든 게 다 좋아질 테니까." 의사는 하이디 방에서 나와 친구가 기다리는 방으로 갔다. 그곳에서 제제만 씨는 초조한 마음으로 이제나저제나 친구가 오기를 기다리고 있었다.

　　"음, 우선 아이가 걸린 병은 몽유병이야." 그가 이렇게 이야기를 시작했다. "아이는 자신이 뭘 하는지도 모른 채 매일 밤 현관문을 열어서 하인들의 혼을 몽땅 빼놓았던 거야. 게다가 지독한 향수병에 걸렸어. 체중이 심각할 정도로 줄어든 것 같아. 지금 보기로는 뼈만 앙상한 것 같거든. 당장 조치를 취해야만 하네. 아이는 지금 몹시 상심한 나머지 신경이 버티지 못할 정도야. 문제의 해결책은 하나뿐이네. 원래 있던 산으로 돌려보내는 거야. 그것도 지금 당장. 내일 당장 집으로 떠나야 해. 이게 내 처방이네."

　　제제만 씨가 벌떡 일어나 방 안을 서성거리기 시작했다. 심경이 몹시 복잡한 것 같았다. "몽유병과 향수병에 걸리고 살이 심하게 빠졌다고? 아이가 내 집에서 이렇게까지 마음고생을 하는데 그걸 알아차린 사람이 아무도 없었다니! 그 애가 여기 도착했을 때는 혈색도 좋고 얼마나 건강했는지 몰라. 이렇게 여위고 병까지 든 아이를 지금 돌려보낼 수는 없네. 제발 내게 그러라고 하지 말게. 먼저 치료부터 해야 해. 아이를 다시 건강하게 만들 수 있는 방법이 있다면 뭐든 다 알려주게. 그런 후에 아이가 원하면 집으로 돌려보낼 걸세."

"자네는 내 말을 전혀 이해하지 못했군." 의사가 반박했다. "이건 알약과 가루약으로 치료할 수 있는 병이 아니야. 지금 그 아이는 몹시 약해졌어. 당장 산으로 돌려보내지 않으면 아이는 원래대로 건강을 회복하지 못할 거야. 내 말을 듣지 않으면…… 손쓸 도리 없는 상태까지 악화된 아이를 돌려보내야만 할 거야. 아니면 아예 보낼 일이 없을지도 모르지."

제제만 씨는 큰 충격을 받았다. "그렇다면 당장 아이를 돌려보내겠네." 그가 약속했다.

마침내 의사가 집으로 돌아갈 즈음, 새벽 첫 햇살이 정문으로 환하게 쏟아져 들어왔다.

다시 집으로

제제만 씨는 속도 상하고 화도 잔뜩 났다. 그는 위층으로 올라가 미스 로텐마이어의 방문을 세게 두드렸다. 그녀는 제제만 씨의 말소리에 화들짝 놀라며 일어났다. "어서 일어나서 응접실로 오세요. 당장 여행 준비를 해야 하니까." 그녀는 시계를 보았다. 시곗바늘은 고작 4시 30분을 가리키고 있었다. 이렇게 일찍 일어난 날은 평생 처음이었다. 도대체 무슨 일일까? 그녀는 호기심과 흥분에 휩싸인 나머지 자신이 무엇을 하는지 알아차리지도 못한 채 이미 입고 있는 옷을 자꾸만 찾았다.

제제만 씨는 다시 복도를 걸어와 하인들이 자고 있는 방들과 연결된 종을 거칠게 잡아당겼다. 세바스티안과 요한, 티네테는 침대에서 총알처럼 튀어나와 허둥지둥 옷을 입었다. 그들은 제제만 씨가 유령에게 공격을 받아 도움을 요청하는 거라고 생각했다. 그래서 옷을 엉망으로 대충 입은 채 차례차례 응접실로 달려갔다. 그런데 제제만 씨는 평소처럼 건강하고 유쾌하지 않은가. 그들은 제제만 씨를 본 순간 할 말을 잃었다. 아무리 봐도 지난밤에 유령을 본 사람 같지 않았다. 하인들이 모이자 제제만 씨는 요한에게 당장 말과 마차를 준비하라고 했다. 티네테에게는 하이디를 깨워서 여행 준비를 시키라고 지시했고, 세바스티안에게는 데테가 일하는 집으로 가서 그녀를 데리고 오라고 시켰다.

그동안 미스 로텐마이어는 몸단장을 다 마쳤다. 모자를 거꾸로 쓰는 바람에 멀리서 보면 그녀가 꼭 뒤로 걷는 것처럼 보였다. 제제만 씨는 그녀가 너무 일찍 일어난 탓이라고 생각했다. 그는 구구절절 설명을 하느라 시간을 낭비하지 않고 당장 여행 가방을 찾아 하이디의 짐을 모두 싸라고 지시했다. "클라라의 물건도 얼마간 싸주세요." 그가 덧붙였다. "부족한 것 없이 필요한 물건을 다 챙겨주도록 하세요. 서두르세요. 이러고 있을 시간이 없으니까."

미스 로텐마이어는 너무 놀라서 그를 멍하니 바라볼 뿐이었다. 그녀는 유령에 대한 끔찍한 이야기를 들을 기대감에 차 있었다. 낮이라면 그런 이야기를 들어도 상관없었던 것이다. 그런데 유령은커녕 극도로 사무적인 데다 불편하기까지 한 지시를 받을 줄이야. 그녀는 지시 내용이 이해되지 않아서 자세한 설명을 멍하니 기다렸다. 하지만 제제만 씨는 그 말을 끝으로 클라라 방으로 가버렸다. 그가 짐작한 대로, 클라라는 이른 새벽부터 일어난 소동에 벌써 일어나 있었다. 그리고 밤새 무슨 일이 있었는지 궁금해 안절부절못하고 있었다. 그는 딸을 옆에 앉혀서 모든 이야기를 들려주었고 마지막으로 이렇게 말했다. "클라센 선생님은 하이디 건강이 나빠졌다며 걱정하고 계셔. 그런 상태라면 잠을 자다가 지붕으로 올라갈 수도 있다고 하시더구나. 그게 얼마나 위험한지 너도 잘 알겠지. 그래서 아빠는 하이디를 당장 집으로 보내야 한다고 결정했단다. 하이디에게 무슨 일이 생길 수도 있는데, 요행만 믿을 수는 없지 않겠니."

클라라는 아빠의 이야기에 몹시 속이 상했다. 어떻게든 아빠의 마음을 바꾸어보려고 했다. 하지만 제제만 씨의 결심은 확고했다. 대신 클라라가 어른스럽게 행동하면 내년에 스위스에 보내준다고 약속했다. 결국 클라라는 이 상황에서 자신도 하이디도 모두 행복해질 방법이 없다는 사실을 깨닫고 아빠의 뜻을 따르기로 했다. 대신 작은 위안으로 하이디가 좋아할 만한 예쁜 물건들을 가져갈 수 있도록 자신의 방에서 하이디의 짐을 싸게 해달라고 부탁했다. 물론 제제만 씨는 그 부탁을 흔쾌히 들어주었다.

그 무렵 데테가 도착했다. 그녀는 이렇게 이른 시간에 자신을 부른 이유를 짐작조차 할 수 없어 불안했다. 제제만 씨는 하이디의 상태에 대해 알게 된 사실을 모두 들려주었다. "그러니 아이를 당장 집으로 데려다주시오. 오늘 당장 말이오." 그가 말했다. 데테는 알프스 삼촌이 다시는 산에 얼씬도 하지 말라고 한 말이 떠올라 간이 철렁했다. 하이디를 몰래 납치하다시피 데려왔는데 이렇게 쇠약해진 채로 다시 데리고 가라니, 데테는 이 부탁만큼은 도저히 들어줄 수 없었다.

"제 사정을 한번 봐주세요." 그녀가 핑계를 댔다. "오늘은 도저히 떠날 수가 없습니다. 물론 내일도 힘들어요. 주인댁에 일이 몹시 많아요. 당장 하루 쉬겠다는 말을 꺼낼 수조차 없는 형편이죠. 솔직히 말씀드리면 언제 시간을 낼 수 있을지 모르겠어요."

제제만 씨는 데테의 속마음을 꿰뚫어보고 바로 돌려보냈다. 대신 세바스티안에게 하이디를 데리고 갈 준비를 하라고 했다.

"자네가 아이를 데리고 가게. 오늘은 바젤까지 가." 그가 말했다. "그리고 내일 집에 데려다주도록 해. 하이디 조부에게 편지를 한 통 써줄 테니 자네는 그분에게 따로 설명하지 않아도 된다네. 아이를 데려다주고 곧장 돌아오면 돼. 바젤에 도착하면 이 명함에 써둔 호텔을 찾아가게. 그곳에선 나를 잘 알고 있어. 그러니 명함을 보여주면 아이가 묵을 좋은 방을 잡아줄걸세. 물론 자네 방도 마련해줄 거야. 그리고 지금부터 하는 말을 잘 듣게." 그는 단단히 당부했다. "아주 중요한 이야기니까 잘 듣게. 하이디 방에 있는 창문이란 창문은 다 잠가서 아이가 절대 열지 못하게 해야 하네. 아이가 잠자리에 들면 그 방의 문을 밖에서 잠가버리게. 하이디에게 몽유병이 있어. 하이디가 아래층으로 내려가 문을 열었던 거야. 낯선 곳에서도 같은 행동을 하면 어떤 위험한 일이 일어날지 알 수 없어. 잘 알아들었나?"

"그렇게 된 거였군요." 세바스티안은 유령 소동의 진상을 깨닫고 소리쳤다.

"그래, 그렇게 된 거였네. 자네가 얼마나 겁쟁이처럼 굴었는지 이제 알겠나. 요한에게도 똑같이 전하게. 자네 두 사람은 완전히 바보짓을 한 거야!" 제제만 씨는 이렇게 말한 후 자신의 서재로 들어가 알프스 삼촌에게 편지를 쓰기 시작했다. 세바스티안은 수치스러운 표정을 감추지 못한 채 이렇게 중얼거렸다. "바보 같은 요한이 하얀 옷 입은 형체를 봤을 때 나를 방안으로 떠밀지만 않았어도 내가 그 형체를 따라갔을 텐데. 지금 그런 상황이 된다면 분명 쫓아갔을 텐데." 하지만 그때는 이미 해가 높이 떠 방 안이 구석구석 환했기에 그렇게 말할 수 있었다.

한편 하이디는 제일 좋은 옷을 입고 침대에 앉아 자신을 부르러 사람이 오기를 기다리는 중이었다. 무슨 일이 벌어지고 있는지 궁금해 좀이 쑤셨다. 지금까지 티네테는 하이디를 무시했기 때문에 하이디에게 말을 해야 할 때면 두 마디 이상 하지 않았다. 아까도 그녀는 하이디를 깨워서 옷을 입으라고만 했다. 그리고 옷장에서 옷을 모두 꺼내 갔다.

제제만 씨가 편지를 가지고 식당으로 가니 아침이 차려져 있었다. "하이디는 어디에 있나?" 그가 이렇게 묻자 당장 하이디가 불려 왔다. 하이디는 평소처럼 아침 인사를 했다.

"음, 얘야, 할 말이 그것뿐이니?" 그가 물었다.

하이디는 영문을 모르겠다는 표정으로 그를 바라보았다.

"아무도 네게 말해주지 않은 모양이구나." 제제만 씨는 미소를 지으며 말했다. "너는 오늘 집으로 돌아갈 거야."

"집이요?" 하이디가 깜짝 놀랐다. 순간 너무 감정이 벅차서 숨도 쉬기 힘들었다.

"왜 그러니? 기쁘지 않니?"

"아뇨. 정말 기뻐요." 하이디가 열렬하게 말했다. 어느새 아이의 두 볼에는 혈색이 돌기 시작했다.

"다행이다. 자, 이제 아침을 든든히 먹어야겠지." 그는 테이블에 앉더니 하이디에게도 앉으라고 손짓했다. 하이디는 열심히 먹으려고 했지만 빵 한 조각 삼키기도 힘들었다. 아직도 꿈을 꾸는 것만 같았다. 정신을 차리면 또다시 잠옷 차림으로 정문 앞에 서 있을까 봐 두려웠다.

"세바스티안에게 음식을 충분히 싸가지고 가라고 일러주

세요." 제제만 씨가 마침 응접실로 들어오는 미스 로텐마이어에게 말했다. "하이디가 통 음식을 삼키지도 못하네요. 놀랄 일도 아니죠." 그는 하이디에게 말했다. "자, 이제 클라라에게 가보거라. 마차가 도착할 때까지 거기 있어." 그것이야말로 하이디가 간절하게 바라던 일이었다. 얼른 가보니 클라라 옆에 뚜껑을 열어놓은 여행 가방이 있었다.

"얼른 와서 내가 너 주려고 뭘 샀는지 한번 봐." 클라라가 말했다. "네 마음에 들었으면 좋겠어. 봐, 원피스와 앞치마를 여러 벌 넣었고 손수건도 몇 장이나 샀어. 바느질감도 잊지 않고 챙겨서 넣었어. 오, 그리고 이것도!" 클라라가 바구니를 집어 들었다. 하이디는 바구니 안을 들여다보고 기뻐서 팔짝팔짝 뛰었다. 바구니에는 그래니에게 드릴 먹음직스러운 롤빵 열두 개가 들어 있었다. 그렇게 즐거워하느라 두 아이는 곧 헤어져야 한다는 사실조차 잊어버렸다. 얼마 후 "마차가 도착했습니다"라고 외치는 소리가 들리자 더 이상 슬퍼할 시간조차 없었다. 하이디는 그날까지 자신이 썼던 방으로 얼른 달려갔다. 제제만 부인이 준 그림책을 챙기기 위해서였다. 하이디는 그 책을 항상 베개 밑에 넣어두었다. 혹시라도 누가 책을 가져갈까 봐 걱정스러웠기 때문이다. 아무도 그 책이 베개 밑에 있는지 모르니 짐을 쌀 때 챙기지 않았을 것 같았다. 하이디는 베개 밑에 있는 책을 가져와 바구니에 넣었다. 벽장에 숨겨놓은 소중한 낡은 모자도 꺼냈다. 붉은 스카프도 그곳에 있었다. 미스 로텐마이어가 짐에 넣을 정도로 좋은 물건이 아니라고 생각해 따로 챙기지 않았던 것이다. 하이디는 그 스카프로 자신의 보물들을 말아 싸서 바구니 제일 위 눈에 잘 띄는 곳에 넣었다. 마지막으로 선물로 받은 작고 예쁜 모자를 머리에 쓰고 방을 나갔다.

하이디와 클라라는 짧게 작별 인사를 나누었다. 제제만 씨가 하이디를 마차에 태워주려고 기다리고 있었기 때문이다. 미스 로텐마이어도 작별 인사를 건네려고 계단 꼭대기에 서 있었다. 그녀의 눈에 우스꽝스럽게 생긴 붉은색 꾸러미가 들어왔다. 그녀는 바구니에서 그 꾸러미를 낚아채 바닥으로 던졌다. "너도 참, 아델하이트." 그녀가 나무랐다. "이 집을 떠나면서 이런 걸 가지고 갈 수는 없어. 이런 게 더 필요한 일도 없을 테고." 하이디는 감히 그것을 집어 들 엄두가 나지 않아 간청하는 눈빛으로 제제만 씨를 바라보았다.

"하이디가 가져가고 싶다면 가져가게 하세요." 제제만 씨가 날카롭게 말했다. "새끼 고양이와 거북이를 데려가겠다고 한들 그렇게 언짢을 일입니까, 미스 로텐마이어?"

하이디는 고마움과 행복감으로 눈을 빛내며 보물을 얼른 집었다. "잘 가거라." 하이디가 마차에 타기 전 제제만 씨가 악수를 하며 말했다. "클라라와 나는 너를 자주 생각할 거야. 즐거운 여행이 되기 바란다."

"고맙습니다. 제게 해주신 일 전부 다요." 하이디가 말했다. "의사 선생님에게 감사 인사 전해주세요. 그리고 제 사랑도 요." 하이디는 전날 밤 의사 선생님이 하셨던, 아침이면 모든 것이 잘될 거라는 말씀이 떠올랐다. 의사 선생님의 도움으로 소원이 이루어졌으리라 짐작했다. 하이디는 도움을 받아 마차에 탔다. 바구니와 음식을 담은 가방도 마차에 실었다. 마지막으로 세바스티안이 마차에 올랐다.

"조심해서 잘 가거라." 마차가 출발하자 제제만 씨가 소리쳤다.

하이디는 금세 기차로 갈아타 바구니를 다리에 올려놓았다. 하이디는 한시도 바구니를 손에서 놓지 않았다. 소중한 롤빵이 들어 있기 때문이었다. 간간이 바구니 안을 들여다보고 흡족한 듯 한숨을 쉬었다. 한참 동안 하이디는 한마디도 하지 않았다. 정말로 할아버지 집으로 돌아가고 있으며 페터와 그래니를 만날 수 있다는 사실이 이제야 실감나기 시작한 것이다. 사랑하는 사람들을 떠올리자 갑자기 불안이 밀려왔다. 그래서 하이디는 세바스티안에게 물었다. "세바스티안, 그래니는 돌아가시지 않으셨겠죠, 그렇죠?"

"그러지 않기를 바라야죠." 그가 대답했다. "할머님은 건강히 계실 거예요."

하이디는 다시 입을 다물고 상냥한 나이 많은 친구에게 마침내 롤빵을 선물하는 순간을 그려보았다. 얼마 후 하이디가 말했다. "그래니가 살아 계시는지 확실히 알면 마음을 졸일 일도 없을 텐데."

"오, 그분은 정정하실 거예요. 그러지 않을 이유가 어디 있겠어요?" 세바스티안은 곯아떨어지기 직전에 이렇게 말했다. 어느새 하이디의 눈도 스르르 감겼다. 힘들었던 밤을 보낸 데다 일찍 일어나기까지 해서 몹시 피곤해 금세 잠이 들었다. 하이디는 세바스티안이 팔을 흔들며 소리칠 때까지 푹 잤다. "일어나세요. 여기서 내려야 해요. 바젤에 도착했어요."

다음 날도 두 사람은 기차를 타고 몇 시간을 달렸다. 하이디는 여전히 바구니를 다리에 올려놓았다. 잠시도 세바스티안에게 바구니를 맡기려 하지 않았다. 하이디는 통 말수가 없었다. 하지만 마음속은 흥분과 기대감으로 서서히 차올랐다. 그러다가 생각지 못한 순간에 안내 방송이 들려왔다. "마이엔펠트, 이번 역은 마이엔펠트입니다." 하이디와 세바스티안은 깜짝 놀라 벌떡 일어났다. 헐레벌떡 짐을 챙겨 기차에서 내렸다. 잠시 후 기차는 하얀 연기를 뿜어내며 골짜기를 따라 내려갔다. 세바스티안은 멀어지는 기차를 아쉬운 눈빛으로 바라보았다. 그는 편안하게 여행을 하는 편이 좋았다. 산에 오르는 일은 도무지 기대가 되지 않았다. 그는 등산이 몹시 위험해 보였다.

게다가 그의 눈에 시골은 덜 계몽된 곳처럼 보였다. 그는 되르플리 마을까지 가는 가장 안전한 길을 알려줄 만한 사람이 없는지 주위를 둘러보았다. 역 입구 근처에 말라빠진 조랑말이 매어 있는 작은 수레가 눈에 들어왔다. 덩치 큰 남자가 방금 기차에서 내린 무거운 자루들을 수레에 싣고 있었다. 세바스티안은 그에게 안전하게 산에 오르는 길을 물었다.

"여기 길은 다 안전해요." 이런 대답이 돌아왔다. 하지만 세바스티안은 대답이 믿기지 않았다. 절벽에서 추락해 몸이 산산조각 나지 않는 방법을 물었다. 또 여행 가방을 되르플리로 보내는 방법에 대해서도 물었다. 남자는 여행 가방을 힐끔 보더니 대답했다. "너무 무겁지 않으면 내 수레에 실어드리리다. 마침 되르플리에 가는 길이니까."

거기까지 이야기가 오가니 하이디도 함께 태워서 가고 산까지 데려다줄 사람을 구해달라는 부탁도 일사천리로 해결되었다.

"저는 혼자 갈 수 있어요. 마을에서 집까지 가는 길은 잘 알아요." 두 사람 사이에 오가는 대화를 유심히 듣고 있던 하이디가 불쑥 끼어들었다. 세바스티안은 직접 산에 오를 필요가 없어지자 하늘을 날 것처럼 마음이 홀가분했다. 그는 하이디를 한쪽으로 데려가 두툼하게 말아놓은 돈뭉치와 할아버지에게 보내는 제제만 씨의 편지를 건넸다. "이 뭉치는 아가씨 것입니다. 제제만 씨의 선물이죠." 그가 말했다. "바구니 제일 밑에 넣어두세요. 잃어버리지 않게 조심하세요. 이걸 잃어버리면 제제만 씨가 화를 내실 거예요."

"절대 잃어버리지 않아요." 하이디가 편지와 돈을 바구니에 넣으며 말했다. 하이디는 바구니를 들고 마부석에 탔다. 트렁크는 뒤에 실었다. 세바스티안은 하이디를 집까지 데려다주라는 지시를 받고도 그러지 않은 것이 마음에 걸렸다. 그는 하이디와 마지막으로 악수를 했다. 그리고 손짓 발짓을 해가며 방금 준 제제만 씨의 선물과 편지를 잘 챙기라고 당부했다. 그는 자신들의 이야기가 마부에게 들리지 않도록 각별히 주의했다. 마침내 남자가 하이디 옆에 훌쩍 올라타자 수레가 산을 향해 움직이기 시작했다. 세바스티안은 자신을 집으로 데려다줄 기차를 기다리기 위해 작은 기차역으로 돌아갔다.

수레를 모는 남자는 되르플리 마을의 빵집 주인이었다. 그는 마침 역에 밀가루를 가지러 온 길이었다. 그는 하이디를 직접 본 적은 없지만, 마을 사람들이 다 그렇듯 하이디의 소문은 들은 적이 있었다. 게다가 하이디 부모와 아는 사이였기 때문에 하이디를 금방 알아볼 수 있었다. 그는 하이디가 다시 돌아왔다는 사실에 내심 놀랐다. 그동안 무슨 일이 있었는지 궁금해 말을 걸었다.

"너는 알프스 삼촌과 같이 살았던 그 아이구나, 그렇지?

그분이 네 할아버지지?" 그가 물었다.

"네." 하이디가 대답했다.

"거기서 너를 제대로 대우해주지 않은 거니, 그래서 이렇게 금방 돌아온 거야?"

"아뇨." 하이디가 소리쳤다. "프랑크푸르트에서 모두 제게 너무 잘해주셨어요."

"그런데 왜 돌아왔니?"

"제제만 씨가 집으로 돌아가도 좋다고 해서요."

"거기서 그렇게 잘 지냈다면 그냥 머무르는 편이 더 좋았을 것 같은데."

"저는 이 세상 어디에 있는 것보다 할아버지와 사는 편이 백만 배는 더 좋아요." 하이디가 대답했다.

"산에 도착하면 마음이 바뀔 게다." 빵집 주인은 이렇게 중얼거리며 생각했다. '묘한 아이일세. 거기가 어떤 곳인지 누구보다 잘 알 텐데.'

그는 더 이상 아무 말도 하지 않고 휘파람을 불기 시작했다. 하이디는 낯익은 산봉우리들이 눈에 들어오자 가슴이 벅차오르기 시작했다. 그 산들이 오랜 친구처럼 하이디에게 오래간만이라고 인사를 건네는 것 같았다. 하이디는 당장 수레에서 뛰어내려 할아버지 집까지 한달음에 달려가고 싶었다. 가만히 앉아 있는 것 같아도 하이디는 흥분으로 온몸이 떨리는 것 같았다. 시계가 5시를 알릴 때 수레는 되르플리 마을에 도착했다. 순식간에 마을 사람들이 모여들었다. 수레에 탄 아이와 뒤에 실린 짐들을 보고 궁금증을 참을 수 없었던 것이다.

빵집 주인이 하이디를 수레에서 내려주었다. "고맙습니다." 하이디가 서둘러 인사를 했다. "이 가방은 나중에 할아버지가 가지러 오실 거예요." 말을 끝내자마자 하이디는 몸을 돌려 집으로 달려가려고 했다. 하지만 마을 사람들이 주위를 에워싸고 연신 질문을 했다. 사람들 사이를 비집고 가려는 하이디가 어찌나 창백하고 불안해 보이는지 사람들은 길을 터주며 수군거렸다. "저 애가 얼마나 겁에 질렸는지 다 봤지? 놀랄 일도 아니지." 그리고 이렇게 덧붙였다. "저 가여운 아이가 달려갈 곳이 있었다면 절대 그 영감의 집으로 다시 오지 않았을 텐데." 빵집 주인은 하이디가 돌아온 사정에 대해 조금이라도 아는 사람이 자신뿐이기 때문에 사람들에게 아는 대로 말했다. "어떤 신사가 저 아이를 마이엔펠트까지 데려왔더라고. 아이와 헤어지면서 인사도 아주 친절하게 하던데. 아이와 짐을 마을까지 데려다달라고 하더니 내가 달라는 돈을 흥정도 안 하고 다 줬어. 게다가 웃돈까지 얹어주지 뭐야. 저 아이가 어디서 지냈는지 몰라도 그곳에서 잘해줬대. 할아버지에게 돌아온 건 순전히 자기 생각이었다더군." 이 소식은 순식간에 마을에 퍼져나갔다. 해가 떨어지기도 전에 온 마을에 하이디가 프랑크푸르트의 부잣집에서 제 발로 할아버지에게 돌아왔다는 사실을 모르는 사람이 없었다.

하이디는 사람들에게서 벗어나자마자 있는 힘껏 산으로 달리기 시작했다. 가끔 발걸음을 멈추고 숨을 가다듬어야 했다. 바구니는 무겁고 산길은 가팔랐기 때문이다. 하지만 하이디 머릿속에는 단 한 가지 생각뿐이었다. "그래니는 여전히 구석에 있는 물레 옆자리에 앉아 계시겠지? 살아 계셔야 하는데." 바로 그때 움푹 꺼진 곳에 서 있는 작은 집이 보였다. 하이디의 심장이 그 어느 때보다 빠르게 뛰기 시작했다. 하이디는 문을 향해 달려갔다. 몸이 어찌나 떨리는지 문을 좀처럼 열 수 없어 허둥댔다. 간신히 문을 열고 말할 힘도 없이 가쁘게 숨을 몰아쉬며 작은 방으로 뛰어들었다.

"세상에." 방 한구석에서 누군가가 말했다. "꼭 하이디가 우리 집에 들어올 때처럼 들어오네. 하이디가 다시 한 번 나를 만나러 와주면 얼마나 좋을까. 거기 누구요?"

"그래니! 하이디예요!" 하이디가 큰 소리로 대답했다. 그리고 그래니 무릎 위로 몸을 던지며 그래니를 꼭 안았다. 행복에 겨워 아무 말도 할 수 없었다. 그래니도 처음에는 얼떨떨해서 말이 나오지 않았다. 그저 하이디 머리를 쓰다듬는 것 외에 아무것도 할 수 없었다. 잠시 후 그래니가 작은 소리로 말했다. "그래, 하이디의 고불거리는 머리카락과 그 아이 목소리가 맞

구나. 하이디가 우리에게 돌아왔어. 하느님, 감사합니다." 앞이
보이지 않는 그녀의 눈에서 흘러내린 굵은 눈물이 하이디의 손
에 뚝뚝 떨어졌다. "애야, 정말 너구나."

"네, 정말로 진짜로 저예요, 그래니. 울지 마세요." 하이디
가 말했다. "이제 돌아왔으니 다시는 떠나지 않을 거예요. 앞으
로 매일 그래니를 뵈러 올게요. 이제부터 며칠 동안은 딱딱한
빵을 드시지 않아도 돼요, 그래니." 하이디는 이렇게 말하며 바
구니에서 롤빵을 꺼내 그래니 무릎에 하나씩 올려놓았다.

"하이디, 이렇게 근사한 선물을 내게 주는 거니!" 그래니
는 빵들을 더듬더듬 만져보며 말했다. "하지만 내게 최고의 선
물은 바로 너란다." 그녀는 하이디의 달아오른 두 볼을 토닥거
렸다. "아무 말이라도 해봐. 무슨 말이든 좋아. 네 목소리를 들
려주렴."

"떠나 있는 동안 그래니가 돌아가셨을까 봐 너무 무서웠
어요." 하이디가 말을 꺼냈다. "다시는 그래니를 보지 못하면
어쩌나. 그래서 롤빵을 드시지 못하면 어쩌나 걱정했어요."

바로 그때 페터의 어머니가 들어와 하이디를 보고 놀라움
을 감추지 못했다. "네가 정말 돌아왔구나!" 마침내 그녀가 말
했다. "하이디가 예쁜 원피스를 입고 있어요, 어머니. 너무 예
뻐져서 처음에는 알아보지도 못했어요. 그리고 깃털 달린 앙증
맞은 모자를 쓰고 왔나 봐요. 이 모자도 네 것이구나. 한번 써

봐. 모자 쓴 모습을 보여 줘."

"아뇨, 저는 안 쓸 거예요." 하이디가 힘주어 말했다. "저 모자는 아주머니가 가지세요. 저는 싫어요. 제게는 정든 모자가 있거든요." 하이디가 붉은 꾸러미를 펼치니 그 안에서 모자가 나왔다. 여기까지 오느라 더 낡고 구겨졌지만 하이디는 상관없었다. 깃털 달린 모자를 쓴 모습은 절대 보고 싶지 않다고 한 할아버지의 말을 잊을 수가 없었다. 그래서 하이디는 낡은 모자를 그렇게 애지중지했다. 아이는 언젠가 반드시 할아버지에게 돌아가리라 생각했던 것이다.

"그럴 수는 없어." 브리기테가 말했다. "이런 물건을 그냥 받을 수 없어. 그나저나 모자가 정말 예쁘구나. 정 갖고 있을 생각이 없다면 마을 교장 선생님의 따님이 이 모자를 살지도 몰라." 하이디는 더 이상 아무 말도 하지 않고 모자를 보이지 않게 옆으로 치워버렸다. 예쁜 원피스마저 벗어버리고 속치마 위에 붉은 스카프를 둘렀다.

"안녕히 계세요, 그래니. 지금 할아버지에게 가야 해요. 내일 다시 올게요."

그래니는 아이를 품에서 도저히 떼어놓을 수 없는 것처럼 꼭 안았다. "네 예쁜 원피스는 왜 벗었니?" 브리기테가 물었다.

"할아버지에게는 이대로 가는 게 좋을 것 같아요. 아니면 저를 몰라보실지도 몰라요. 아주머니도 제가 그 옷을 입고 있어서 못 알아보셨잖아요."

브리기테가 집 밖까지 배웅을 나왔다. "이 옷은 입고 가도
돼." 그녀가 말했다. "입고 있어도 할아버지는 다 알아보실 거
야. 그런데 조심해. 페터 말이 요즘 알프스 삼촌이 심기가 몹시
불편하시대. 그래서 말도 못 붙인다더구나."

하이디는 작별 인사를 건넨 후 집으로 향했다. 저녁노을이
내려앉은 산들이 분홍빛으로 빛났다. 하이디는 연신 뒤로 돌아
서서 주위 풍경을 바라보았다. 발걸음을 재촉하다 보니 어느
새 산봉우리들이 저 아래에 있었던 것이다. 모든 것이 기억했
던 것보다 더 아름다워 보였다. 포크니스의 쌍둥이 봉우리들과
눈 덮인 쉐자플라나, 고원, 저 아래 골짜기까지 눈에 들어오는
모든 풍경이 붉은색과 황금색이었다. 고개를 들어 하늘을 보니
분홍빛 작은 구름이 둥둥 떠다니고 있었다. 한 폭의 그림 같은
풍경이었다. 하이디는 눈물을 주르르 흘리며 집으로 돌아오게
해준 하느님에게 감사했다. 자신의 감정을 표현할 말이 떠오르
지 않아 한참을 그렇게 서 있었다. 어느새 하늘이 서서히 어두
워지기 시작하자 하이디는 집으로 달음박질치기 시작했다. 이
윽고 저 멀리 전나무 꼭대기와 통나무집 지붕이 보이더니 어느
새 집이 전부 눈에 들어왔고, 마지막으로 언제나 그렇듯이 집
밖의 벤치에 앉아 파이프 담배를 뻐끔뻐끔 피우고 있는 할아버
지가 보였다. 산을 올라온 사람이 누구인지 노인이 알아보기도

전에 하이디는 바구니를 땅에 내려놓고 두 팔로 그를 와락 안으며 소리쳤다. "할아버지, 할아버지." 하이디는 더 이상 아무 말도 나오지 않았고 노인도 입이 떨어지지 않았다. 몇 년 만에 처음으로 눈가가 촉촉히 젖어와 노인은 한 손으로 눈가를 훔쳤다. 마침내 노인이 하이디의 두 팔을 자신의 목에서 떼어낸 후 아이를 무릎 위에 앉혔다.

"돌아왔구나, 하이디." 그가 마침내 말문을 열었다. "왜 돌아온 거니? 콧대 높은 도시 아가씨로 변하지도 않았구나. 그 사람들이 너를 돌려보냈니?"

"오, 아니에요, 할아버지. 그런 생각은 마세요. 클라라와 제제만 씨와 할머니는 정말 제게 잘해주셨어요. 하지만 저는 집이 너무 그리웠어요. 항상 목에 뭐가 걸려 있는 것 같았어요. 목이 막힌 것처럼 말이에요. 하지만 아무에게도 제 마음을 털어놓을 수가 없었어요. 저를 배은망덕하다고 생각할까 봐 두려웠거든요. 그런데 제제만 씨가 아침 일찍 저를 부르셨어요. 제 생각인데요. 의사 선생님이 이 일에 관계가 있을 거예요. 아차, 어떻게 된 일인지 이 편지에 다 적혀 있을 거예요." 하이디는 할아버지 무릎에서 훌쩍 뛰어내려 편지와 두툼한 돈뭉치를 가지러 달려갔다.

"이 뭉치는 네 것이구나." 노인은 벤치에 돈을 내려놓으며 말했다. 그는 편지를 다 읽고 나서 말없이 주머니에 집어넣었다.

"염소젖을 마실 수 있겠니, 하이디?" 그는 손녀와 함께 집으로 들어가려고 일어서며 물었다. "돈도 가지고 와. 이 돈으로 네 침대와 필요한 옷이 있으면 살 수 있겠구나. 혹시 필요할지 모르니까."

"그런 건 안 사도 돼요." 하이디가 밝게 말했다. "침대는 벌써 있잖아요. 옷은 클라라가 잔뜩 줘서 당장은 더 필요하지 않아요."

"어쨌든 다 가지고 오너라. 벽장 안에 넣어둬." 알프스 삼촌이 말했다. "언젠가 쓸 데가 생길 거야."

하이디는 돈을 챙겨서 집으로 들어갔다. 아이는 눈을 반짝이며 집 안을 둘러보고는 얼른 다락으로 올라갔다. "침대가 없어졌어요." 하이디는 너무 섭섭해서 눈물이 나왔다.

"금방 다시 만들면 돼." 노인이 아래에서 소리쳤다. "네가 돌아올 줄은 몰랐단다. 어서 내려와서 염소젖을 마셔."

하이디는 정든 높은 의자에 앉아서 평생 이렇게 맛있는 음식은 처음이라는 듯 단숨에 컵을 비웠다. 마침내 길게 숨을 내쉬며 말했다. "이 세상 어디를 가도 우리 집 염소젖만큼 맛있는 건 없어요."

그때 밖에서 날카로운 휘파람 소리가 들렸다. 하이디가 총알처럼 집을 튀어나갔다. 원기 왕성한 염소들에 둘러싸여 산길을 올라오는 페터가 보였다. 아이는 하이디를 보자마자 너무 놀라 그 자리에 우뚝 멈춰 섰다.

"안녕, 페터." 하이디가 그에게 인사를 하며 달려갔다. "오, 하양이와 밤송이가 여기 있네. 너희 나를 기억하니?" 두 염소는 정말 하이디 목소리를 알아들었는지 매애 하고 울면서 머리를 아이에게 비볐다. 하이디가 다른 염소들의 이름도 불러주자 모두 한달음에 달려와 주위를 에워쌌다. 성질 급한 뾰족이는 앞에 선 두 마리를 훌쩍 뛰어넘어 하이디에게 왔다. 소심한 눈송이도 다른 염소들을 밀어내며 앞으로 나오더니 급기야 큰뿔이를 들이받기까지 했다. 큰뿔이는 깜짝 놀라 고개를 발딱 들었다. 그 모습이 꼭 이렇게 말하는 것 같았다. "야, 지금 뭐 하는 짓이야!" 하이디는 염소들과 다시 만나 너무 반가웠다. 하이디는 한 마리는 안아주고 다른 한 마리는 토닥여주었다. 염소들이 앞다투어 다가와 주둥이로 애정을 담아 하이디를 쿡쿡 밀었다. 하이디는 반기는 염소들을 밀어내며 간신히 페터에게 다가갔다.

"나한테 잘 왔다고 인사 안 할 거야?" 하이디가 물었다.

페터는 그제야 정신을 차리고 대답했다. "돌아왔구나." 그러더니 예전처럼 이렇게 물었다. "내일 산에 같이 갈래?"

"내일은 안 돼. 하지만 모레는 갈 수 있어. 내일은 그래니를 보러 가야 하거든."

"네가 돌아와서 기뻐." 페터가 얼굴을 환하게 빛내며 말하더니 슬슬 내려갈 채비를 했다. 그런데 염소들이 좀처럼 한데 모이려고 하지 않았다. 이름을 부르고 야단을 쳐서 염소들이 간신히 다 모였나 싶으면 염소들은 하이디를 따라가려고 몸을 돌렸다. 하이디는 하양이와 밤송이를 양쪽에 거느리고 염소 목에 손을 얹은 채 우리로 데려가는 중이었다. 하이디는 페터가 나머지 염소들을 모아서 내려가도록 얼른 우리로 들어가 문을 닫아야 했다.

다시 집으로 들어가자 향긋한 건초 침대가 벌써 만들어져 있었다. 건초는 얼마 전에 거둬들인 것이었고 침대에는 깨끗한 면 시트가 깔려 있었다. 잠시 후 침대에 누운 하이디는 집을 떠난 후로 한숨도 못 잔 듯 곤히 잠이 들었다.

그날 밤 노인은 하이디가 잘 자고 있는지 보려고 열 번도 더 다락에 오르락내리락했다. 올라간 김에 둥근 창이 건초로 잘 막혀 있는지도 살폈다. 환한 달빛이 깊이 잠든 손녀의 얼굴에 떨어져 잠을 방해하면 안 되니 말이다. 그러는 동안에도 하이디는 몸을 뒤척이지 않았다. 아이는 건초 침대에 누워 행복에 젖은 채 아침까지 한 번도 깨지 않고 달게 잤다. 하이디는 산 너머로 해가 내려앉는 모습을 지켜보았고 전나무들 사이로 바람이 휘파람을 불며 지나가는 소리를 들었다. 하이디는 마침내 집으로 돌아왔다.

교회 종이 울리면

하이디는 이리저리 흔들리는 나무 아래 서 있었다. 함께 산을 내려갈 할아버지를 기다리는 중이었다. 하이디가 그래니를 만나는 동안, 노인은 되르플리로 내려가 전날 하이디가 두고 온 여행 가방을 가지고 오기로 했다. 하이디는 얼른 그래니를 보고 싶어서 좀이 쑤셨다. 롤빵을 어떻게 드셨는지 이야기를 듣고 싶었다. 하지만 저 멀리 고원을 지긋이 바라보며 바람에 나뭇잎이 사락사락 흔들리는 낯익은 소리를 듣고 있으니 초조한 마음이 진정되었다.

마침내 노인이 집에서 나와 마지막으로 주위를 휙 둘러보았다. 오늘은 토요일이었다. 노인이 집과 주변을 대청소하고 정리하는 날이었다. 그는 오후에 하이디와 함께 외출을 할 짬이 나도록 오전 내내 바쁘게 일했다. 눈에 보이는 곳마다 깔끔하게 정리정돈이 되어 있어서 그는 홀가분하게 다녀올 수 있었

206

다. "자, 이제 가도 되겠다." 노인이 말했다.

두 사람은 페터의 작은 집 앞에서 헤어졌다. 하이디는 곧장 집으로 들어갔다. 그래니는 하이디 발소리를 단번에 알아듣고 애정 어린 목소리로 불렀다. "왔니, 얘야?" 그래니는 다시 잃어버릴까 봐 두려운 것처럼 하이디의 손을 꼭 쥐었다.

"롤빵은 어떠셨어요?" 하이디가 얼른 물었다.

"오, 정말 맛있더구나. 벌써 몸이 훨씬 좋아진 것 같아."

"그래니는 금방 다 먹어버릴까 봐 지난 저녁에는 하나밖에 드시지 않았어. 그리고 오늘 아침에 또 하나를 드셨어." 브리기테가 끼어들었다. "앞으로 열흘 동안 하나씩 드시면 그때쯤 다시 건강해지실 거야."

하이디는 브리기테의 이야기를 잘 듣더니 잠시 생각에 잠겼다. 그러다 문득 좋은 생각이 났다. "어떻게 하면 좋을지 생각났어요." 아이가 소리쳤다. "클라라에게 편지를 써야겠어요. 제게 롤빵을 더 보내줄 거예요. 제가 그래니에게 드리려고 산더미처럼 모았는데, 사람들이 다 버렸어요. 그때 클라라가 가지고 싶은 만큼 빵을 주겠다고 약속했거든요. 클라라는 꼭 약속을 지킬 거예요. 전 알아요."

"그렇게까지 생각해주니 고맙구나." 브리기테가 말했다. "하지만 그 빵들이 여기 도착하면 이미 딱딱해지고 퀴퀴한 냄새가 날 거야. 동전 한두 개만이라도 여유롭게 쓸 형편만 되면 되르플리 빵집에서 롤빵을 살 수 있을 텐데. 지금 우리 형편으로는 검은 빵밖에 살 수가 없어."

하이디의 얼굴이 미소로 환해졌다. "돈이라면 제게 잔뜩 있어요, 그래니." 아이가 소리쳤다. "그 돈으로 뭘 할지 이제 알겠어요. 그래니는 갓 구운 빵을 주중에 한 개, 일요일에는 두 개씩 드실 수 있어요. 페터가 마을에 가서 빵을 가져오면 될 거예요."

"아니야, 그럼 안 돼." 그래니가 손사래를 쳤다. "네 돈을 내게 쓰면 안 돼. 그 돈을 할아버지에게 드려. 돈을 어떻게 쓸지 할아버지가 말씀해주실 거야."

하이디는 그 말은 들은 척도 않고 노래를 부르며 방 안을 빙글빙글 돌았다. "이제 그래니는 매일 갓 구운 롤빵을 드시고 곧 다시 건강해지시겠지? 그래니, 건강을 되찾으면 분명 앞도 다시 보이실 거예요. 쇠약해지셔서 안 보이시는 거니까요."

그래니는 그저 미소만 지었다. 그녀는 괜한 말로 아이 기분을 망치고 싶지 않았다. 하이디가 빙글빙글 춤을 추며 방을 돌아다니다 보니 그래니의 오랜 찬송가 책이 눈에 들어왔다. 그걸 본 순간 또 좋은 생각이 떠올랐다. "그래니, 저 이제 글을 읽을 줄 알아요." 아이가 말했다. "제가 그래니의 오래된 책에서 뭔가 읽어드릴까요?"

"뭐라고?" 그래니는 반색을 하며 되물었다. "정말 읽을 수 있니?"

하이디가 의자에 올라가 책을 가지고 내려왔다. 선반에 어찌나 오래 있었는지 책에는 먼지가 소복하게 쌓여 있었다. 하이디는 먼지를 깨끗하게 털고 닦은 후 그래니 곁으로 의자를 가지고 갔다. "뭘 읽어드릴까요?" 하이디가 물었다.

"네 마음에 드는 걸 읽어주렴." 그래니가 이렇게 대답하면서 물레를 한쪽으로 치우고 하이디가 읽어주기를 기다렸다.

하이디는 여기 한 줄, 저기 한 줄 읽으며 책장을 넘겼다. "여기 해님에 관한 찬송가가 있어요." 아이가 마침내 말했다. "이걸 읽어드릴게요." 그리고 온 마음을 다해서 읽기 시작했다.

황금빛 태양이
제 길을 따라 달리며
자신의 빛으로 우리를
따스하고 환하게 비추네.

시간이 흐르고 흐르면
우리는 신의 권능을 볼지니.
그분의 사랑은 강인하며
언제까지고 영원히
쓰러지지 않는다네.

슬픔과 비통함은
찰나일 뿐.
우리는 진정한 기쁨과
마음의 평화를
신의 뜻대로 찾아내리니.

그래니는 양손을 맞잡은 채 가만히 앉아 하이디의 낭송을 끝까지 들었다. 그녀의 눈에서 굵은 눈물이 두 볼을 타고 흘러내렸다. 하이디는 그래니가 그렇게 행복해하는 표정을 처음 보았다. 마침내 그래니가 말문을 열었다. "다시 읽어주겠니, 하이디. 한 번 더 읽어주려무나."

하이디는 그래니에게 다시 읽어줄 수 있어서 기뻤다. 읽다 보니 하이디도 어느새 그 찬송가가 좋아졌다.

"오, 그 노래가 내게 얼마나 큰 위로가 되는지 모르겠구나." 그래니가 마침내 한숨을 쉬었다. "덕분에 내 늙은 심장도 기쁨으로 다시 뛰는 것 같아."

하이디는 그래니의 늙고 지친 얼굴에 그토록 평화로운 표정이 깃든 모습을 처음 보았다. 마치 그래니가 정말 '진정한 기쁨과 마음의 평화'를 찾은 것처럼 보였다.

그때 창문을 똑똑 두드리는 소리가 들렸다. 하이디가 창밖을 보니 할아버지가 손짓을 하고 있었다. 아이는 작별 인사를 하고 이튿날 다시 오겠다고 약속했다. "아침에는 페터와 염소들을 데리고 풀을 먹이러 갈 것 같아요." 하이디가 말했다. "하지만 오후에는 올게요." 하이디는 사람들에게 행복을 선사할 수 있어서 너무 기뻤다. 염소들과 함께 야생화가 만발한 산비탈을 뛰어다니는 것도 좋지만, 주위에 행복을 선사하는 일을 더 하고 싶었다.

하이디가 집을 나서는데 전날 벗어두고 간 모자와 원피스를 브리기테가 가지고 나왔다. 하이디는 원피스는 가져가도 괜찮다고 생각했다. 무슨 원피스를 입건 할아버지는 이제 자신을 알아볼 수 있을 거라 생각했기 때문이다. 하지만 모자는 단호하게 거절했다. "가지세요." 아이는 브리기테에게 말했다. "이 모자는 다시는 쓰지 않을 거예요."

하이디는 할아버지에게 하고 싶은 이야기가 너무 많았다. 그래서 할아버지를 보자마자 이야기보따리를 풀어놓기 바빴다. "제 돈으로 그래니에게 롤빵을 사드리고 싶어요." 아이가 말했다. "그래니는 그러지 말라고 하시지만 괜찮아요, 그렇죠? 제가 페터에게 주중에는 1페니히씩 주고 되르플리에서 빵을 사오라고 하면 돼요. 일요일에는 두 개씩 사고요."

"그러면 네 침대는, 하이디? 제대로 된 침대에서 자면 너도 편하지 않겠니? 침대를 사도 롤빵을 살 돈은 충분할 거야."

"하지만 저는 프랑크푸르트에서 잤던 으리으리한 침대보

다 건초 침대에서 잠이 더 잘 와요. 제발 그 돈으로 롤빵을 사게 허락해주세요."

"알았다." 그는 마침내 허락했다. "그 돈은 네 거야. 원하는 대로 쓰려무나. 그 돈이면 아주 오랫동안 그래니에게 롤빵을 사드릴 수 있을 게다."

"와, 신난다! 이제 그래니는 딱딱한 검은 빵을 다시는 드시지 않아도 돼요. 오, 할아버지. 우리는 정말 행복한 시간을 보내고 있어요, 그렇죠?" 하이디는 이렇게 말하며 노인 옆에서 깡충깡충 뛰어갔다. 그러다가 느닷없이 진지한 표정을 지으며 말을 시작했다. "프랑크푸르트에서 저는 하느님에게 당장 집으로 보내달라고 기도를 드렸어요. 하느님이 기도를 당장 들어주셨다면 이런 기쁜 일은 하나도 일어나지 않았을 거예요. 그래니에게는 제가 모아둔 롤빵 몇 개를 간신히 드릴 수 있었을 거예요. 그 빵도 며칠 후면 다 없어졌겠죠. 글도 익히지 못했을 거예요. 클라라의 할머니가 그러셨어요. 하느님은 무엇이 최선이고 어떻게 해야 만사를 완벽하게 돌볼 수 있는지 다 안다고요. 그 말씀대로예요. 이제부터 늘 기도를 드릴래요. 할머니가 말씀하신 대로요. 하느님이 당장 기도에 응답해주시지 않아도 제게 더 좋은 것을 마련해두셨기 때문이라는 걸 조금도 의심하지 않아요. 프랑크푸르트에서도 그러셨거든요. 할아버지, 우리 매일 기도를 드려요. 그럴 거죠? 절대 그분을 잊지 말아요. 그분도 우리를 잊지 않으실 거예요."

"그런데 그분을 잊고 사는 사람이 있다면?" 알프스 삼촌이 부드러운 목소리로 물었다.

"정말 안타까운 일이에요." 하이디가 진지하게 대답했다. "왜냐하면 하느님이 손을 놓고 그 사람이 마음대로 하도록 내버려 두시면, 모든 일이 엉망이 되었을 때 아무도 그 사람을 가없게 여기지 않을 거니까요. 그리고 이렇게 말하겠죠. '너는 하느님을 믿지 않았어. 그러니까 네 맘대로 하도록 내버려 두신 거야.'"

"네 말이 맞아, 하이디. 그걸 어떻게 알았니?"

"할머니가 다 설명해주셨어요."

노인은 입을 꾹 다문 채 계속 걸었다. 잠시 후 혼잣말을 하듯 나직하게 말했다. "하느님이 누군가를 저버리면 그걸로 끝이야. 그때는 다시 돌아갈 수 없지."

"오, 절대 그렇지 않아요. 할머니가 그러셨어요. 제 책에 나오는 아름다운 이야기처럼 모든 것이 결국에는 다 잘될 거라고요. 그 이야기 아직 못 들으셨죠? 곧 집에 도착하니까 제가 읽어드릴게요." 하이디는 집까지 남은 마지막 비탈길을 최대한 빨리 올라갔다. 잠시 후 집에 도착하자 하이디는 할아버지 손을 놓고 집으로 뛰어 들어갔다. 노인은 등에 지고 있던 바구니를 내려놓았다. 바구니로 가져온 짐은 여행 가방에 든 물건의 반밖에 되지 않았다. 이렇게 높은 곳까지 한 번에 다 가져오려니 너무 무거웠다. 그는 생각에 잠겨서 집 밖 벤치에 앉았다. 잠시 후 하이디가 겨드랑이에 책을 한 권 끼고 나왔다. "좋아요. 할아버지가 이야기를 들을 준비를 하고 계시네요." 아이는 노인의 옆자리에 앉으며 말했다.

하이디가 그 이야기를 어찌나 자주 읽었는지 책이 저절로 펼쳐지며 이야기가 시작되는 페이지가 나왔다. 아이는 목동의 지팡이를 들고 훌륭한 망토를 입은 청년이 들판에서 아버지의 양과 염소를 키우는 이야기를 곧장 읽기 시작했다. "어느 날 청년은 집을 떠나 독립을 하고 싶으니 아버지 재산 중에 자신의 몫을 달라고 했습니다. 그는 재산을 받자마자 집을 떠나 돈을 다 써버렸습니다. 돈이 다 떨어지자 청년은 먹고살기 위해 일을 해야 했습니다. 그래서 어느 농부의 농장에서 일자리를 구했습니다. 그런데 그곳은 아버지의 농장과 달리 양 떼도 초원도 없이 돼지들뿐이었습니다. 청년은 돼지들을 돌봐야 했습니다. 원래 입고 있던 훌륭한 옷들은 모두 사라지고 누더기로 몸을 가려야 했습니다. 먹을 것도 돼지 여물뿐이었습니다. 집에서 얼마나 사랑을 받았는지 떠올릴 때마다 청년은 몹시 슬펐습니다. 그리고 아버지에게 얼마나 배은망덕하게 굴었는지 깨달았습니다. 주위에 돼지들밖에 없을 때면 청년은 후회와 향수병으로 슬피 울었습니다. 그러다 생각했습니다. '자리를 박차고 일어나서 아버지에게 용서를 구하자. 더 이상 아들로 대접을 받을 자격이 없으니 대신 하인으로 받아주실 수 없는지 물어보자.' 그래서 그는 길을 떠났습니다. 아직까지 먼 길이 남았지만 아버지는 아들을 알아보고 그를 향해 달려왔습니다." 하이디는 책에서 눈을 떼고 이렇게 물었다. "이제 무슨 일이 일어났을까요? 할아버지는 어떻게 생각하세요? 아버지가 화를 내면서 '내가 그럴 줄 알았어'라고 말할 것 같다고 생각하시겠죠? 자, 끝까지 들어보세요. 아버지는 아들의 몰골을 보자 가여워서 마음이 아팠습니다. 그래서 얼른 달려가 아들을 맞으며 양팔을 벌려 아들을 안고 입을 맞추었습니다. 그러자 청년이 말했습니다. '아버지, 저는 하늘과 아버지에게 잘못을 저질렀습니다. 아버지의 아들이 될 자격이 더 이상 없습니다.' 하지만 그의 아버지는 하인들을 불러 이렇게 말했습니다. '좋은 옷을 가져와 내 아들에게 입히고, 반지를 그의 손에 끼우고, 신을 발에 신겨주어라. 통통하게 살찌운 송아지를 잡아서 잔치를 열어라. 죽었던 내 아들이 다시 되살아났구나. 잃었던 아들을 다시 찾았으니 실컷 먹고 즐겁게 놀아보자.'"

하이디는 할아버지가 결말에 놀라고 기뻐하시리라 기대했다. 그런데 노인은 말없이 가만히 앉아 있기만 했다. 이윽고 하이디가 말문을 열었다. "정말 아름다운 이야기죠, 할아버지?"

"그렇구나." 그가 대답했다. 하지만 할아버지 표정이 어찌나 침울한지 하이디는 입을 다물고 책의 그림만 바라보았다. 마침내 하이디는 그림책을 할아버지에게 내밀었다. "청년이 얼마나 행복해하는지 보세요." 아이는 이렇게 말하며 방탕한 아들이 집으로 돌아오는 그림을 가리켰다.

몇 시간 후 하이디가 침대에서 자고 있는데, 노인이 등불을 들고 다락으로 올라갔다. 그는 등불을 바닥에 내려놓고 불빛으로 아이의 얼굴을 환히 비추었다. 아이는 기도를 드리다 잠이 들었는지 양손을 포갠 채 잠들어 있었다. 아이 얼굴에는 평화롭고 믿음이 충만한 표정이 서려 있었다. 그 표정에 노인은 깊이 감동을 받아 한참이나 손녀의 얼굴을 물끄러미 바라보았다. 어느새 그도 양손을 모아 고개를 숙인 후 낮은 목소리로 말했다. "아버지, 저는 하느님 아버지께 죄를 지었습니다. 더이상 당신의 아들로 불릴 자격이 없습니다." 이윽고 그의 주름진 두 볼 위로 굵은 눈물 두 방울이 흘러내렸다.

다음 날 노인은 아침 일찍 일어나 밖으로 나왔다. 화창하고 아름다운 일요일이 시작되었다. 골짜기 아래에서 종소리가 바람에 실려 왔다. 전나무에 내려앉은 새들은 아침 합창을 하고 있었다. 그는 집으로 들어가 하이디를 깨웠다. "아침이야, 일어나. 벌써 해가 떴어. 예쁜 옷을 입어라. 함께 교회에 가자."

하이디는 할아버지에게서 처음으로 교회에 가자는 말을 들었다. 이건 보통 일이 아니라고 생각한 하이디는 프랑크푸르트에서 가져온 옷들 가운데 가장 예쁜 원피스를 입고 얼른 내려왔다. 할아버지를 본 하이디는 놀라서 우뚝 멈춰 섰다.

"할아버지가 그렇게 입으신 모습은 처음 봐요." 하이디가 감탄을 했다. "재킷에 은 단추가 줄줄이 달렸어요! 그렇게 잘 차려입으시니 할아버지, 정말 멋있어요."

노인이 손녀에게 미소를 지었다. "너도 예쁘구나." 그가 말했다. "이제 출발하자꾸나." 두 사람은 나란히 손을 잡고 가파른 산길을 내려가기 시작했다. 산에서 내려갈수록 여기저기 울리는 교회 종소리가 더 크고 명료하게 들렸다. 명랑하게 울리는 종소리를 들으며 산을 내려가는 하이디의 발걸음이 가벼웠다.

"오, 할아버지. 오늘은 분명히 특별한 하루가 될 거예요." 아이가 말했다.

마을 사람들은 이미 교회에 나와 있었다. 하이디와 노인이 들어가서 뒤쪽에 자리를 잡고 앉으니 마침 찬송가가 울려 퍼지기 시작했다. 찬송가가 끝나기도 전에 사람들은 서로 옆구리를 쿡쿡 찌르며 알프스 삼촌이 교회에 나왔다고 수군대기 시작했다. 여자들은 자꾸 고개를 돌려 두 사람을 훔쳐보다가 찬송가 집의 어디를 부르는지 자꾸 헤맸다. 찬송가 지휘자는 목소리를 하나로 모을 수가 없었다. 하지만 목사의 설교가 시작되자 사람들은 설교에 집중했다. 그날따라 찬양과 감사에 관한 내용이 너무나 따뜻해 사람들은 진심으로 깊은 감동을 받았다.

예배가 끝나자 노인은 하이디의 손을 잡고 목사관으로 향했다. 신도들은 흥미로운 표정으로 두 사람을 지켜보았다. 몇몇 사람들은 두 사람이 정말 목사관으로 들어가는지 직접 확인하려고 뒤를 따르기도 했다. 정말로 두 사람이 들어가자 사람들은 삼삼오오 모여 수군대기 시작했다. 그들은 알프스 삼촌이 무슨 일로 목사관에 들렀는지 궁금해 죽을 지경이었다. 노인이 볼일을 보고 나올 때 잔뜩 성이 나 있을지, 온화한 분위기일지 추측을 해대기도 했다. 이렇게 말하는 사람들도 있었다. "알프스 삼촌이 사람들 생각처럼 나쁜 사람일 리 없어. 손녀의 손을 얼마나 다정하게 잡는지 봤잖아?" 이런 말도 나왔다. "그 사람들이 틀렸다고 내가 늘 그랬잖아! 그렇게 고약한 사람이면 목사님을 만나러 갈 리가 없어."

"내가 뭐랬어?" 빵집 주인이 말했다. "알프스 삼촌이 사람들 말처럼 매정하고 고약한 사람이라면 그 여자애가 배불리 먹여주고 좋은 옷을 입혀주는 곳을 떠나 자기 발로 할아버지 집으로 돌아왔겠어?" 알프스 삼촌에 대한 사람들의 태도가 점점 바뀌었다. 어느새 사람들은 노인에게 호의를 품기 시작했다. 마을 여자들이 대화에 끼어들어 브리기테와 그래니에게 들은 이야기를 했다. 알프스 삼촌이 페터 가족이 사는 낡은 집 여기저기에 난 구멍을 판자로 막아주고 덜컹거리는 덧문도 단단하게 고정해주었다는 것이다. 어느새 마을 사람들은 목사관 정문을 뚫어져라 바라보았다. 그 모습은 흡사 멀리 여행을 떠난 친구가 그리워서 집으로 돌아오기를 오매불망 기다리는 친구들 같았다.

그 시간 목사관을 찾은 노인은 서재 문을 두드렸다. 그러자 마치 기다리고 있었다는 듯한 표정으로 목사가 나왔다. 교회를 찾은 두 사람을 보고 이렇게 되리라 짐작했던 것이다. 목사가 노인의 손을 어찌나 따뜻하게 잡아주는지, 이제껏 산에서 외롭게 지냈던 노인은 처음에는 말도 나오지 않았다. 그는 이런 환대는 기대조차 하지 않았다. 마침내 감정을 추스르고 그가 말했다.

"제가 이렇게 찾아온 이유는, 지난번 목사님이 산에 오셨을 때 제가 한 말을 다 잊어달라고 부탁드리기 위해서입니다. 우정 어린 목사님의 조언을 무시했던 저를 나쁘게 생각하지 말아주세요. 목사님이 옳았습니다. 제가 틀렸어요. 목사님 말씀대로 하겠습니다. 이번 겨울에 되르플리에서 지낼 겁니다. 아이가 산 위의 통나무집에서 지내기엔 날씨가 너무 엄혹하니까요. 혹시라도 여기 사람들이 의심의 눈초리로 본다면 그건 다제 탓이죠. 그래도 목사님은 그러시지 않으리라는 걸 압니다."

목사의 얼굴만 봐도 그가 얼마나 흐뭇해하는지 알 수 있었다. 그는 다시 한 번 노인의 손을 꼭 쥐며 말했다. "이보게, 자네의 산은 어찌 보면 교회나 다름이 없었다네. 그리고 그 산이 마

음의 준비가 된 자네를 내 교회로 보내주기까지 했네. 자네 덕
분에 나는 정말 행복하네. 여기 내려오면 절대 후회하지 않을
거야. 내가 장담해. 내 의견을 말하자면, 나는 자네를 언제나 좋
은 친구이자 이웃으로 환영하네. 함께 보낼 겨울 저녁이 얼마
나 유쾌할지 벌써부터 기대가 되는군. 하이디에게도 좋은 친구
들을 만들어주세." 그는 머리카락이 고불고불한 하이디의 머
리를 토닥이며 덧붙였다. 목사는 두 사람을 문까지 배웅해주었
다. 밖에서 서성대던 마을 사람들은 두 사람이 친한 친구처럼
작별 인사를 나누는 모습을 지켜보았다. 문이 닫히자마자 모든
사람들이 손을 내밀며 알프스 삼촌을 에워쌌다. 너나 할 것 없
이 먼저 인사를 하려고 해서 노인은 누구와 먼저 인사를 해야
할지 난감할 지경이었다. "이렇게 다시 마을에서 뵈니 정말 반
가워요." 그들은 이구동성으로 말했다. "전부터 삼촌과 이야기
를 해보고 싶었어요." 그런 인사가 사방에서 들려왔다. 노인은
겨울이 되면 예전에 살던 집에서 지낼 생각이라고 사람들에게
말했다. 그러자 모두들 어찌나 한마음으로 기뻐하고 반겨주는
지 흡사 노인이 이 마을에서 가장 사랑받는 사람이 된 것 같았
다. 모두 그가 떠나 있던 시간을 안타깝게 여긴 것처럼 말이다.

　　노인과 하이디가 마침내 집으로 출발하자 사람들이 우르
르 따라왔다. 마침내 사람들은 작별 인사를 건네며 조만간 자
신의 집에도 들러달라고 초대했다. 노인이 멀어지는 마을 사람

들을 지켜보는 내내 하이디는 할아버지의 눈에서 따스함을 보았다. 아이가 말했다. "오늘은 할아버지가 좀 다르게 보여요. 무척 근사해지신 것 같아요. 할아버지의 이런 모습을 처음 봤어요."

"그래." 그가 대답했다. "보다시피 오늘 이 할아버지가 참 행복하구나. 다시는 이런 날이 오지 않을 줄 알았거든. 내가 과분한 복을 받았어. 하느님과 또 사람들과 화해를 하니 이렇게 좋을 수 없구나. 하느님이 내게 너를 보내주신 날은 내게 행운의 날이었어."

어느새 페터의 집에 도착하자 노인이 문을 열고 안으로 들어갔다. "안녕하세요, 그래니." 그가 인사했다. "가을바람이 슬슬 불어오기 전에 얼른 손을 봐야 할 곳이 눈에 보이네요."

"하느님 맙소사, 알프스 삼촌인가요?" 그래니가 깜짝 놀라 되물었다. "이렇게 반가울 수가 있나. 전에 우리 집을 고쳐준 일에 대해 이제야 제대로 인사할 수 있겠네. 하느님의 은총이 있을 거예요." 그래니가 손을 내밀었다. 그 손이 살짝 떨렸다. 그러자 노인이 그래니의 손을 잡고 정겹게 악수를 했다. "내가 마음에 계속 담아두기만 한 말이 있어요. 이렇게 삼촌이 왔으니 지금이라도 꼭 하고 싶어요." 그래니가 말했다. "삼촌, 혹시라도 내가 삼촌에게 못된 짓을 해서 내게 벌을 준다고 해도, 내가 살아 있는 동안 하이디를 멀리 보내는 일은 하지 말아요. 이 아이가 내게 얼마나 소중한지 삼촌은 모를 거예요." 그러더니 하이디를 꼭 안았다. 하이디는 이미 팔로 할머니의 목을 안고 있었다.

"걱정 마세요, 그래니." 노인이 약속하듯 말했다. "그럴 일은 없을 겁니다. 그건 제게도 너무 가혹한 일일 테니까요. 앞으로 우리는 함께 살 겁니다. 하느님이 허락하시는 한은요."

그때 브리기테가 알프스 삼촌 옆으로 와서 깃털 달린 모자를 보여주었다. 그리고 하이디가 모자를 가져도 된다고 했지만 아이에게서 이런 물건을 받을 수 없다고 말했다. 알프스 삼촌은 하이디에게 네 뜻대로 하라는 표정을 지어 보였다. "모자는 하이디 물건이라오. 그러니 하이디가 쓰기 싫으면 뜻대로 해야죠. 아이가 브리기테에게 준 거니 그냥 가져요."

브리기테는 몹시 기뻐했다. 모자를 들어 올리며 이렇게 말했다. "생각해보세요. 이 모자는 꽤 비쌀 거예요. 하이디가 프랑크푸르트에서 정말 잘 지냈나 봐요. 이참에 우리 페터도 잠시 그곳에 보내볼까요? 어떻게 생각하세요. 삼촌?"

노인이 눈을 반짝이며 대답했다. "페터에게 나쁠 건 없겠지. 기회를 얻을 수 있다는 건 멋진 일이니까."

바로 그때 페터가 헐레벌떡 뛰어 들어왔다. 어찌나 급했는지 머리를 문에 쾅 부딪히기까지 했다. 페터는 우체국에서 받아온 편지 한 통을 하이디에게 내밀었다. 페터의 집에서는 아무도 편지를 받은 적이 없었다. 하이디도 지금까지 자기 앞으로 온 편지를 한 번도 받은 적이 없었다. 하이디가 편지를 꺼내 내용을 소리 내어 읽자 나머지 사람들은 숨을 죽인 채 귀를 기울였다. 편지를 보낸 사람은 클라라였다.

"네가 떠난 후로 여기가 얼마나 지겨운지 몰라. 도저히 견딜 수 없을 정도야. 하지만 가을이 되면 라가츠에 가도 좋다고 아빠가 약속해주셨어. 할머니도 함께 가실 거야. 할머니는 라가츠에 다녀오면 너와 네 할아버지를 만나러 같이 갈 수도 있다고 하셨어. 네가 그래니에게 드릴 롤빵을 가져가고 싶어했다고 할머니에게 말씀드렸어. 그랬더니 무척 좋아하시더라. 그러면서 네가 착한 일을 했다고 전해달라고 하셨어. 그래니가 롤빵과 함께 드실 커피도 보내주실 거야. 우리가 그곳에 가면 그래니도 만나고 싶다고 하셨어."

모든 사람들이 클라라가 보내준 소식에 관심을 보였다. 그들은 편지를 화제 삼아 이야기꽃을 활짝 피웠다. 노인은 이야기에 열중해 시간이 훌쩍 흘러갔다는 사실도 알아차리지 못했다. 마을에서처럼 페터의 집에서도 삼촌이 와서 즐거웠다는 이야기가 한참 오갔고 또 오겠다는 약속도 이어졌다.

"알프스 삼촌이 우리 집에 찾아온 게 얼마 만인지. 옛 친구가 이렇게 찾아주니 얼마나 반갑고 좋은지 몰라요."그래니가 말했다. "덕분에 언젠가는 우리가 사랑하는 사람과 함께할 수 있다는 믿음이 생겨요. 조만간 꼭 또 와요. 그리고 하이디, 너는 내일 올 거지?"

할아버지와 손녀는 그러겠다고 약속을 한 후 마침내 작별 인사를 했다. 저녁 기도 시간을 알리는 종소리가 은은하게 퍼지는 가운데 두 사람은 함께 산에 올랐다. 어느새 도착한 집은 저녁노을에 물들어 있었다.

가을이 되면 클라라의 할머니가 오실지도 모른다는 소식에 하이디는 온갖 추억이 다 떠올랐다. 하이디가 프랑크푸르트에서 본 제제만 부인은 어떤 상황이 닥치건 만사를 원만하고 행복하게 푸는 방법을 찾아내는 분이었다.

여행 준비

9월의 어느 화창한 아침, 하이디가 집으로 돌아가는 데 결정적인 역할을 한 친절한 의사 클라센 씨가 제제만 씨 집으로 걸어가는 중이었다. 그날은 누구나 행복한 기분에 휩싸일 듯한 날씨였다. 하지만 의사는 고개를 푹 숙인 채 한 번도 고개를 들어 푸른 하늘을 보지 않았다. 봄이 지나가면서 그의 머리는 더욱 하얗게 세었다. 게다가 깊은 슬픔이 그를 감싸고 있는 것 같았다. 최근에 그의 외동딸이 세상을 뜨고 말았다. 그 후로 그는 통 기운을 찾지 못했다. 얼마 전 아내를 먼저 보내고 남은 외동딸만이 그의 삶에 유일한 기쁨이었기 때문이다.

세바스티안이 문을 열어 의사를 맞이해 안으로 안내했다. 손님을 대하는 하인의 태도에서 존경보다 더 깊고 애틋한 감정이 느껴졌다. 의사가 제제만 씨 가족의 가까운 친구이기도 하지만, 하인들을 막 대하지 않고 언제나 상냥하게 대했기 때문이기도 했다. 그래서 하인들은 의사를 자신들의 친구이기도 하다고 여겼다.

"별일 없나, 세바스티안?" 위층으로 안내를 받아 올라가면서 그가 안부를 물었다. 서재에 들어가니 제제만 씨가 일어나 친구를 맞으며 말했다.

"어서 오게. 스위스 여행에 대해 다시 자네와 이야기를 나누고 싶었네. 요즘 들어 클라라가 훨씬 건강해진 것 같은데도 자네 의견은 그대로인가?"

"제제만, 이 친구야. 내가 어쩌다 이런 친구를 사귀어서는." 의사는 자리에 앉으며 말했다. "같은 이야기를 또 하라고 나를 부른 게 이번이 세 번째야. 자네를 납득시킬 방법이 없는 것 같군. 제제만 부인이 여기 계시면 좋으련만. 그분이라면 내 손을 들어주실 텐데."

"알아. 나와 이런 이야기를 하는 것도 이제 지긋지긋할 거야. 하지만 자네도 알 거야. 클라라에게 한 약속을 깨는 걸 내가 얼마나 싫어하는지. 게다가 몇 달 전부터 그렇게 기대했던 여행 아닌가. 클라라는 지난번에 상태가 급격히 나빠졌을 때도 잘 버텼어. 곧 스위스로 가서 산에 사는 어린 친구를 만나리라는 믿음으로 참고 견딘 거야. 그런데 이제 와서 클라라에게 갈 수 없다고 말하라는 건가. 클라라는 이미 인생에서 많은 것을 잃었어. 이번만큼은 도저히 그 애를 실망시킬 수 없어."

"그래도 그렇게 해야 하네." 의사의 대답은 확고했다. 제제만 씨는 몹시 침울한 표정으로 아무 대꾸도 하지 않았다. 그래서 의사가 계속 설득을 했다. "잘 생각해보게. 요 몇 년 사이 클라라는 이번 여름을 가장 힘겹게 보냈어. 자네가 약속한 여행을 떠나, 여독이 쌓이면 클라라의 몸이 견디지 못할 거야. 벌써 9월 아닌가. 산악 지방의 날씨는 아직 좋을 수도 있지만, 기온이 꽤 떨어졌을 거야. 낮은 점점 짧아지고 있어. 클라라가 산에서 하이디와 밤을 같이 보낼 수는 없어. 그러니 클라라가 산에서 보낼 수 있는 시간은 기껏해야 한두 시간 정도라네. 알다시피 라가츠에서 그곳까지는 상당히 먼 거리야. 게다가 클라라가 산에 오르려면 누군가 아이를 의자에 태워서 들고 가야지, 자네가 생각해도 이런 여행은 현실적으로 힘들지 않겠나? 내가 자네와 같이 가서 클라라에게 이야기를 하겠네. 그 애는 분별력이 있으니까 다 이해하고 내 말대로 할 거야. 내년 5월에 클라라를 라가츠로 보내게. 그곳에서 날씨가 따뜻해질 때까지 치료를 받게 해. 그러면 가끔 산에 데려갈 수 있을 정도로 몸이 좋아질 거야. 클라라도 지금보다 더 건강해져서 기분이 좋을 때 친구를 만나야 그 시간을 훨씬 즐겁게 보낼 수 있지 않겠나, 제제만. 클라라가 회복하려면 아주 세심한 보살핌을 받아야 해. 그 점을 명심하게."

제제만 씨는 체념한 표정으로 의사의 이야기를 잠자코 들었다. 이야기가 끝나자 그는 몹시 안타까운 표정을 지으며 자리에서 일어나며 물었다. "사실대로 말해주게. 클라라가 완전히 회복될 가능성이 있긴 한가?"

의사가 생각에 잠긴 듯 어깨를 으쓱했다. "그리 많지 않아." 그가 털어놓았다. "그래도 이렇게 생각해보게. 적어도 자네는 여전히 아이가 곁에 있지 않나. 클라라는 자네를 사랑하고 자네가 집을 비우면 돌아오기를 기다리지. 외출했다 돌아오면 집이 텅 비어 있지도 않지. 혼자 식사를 할 일도 없어. 클라라는 이곳에서 잘 보살핌을 받으며 행복하게 지내고 있어. 클라라가 인생에서 많은 것을 잃기는 했어. 하지만 클라라만큼 누리고 살지 못하는 아이들도 부지기수야. 가진 것에 감사하게. 자네와 클라라에게 서로가 있다는 게 얼마나 행운인지 기억하라고."

제제만 씨는 방 안을 서성거렸다. 그것은 그가 골똘히 생각에 잠겼을 때의 버릇이었다. 그가 느닷없이 친구 앞에서 우뚝 멈춰 서더니 그의 어깨를 토닥였다. "한 가지 계획이 떠올랐네. 나는 예전 같지 않은 자네를 차마 보고 있을 수가 없어. 자네야말로 변화가 필요해. 이번 기회에 우리 대신 스위스에 가서 하이디를 만나고 오면 어떻겠나?"

의사는 느닷없는 제안에 깜짝 놀랐지만 자신의 생각을 굳이 입 밖에 꺼내지 않았다. 제제만 씨가 자신이 떠올린 계획이 홉족한지 친구의 팔을 와락 잡더니 서둘러 클라라의 방으로 데려갔기 때문이다. 클라라는 사람 좋고 상냥한 의사를 평소처럼 반갑게 맞았다. 의사는 딸을 잃은 슬픔에도 불구하고 올 때마다 재미있는 이야기로 클라라를 즐겁게 해주었다. 클라라도 의사의 슬픔을 알기에, 그가 예전처럼 기운을 되찾을 수 있다면 기꺼이 힘을 보태고 싶었다.

두 사람은 아이 옆에 앉았다. 제제만 씨는 딸의 손을 잡고 스위스 여행에 대해 말을 꺼냈다. 그는 스위스 여행을 몹시 고대하고 있다는 말로 운을 뗀 후 클라라에게 여행을 연기해야만 한다고 짧게 알렸다. 클라라가 속상해하는 모습을 보는 게 마음 아파서 제제만 씨는 의사가 대신 스위스에 다녀오기로 했다고 알렸다. 이번 기회에 스위스 여행을 다녀오면 의사에게도 좋을 것이라고 힘주어 말했다.

클라라는 자신이 울면 아버지가 싫어한다는 걸 알지만 차오르는 눈물을 막을 수 없었다. 아무리 그래도 하이디를 만나러 가는 여행을 포기하기란 쉽지 않았다. 병과 싸우는 길고 외로운 시간 동안 여행만 생각하며 참고 버텼기 때문이다. 하지만 클라라는 아빠가 자신을 위해 이렇게 실망스러운 결정을 내렸다는 사실도 잘 알고 있었다. 그래서 눈물을 흘리지 않으려고 눈을 깜박이며 의사를 바라보았다.

"제발요." 아이는 부드러운 음성으로 부탁했다. "제발 저 대신 스위스에 가서 하이디를 만나주세요. 돌아오시면 그곳에서 있었던 일을 전부 다 들려주세요. 하이디는 잘 지내는지, 하이디의 할아버지는 어떤 분이고 페터는 어떤 아이인지, 염소들까지 전부 다요. 저는 모두와 이미 잘 아는 사이가 된 것 같아요! 하이디와 그래니에게 제 선물도 전해주시고요. 선물은 다 생각해뒀어요. 가실 거죠, 그렇죠? 그러면 먹으라고 하시는 만큼 간유를 잘 먹겠다고 약속할게요."

의사가 여행을 가기로 결심하게 된 계기가 간유일 수도 아닐 수도 있었다. 하지만 클라라의 제안에 의사는 미소를 지으며 대답했다. "그렇게까지 말한다면 내가 꼭 가야겠구나. 그걸 먹으면 네 아버지처럼 포동포동 살도 찌고 혈색도 좋아질 테니. 나는 네가 그렇게 되는 모습을 꼭 보고 싶거든. 내가 언제 출발할지도 이미 정했니?"

"괜찮으시다면 내일 아침에 출발하세요." 클라라가 대답했다.

"클라라 말이 맞아." 제제만 씨가 말했다. "자네가 알프스에서 만끽할 아름다운 날씨를 하루라도 잃는다면 아쉽지 않겠나."

의사가 살짝 냉소적으로 웃으며 말했다. "자네는 조만간 내가 아직도 여기 있다고 잔소리를 하겠군. 당장 떠날 채비를 해야겠네."

클라라는 의사에게 대신 보고 와달라고 부탁할 일이 잔뜩 있었다. 하이디에게 전할 이야기도 산더미였다. 클라라는 미스 로텐마이어와 함께 선물들을 다 포장하면 그것들을 곧장 의사 집으로 보내기로 했다. 그는 내일이 아니더라도 며칠 안에 스위스로 가겠다고 약속했다. 그리고 돌아와서 그곳에서 보고 들은 것을 자세히 전해주겠다는 약속도 잊지 않았다.

하인들은 말로 전해 듣기도 전에 집에서 일어나는 일을 알아내는 놀라운 재주가 있다. 세바스티안과 티네테는 특히 그런 재주가 뛰어났다. 세바스티안이 의사를 배웅하려고 아래층으로 내려간 동안 티네테는 클라라의 종소리를 듣고 얼른 클라라에게 갔다.

"가서 내가 좋아하는 작은 케이크들을 사다 줘. 여기에 가득 찰 만큼 사면 돼." 클라라가 커다란 상자를 하나 내밀며 이렇게 말했다. 티네테는 고깝다는 듯이 무성의하게 한쪽 모서리로 상자를 잡아 덜렁덜렁 들었다.

"유난 떨기는." 티네테는 얄밉게 투덜거리며 방을 나갔다.

한편 세바스티안은 의사를 배웅하면서 이렇게 부탁했다. "작은 아가씨에게 제 안부를 전해주시겠습니까?"

"뭐라고?" 의사가 정겨운 태도로 말했다. "자네는 내가 간다는 걸 이미 아는군."

세바스티안이 헛기침을 했다. "제가, 어, 그러니까. 잘은 모르지만…… 아차, 기억이 났습니다. 식당에 있다가 아가씨 이름을 들었거든요. 그 후로 한 가지 생각이 다른 생각으로 이어지고…… 아시겠죠?"

"알다마다." 의사가 미소를 지으며 말했다. "생각을 하면 할수록 더 많은 것을 알아차리게 되지. 자네가 안부를 묻더라고 꼭 전하겠네. 잘 있게나." 그가 집을 나서려는데, 마침 외출에서 돌아오는 미스 로텐마이어 때문에 잠시 지체되었다. 거센 바람이 불어와 그녀의 숄이 부풀어 오르는 바람에 지나가지 못한 것이다. 의사는 그녀가 지나가도록 한 걸음 비켜섰다. 그녀도 의사에게 존경과 예의를 다해 대했기 때문에 똑같이 한 걸음 비켜섰다. 그렇게 두 사람은 상대가 먼저 지나가도록 양보하며 잠시 서 있었다. 바로 그때 다시 강한 바람이 불어와 바람에 돛이 팽팽하게 부푼 배라도 된 듯 미스 로텐마이어가 집 안으로 밀려 들어갔다. 그녀가 지나갈 때 의사는 용케 옆으로 빠져나왔다. 제멋대로인 바람 때문에 그녀는 살짝 짜증이 났지만 다시 예의를 지켜 그에게 인사를 했다. 의사는 어떻게 하면 미스 로텐마이어의 마음이 풀리는지를 잘 알았다. 그래서 짜증난 기분을 살살 풀어주었다. 그는 그녀에게 자신의 휴가 계획을 들려주었다. 그러면서 최대한 살살 구슬려 짬이 난다면 하이디에게 보낼 선물을 포장해달라고 부탁했다. 그리고 얼른 그곳을 떠났다.

클라라는 하이디를 위해 준비한 선물을 전부 포장해 보내는 일로 미스 로텐마이어와 입씨름을 해야 할 거라고 짐작했다. 그런데 이야기는 수월하게 끝났다. 평소 성격이 까다로운 미스 로텐마이어가 그날따라 유난히 기분이 좋아 보였다. 그녀는 클라라가 선물을 한눈에 확인할 수 있도록 커다란 테이블을 말끔히 치우고 선물을 다 늘어놓았다. 선물이 워낙 다양해서 포장도 까다로웠다. 우선 클라라는 모자 달린 두툼한 코트를 준비했다. 이 코트를 입으면 할아버지가 시간을 내서 낡은 자루를 씌우고 데려다줄 때까지 기다릴 필요 없이 가고 싶을 때 아무 때나 그래니를 찾아갈 수 있었다. 다음은 매서운 바람이 통나무집을 휘감을 때 그래니가 덮을 수 있는 두껍고 따뜻한 숄이었다. 그래니가 종종 롤빵 대신 커피와 함께 먹을 작은 케이크를 가득 넣은 상자도 있었다. 커다란 소시지도 있었는데, 원래 페터를 위해 준비한 선물이었다. 페터는 빵과 치즈 외에는 먹어본 적이 없기 때문이었다. 그렇지만 다시 생각해보고 세 식구가 나눠 먹도록 브리기테에게 보내기로 했다. 페터가 한 번에 소시지를 다 먹어버리면 안 되니까 말이다. 하이디의 할아버지를 위한 담배 주머니도 준비했다. 할아버지는 저녁에 통나무집 밖에 앉아 파이프 담배를 즐겨 피우시기 때문이다. 그 외에도 아기자기한 깜짝 선물들이 잔뜩 있었는데, 클라라는 선물을 열어볼 하이디를 상상하며 즐겁게 준비했다. 미스 로텐마이어는 한데 모아놓은 선물들을 보며 어떻게 하면 포장을 잘할 수 있을지 잠시 고민했다. 클라라는 그 모습을 지켜보며 커다란 꾸러미가 도착하면 하이디가 기뻐서 깡충깡충 뛰어다니며 춤을 추는 모습을 상상했다. 어느새 포장 작업은 다 끝났고 선물들은 꼼꼼하게 잘 포장되었다. 선물 꾸러미는 세바스티안이 당장이라도 의사 집으로 가져가도 되었다.

하이디를 찾아온 손님

산 너머로 날이 밝아오고 늙은 전나무들의 나뭇가지 사이로 신선한 미풍이 불어와 하이디가 너무나 좋아하는 사르락 소리를 냈다. 그 소리에 하이디는 잠이 깨어 침대에서 훌쩍 뛰어나왔다. 전나무가 얼른 보고 싶어서 마음속으로는 옷 입는 시간도 아까웠다. 하지만 이제 하이디는 단정하게 몸단장을 하면 얼마나 좋은지 알게 되었다. 그래서 차분하게 옷을 입고 아래로 내려갔다. 할아버지 침대는 이미 비어 있었다. 할아버지는 매일 아침 날씨가 어떨지 살펴보기 위해 밖으로 나가 주위를 둘러보기 때문이다. 분홍색 구름들이 청명한 아침 하늘에 떠다니고 있었다. 마침 해가 산봉우리 위로 얼굴을 빼꼼 내밀고 암벽 봉우리와 고원을 금빛으로 물들이고 있었다.

"오! 너무 예뻐!" 하이디가 밖으로 뛰어나가며 감탄을 했다. "안녕히 주무셨어요, 할아버지. 오늘은 눈에 보이는 것마다

다 예쁘고 사랑스러워요, 그렇죠?"

"벌써 일어났니?" 노인이 물었다.

하이디는 전나무로 달려가 흔들리는 나뭇가지 아래에서 신이 나 뛰어다녔다. 나뭇가지들 사이로 휭하고 불어오는 바람이 등을 밀 때마다 조금 더 높이 뛰어올랐다. 노인은 염소 우리로 들어가 젖을 짰다. 일이 끝나자 염소들을 씻기고 빗질을 해주었다. 금방이라도 풀을 뜯으러 갈 준비가 된 염소들을 우리에서 데리고 나왔다. 하이디는 염소들을 보자마자 얼른 달려가 두 팔로 목을 안고 토닥거렸다. 염소들도 매애 하고 울며 인사를 했다. 그리고 애정의 표시로 머리를 하이디의 어깨에 대고 비볐다.

염소들이 양쪽에서 어찌나 밀어대는지 하이디는 그 사이에 갇혀 찌그러질 것 같았지만 전혀 개의치 않았다. 갈색인 밤송이가 너무 맹렬하게 하이디를 밀어붙이자 하이디가 야단을 쳤다. "그만해, 밤송이야. 너 지금 큰뿔이만큼 못됐어." 그러자 밤송이가 얼른 물러났다. 하양이는 새침하게 서 있었다. 그 모습이 꼭 이렇게 말하는 것 같았다. '내가 큰뿔이처럼 날뛴다고 야단칠 사람은 아무도 없을걸.' 하양이는 밤송이보다 늘 더 얌전했다.

페터가 산길로 접어들며 부는 휘파람 소리가 들렸다. 그러자 기운이 철철 넘치는 뾰족이를 앞장세운 염소 무리가 순식간에 나타났다. 염소들은 하이디를 향해 뛰어와 이쪽저쪽으로 밀어붙이며 평소처럼 야단법석을 떨면서 인사를 했다. 하이디는 염소들을 헤치고 눈송이에게 갔다. 눈송이는 소심한 탓에 하이디에게 다가가지 못했기 때문이다. 페터도 하이디와 이야기하고 싶어서 다시 휘파람을 불었다. 날카로운 소리가 울려 퍼지자 염소들이 모두 흩어졌다.

"오늘은 산에 갈 수 있지?" 페터가 물었다.

"안 돼, 페터. 프랑크푸르트에서 친구들이 언제 올지 몰라. 그러니 친구들이 올 때를 대비해서 여기 있어야 해."

"너는 요즘 그 말밖에 안 하더라." 페터가 투덜거렸다.

"친구들이 도착할 때까지 계속할 거야." 하이디가 대꾸했다. "너는 이게 다 부질없다고 생각하는구나? 친구가 먼 길을 오는데 내가 어떻게 안 기다릴 수 있어?"

"삼촌이 여기 계시잖아." 페터가 계속 물고 늘어졌다.

바로 그때 알프스 삼촌이 집에서 큰 소리로 말했다. "아직도 안 가고 뭐 하는 거냐? 대장이 문제야? 부하들이 문제야?"

노인의 한마디에 페터는 몸을 홱 돌려서 지팡이를 허공에 대고 휘둘렀다. 염소들은 염소치기의 신호를 알아보고 고원을 향해 후다닥 달리기 시작했다. 페터도 얼른 염소들을 따랐다.

하이디는 프랑크푸르트에서 돌아오면서 몇 가지 결심을 했다. 요즘 하이디는 매일 일어나면 침대를 정리했다. 시트를

237

매트 아래로 끼워서 팽팽하고 깔끔하게 만들었다. 다음에는 집 청소를 했다. 의자는 정해진 자리에 되돌려놓고 전날 여기저기 내놓은 물건들을 전부 벽장 속 제자리에 넣었다. 그 일이 끝나면 행주를 가져와 의자에 올라가서 반들반들하게 윤이 날 때까지 테이블을 닦았다. 그 무렵 노인이 들어오면 손녀가 말끔하게 정리하고 청소한 집 안을 둘러보며 흐뭇한 기분에 칭찬을 했다. "요즘은 매일이 일요일 같구나! 하이디, 네가 집을 떠나 있었던 일도 다 쓸모가 있었나 보다."

그날 페터가 산으로 올라간 후 할아버지와 손녀는 함께 아침을 먹었다. 하이디는 집안일을 시작했다. 하지만 후다닥 해치워지지 않았다. 이런저런 일들이 차례로 아이의 관심을 끌었다. 열린 창문으로 햇살 기둥이 곧장 쏟아져 들어왔는데, 마치 얼른 밖으로 나오라고 손짓하는 것 같았다. 밖으로 나가니 눈에 들어오는 풍경은 어찌나 아름답고 땅바닥은 어찌나 따스하고 보송보송한지, 잠시 앉아 풀밭과 주변의 나무와 산을 보지 않을 수 없었다. 얼마나 앉아 있었을까. 삼발이 의자가 방 한가운데 나와 있는 데다가 식탁도 아직 닦지 않았다는 사실이 퍼뜩 생각났다. 하이디는 단숨에 일어나 집 안으로 뛰어갔다. 그러나 얼마 지나지 않아 밖에서 전나무가 사각사각 하이디를 불렀다. 노인은 헛간에서 작업을 하느라 바빴다. 하지만 간간이 밖으로 나와 하이디가 흔들리는 나뭇가지에 맞춰 춤을 추며 노는 모습을 지켜보았다. 잠시 후 헛간으로 되돌아갔는데, 밖에서 하이디가 숨넘어가듯 부르는 소리가 들렸다. "할아버지, 할아버지! 어서 나와보세요!" 노인이 무슨 사고라도 일어난 줄알고 헐레벌떡 뛰쳐나갔다. 그랬더니 하이디가 비탈을 달려 산을 내려가는 것 아닌가.

"친구들이 왔어요! 친구들이 왔다고요!" 하이디가 어깨 너머로 소리쳤다. "제일 앞에 오시는 분이 의사 선생님이에요." 하이디는 달려가 애정이 듬뿍 담긴 목소리로 인사를 했다. "의사 선생님, 의사 선생님! 정말 고맙습니다!"

"아이쿠, 얘야." 의사가 말했다. "그런데 왜 내게 고마워하는 거냐?"

"왜라뇨. 저를 할아버지가 계신 집으로 보내주셨잖아요."

의사의 얼굴이 환해졌다. 이렇게 열렬하게 환영을 받을 줄은 꿈에도 몰랐기 때문이다. 사실 그는 산에 오를수록 기분이 울적해졌다. 그에게 주위의 아름다운 풍경이 눈에 들어올 리가 만무했다. 그는 하이디가 자신을 거의 기억하지 못하리라 짐작했다. 하이디와는 아주 잠깐 만나 이야기를 나눈 사이였기 때문이다. 게다가 정든 친구들이 같이 오지 않아 하이디가 단단히 실망하리라 믿어 의심치 않았다. 그런데 하이디는 그런 것은 아랑곳하지 않고 자신을 순수하게 반겨주었다. 그렇지 않다면 그의 팔을 단단히 잡은 하이디의 손길이 이렇게 따스할 리 없었다.

"자, 진정해라, 하이디." 그는 딸의 손을 잡는 아버지처럼 하이디의 손을 잡으며 말했다. "이제 네 할아버지에게 나를 데려다주겠니? 할아버지가 어디에 사시는지 안내해주려무나."

그런데 하이디는 꿈쩍도 하지 않았다. 아이는 산 아래로 이어진 오솔길을 뚫어져라 바라보았다. "클라라와 할머니는 어디에 있어요?" 하이디가 마침내 물었다.

"너를 실망시켜서 정말 미안하구나, 하이디." 그가 대답했다. "나는 여기 혼자 왔어. 얼마 전에 클라라가 크게 앓았단다. 지금 건강 상태로는 도저히 여행을 할 수가 없어. 제제만 부인도 클라라 곁을 지키셔야 했고. 하지만 봄이 되면 여기로 널 만나러 올 수 있을 거야. 날이 더 따뜻해지고 길어지면 말이야."

하이디는 무척 서운했다. 그토록 오랫동안 고대했는데, 모든 게 없던 일이 되고 말았다는 사실을 좀처럼 믿고 싶지 않았다. 잠시 동안 하이디는 아무 말도 할 수 없었다. 그동안 의사는 말없이 주위를 둘러보았다. 하지만 잠시 후 하이디의 마음속에 의사 선생님을 맞이하려고 달려갈 때 느꼈던 즐거움이 되살아났다. 적어도 의사 선생님은 여기 왔다는 사실을 깨달았다.

하이디는 고개를 들어 그를 보았다. 프랑크푸르트에서는 본 기억이 없는 외로움이 그의 눈에 그늘을 드리우고 있었다. 하이디는 행복하지 않은 누군가를 보면 그냥 지나칠 수 없는 아이였다. 하물며 이 상냥한 의사 선생님의 슬픔이라면 말해

뭐할까. 클라라와 할머니가 함께 오지 못해서 의사 선생님이 아쉬워하는 것이라 짐작하고 그를 오히려 위로했다.

"오, 금방 봄이 올 거예요." 하이디가 의사 선생님에게 말했다. 그 말은 자신에게 하는 다짐이기도 했다. "여기 산 위에서는 시간이 쏜살같아요. 봄이면 모두가 더 오래 머무를 수도 있고 클라라도 그편을 더 좋아할 거예요. 이제 할아버지를 만나러 가요."

두 사람은 손을 잡고 통나무집을 향해 올라갔다. 하이디는 그의 눈가에 드리운 그늘을 날려버리고 싶은 마음에 곧 있으면 여름이 온다고 몇 번이나 말했다. 스스로도 그 사실을 몇 번이고 되새기는 것 같았다. 집에 다 왔을 즈음 하이디가 할아버지를 향해 소리쳤다. "클라라와 할머니는 못 왔어요! 하지만 곧 올 거예요."

알프스 삼촌에게 의사는 이미 잘 아는 사람이나 다름없었다. 하이디에게 귀가 따갑게 의사에 대한 말을 들었기 때문이다. 노인은 손을 내밀며 따뜻하게 의사를 맞이했다. 세 사람은 집 밖 벤치에 앉았다. 의사는 하이디가 앉도록 옆에 자리를 내주었다. 9월의 햇살을 받으며 자리를 잡고 앉자 의사는 두 사람에게 제제만 씨가 이 여행을 생각하게 된 사정을 들려주었다. 그리고 최근에 여러 일로 마음이 울적했는데 여기에 잘 온 것 같다고 덧붙였다. 그는 귓속말로 슬쩍 하이디에게 놀라운 소식을 전했다. 프랑크푸르트에서 하이디에게 주려고 여기까지 가져온 짐이 있는데, 그 짐을 풀어보면 자신을 만났을 때보다 더 즐겁고 행복해질 것이라고 말이다. 하이디는 그 짐의 내용물이 궁금해 얼른 받아보고 싶었다.

"이 산에서 최대한 오래 아름다운 가을을 보내시기 바랍니다." 알프스 삼촌은 이렇게 말하며 아쉽게도 자신의 통나무 집에는 의사가 묵을 방이 없지만 되르플리에는 작지만 훌륭한 여관이 있다고 말했다. "그러니 라가츠로 가실 필요가 없지요." 노인이 힘주어 말했다. "마을 여관이 비록 작고 단출하기는 해도 정결합니다. 거기 묵으시면 매일 이곳에 오실 수 있죠. 그러면 선생님의 건강에도 아주 좋을 거예요. 원하시면 제가 이 산에서 보고 싶으신 곳이 어디든 안내를 해드리겠습니다."

의사는 알프스 삼촌의 배려가 무척 고맙고 마음에 들었기에 기꺼이 그러겠다고 했다.

그 무렵 해가 머리 위로 올라왔다. 어느새 정오가 된 것이다. 전나무들은 꼼짝 않고 서 있었다. 알프스 삼촌은 집 안으로 들어가서 식탁을 가지고 나와 세 사람이 앉아 있는 벤치 앞에 내려놓았다. "하이디, 음식을 내오고 식탁을 차리자. 의사 선생님이 오셨으니 식사라도 대접해야지. 선생님, 음식은 변변치 않지만 이 식당만큼은 훌륭할 겁니다!"

"그렇고말고요." 의사는 햇살을 받아 반짝이는 골짜기를 내려다보며 말했다. "기꺼운 마음으로 초대를 받아들이겠습니다. 이곳에서는 뭘 먹어도 맛이 좋을 것 같군요."

하이디는 얼른 집으로 들어가 벽장에서 가져올 수 있는 것은 모두 가지고 나왔다. 하이디는 의사 선생님이 기운을 내도록 도울 수 있다는 사실이 무척 뿌듯했다. 노인은 요리를 했다. 잠시 후 김이 모락모락 올라오는 염소젖 한 단지와 황금빛이 나는 구운 치즈를 가지고 왔다. 노인은 여름내 밖에 내놓고 말린 맛있는 고깃덩어리를 얇게 저몄다. 의사 선생님은 두 사람이 차린 음식을 맛있게 먹었다. 그해 먹은 식사 중에서 가장 맛있었다.

"클라라가 여기에 꼭 와야겠어요." 의사가 말했다. "제가 오늘 먹은 음식을 클라라가 먹는다면 몰라보게 건강해질 겁니다. 통통하게 살도 오르고 혈색도 좋아질 거예요."

그때 어떤 남자가 등에 커다란 꾸러미를 매고 올라왔다. 그 남자는 마침내 통나무집에 도착하자 등에 지고 온 꾸러미를 땅에 내린 후 산속의 신선한 공기를 가슴 가득 들이마셨다.

"아, 프랑크푸르트에서 가져온 물건이 이제 도착했군." 의사가 말했다. 그는 꾸러미로 다가가서 포장을 풀기 시작했다. 그리고 이렇게 말했다. "얘야, 이제 네가 직접 풀어볼 수 있겠구나."

하이디는 어찌나 신이 났던지 말도 제대로 하지 못하고 포장을 푸느라 여념이 없었다. 잠시 후 하이디는 내용물을 전부 늘어놓고 놀란 눈으로 물건들을 바라보았다. 의사가 케이크 상자를 열어서 그래니가 커피와 함께 먹을 케이크를 보여주고 나서야 하이디는 말이 나왔다. 하이디는 케이크를 들고 당장 그래니에게 달려가고 싶었다. 하지만 알프스 삼촌은 의사가 산에서 내려갈 때 다 함께 같이 가자고 했다. 그때 담배 주머니가 하이디의 눈에 들어왔다. 노인이 담배를 얼마나 기꺼워하던지! 노인은 선물 받은 담배를 당장 파이프에 채웠다. 두 남자가 벤치에 앉아 담배를 피우며 담소를 나누는 동안 하이디는 사랑이 듬뿍 담긴 선물들을 하나씩 열어보았다. 잠시 후 하이디는 두 사람에게 다가와 잠시 대화에 끼어들 틈을 보다가 말했다. "선생님 말씀이 틀렸어요. 이렇게 훌륭한 선물들을 다 합쳐도 선생님을 만난 것보다 좋지 않아요!" 두 남자는 하이디의 말에 껄껄 웃음을 터트렸다. 의사는 이런 반응은 결코 예상하지 못했다고 말했다.

해가 뉘엿뉘엿 기울자 의사는 마을로 내려가 숙소를 잡아야 한다는 생각에 자리에서 일어났다. 그는 하이디의 손을 잡고 노인은 케이크 상자와 숄, 소시지를 들었다. 그렇게 세 사람은 페터의 집까지 함께 내려갔다. 그곳에서 하이디는 의사에게 작별 인사를 하며 물었다.

"내일 염소들과 함께 산 위의 고원에 가시지 않을래요?"

하이디가 의사 선생님에게 줄 수 있는 최고의 환영 선물이었다.

"그거 좋은 생각이구나." 그가 대답했다. "같이 가자." 두 남자는 되르플리까지 함께 내려갔고 하이디는 곧장 그래니에게 달려갔다. 알프스 삼촌이 가지고 내려온 선물을 문 앞에 내려두고 갔기 때문에 하이디는 선물을 하나씩 안으로 가지고 들어갔다. 제일 먼저 케이크를 옮겼는데 하이디는 상자가 너무 묵직해서 휘청거렸다. 그리고 다음에는 소시지를, 마지막으로 숄을 옮겼다. 하이디는 그 선물들을 그래니 곁으로 가져갔다. 그래야 그래니가 만져보고 무엇인지 알 수 있을 테니 말이다.

"이게 전부 프랑크푸르트에서 왔어요. 클라라와 할머니가 보내줬어요." 하이디가 알렸다. 그러자 그래니와 브리기테는 너무 감동을 받아 말을 잇지 못했다. 사실 브리기테는 하이디가 무겁게 짐을 가지고 들어오는 것만으로 너무 놀라서 짐을 들어줄 생각도 못하고 멍하니 바라보기만 했다.

"그래니, 이 케이크, 정말 맛있을 것 같지 않나요? 얼마나 폭신폭신한지 한번 드셔보세요."

"그래, 하이디. 정말 친절하신 분들이구나." 그래니가 보드랍고 따스한 숄을 쓰다듬으며 말했다. "이 숄은 겨울에 덮으면 정말 따뜻하겠구나. 이렇게 훌륭한 물건은 평생 구경도 못해봤단다."

하이디는 그래니가 케이크보다 회색 숄을 훨씬 더 좋아하는 것 같아 깜짝 놀랐다. 반면 브리기테는 식탁 위에 올려놓은 소시지를 감동받은 표정으로 지켜보고 있었다. 그렇게 거대한 소시지를 난생처음 본 것이다. 게다가 그것이 자신과 그래니와 페터에게 먹으라고 보내줬다는 사실이 도저히 믿기지 않았다. "이걸 어떻게 해야 할지 삼촌에게 여쭤봐야겠어." 브리기테가 믿을 수 없다는 듯 고개를 흔들며 말했다.

"드시면 돼요. 맛있게 드세요." 하이디가 말했다.

그때 페터가 헐레벌떡 들어오며 소리쳤다. "알프스 삼촌이 곧 오실 거예요. 그리고 하이디는……." 거대한 소시지를 본 페터는 그대로 얼어붙었다. 혀까지 얼어붙어 말이 나오지 않았다. 하지만 하이디는 페터가 무슨 말을 할지 듣지 않아도 알 만했기 때문에 그래니에게 작별 인사로 얼른 입을 맞추었다.

요즘 알프스 삼촌은 페터의 집을 지나칠 때마다 항상 들어와 그래니에게 상냥한 인사를 건넸다. 그래서 그래니는 언제나 삼촌이 오지 않는지 발소리에 귀를 기울였다. 그러나 오늘은 너무 늦어지고 말았다. 언제나 일찍 일어나는 하이디가 평소 잠자리에 드는 시간을 훌쩍 넘긴 것이다. 삼촌은 하이디가 잠을 충분히 자도록 늘 신경 썼다. 그래서 그는 열린 문으로 인사만 건넨 후 하이디의 손을 잡고 집으로 출발했다. 두 사람은 별이 총총 빛나는 하늘 아래로 난 길을 따라 평화로운 작은 집으로 올라갔다.

행복한 나날들

이튿날 아침 일찍 의사는 되르플리에서 염소들을 모아 오는 페터와 함께 산에 올랐다. 의사는 아이에게 몇 번이나 말을 걸었지만 대화로 이어지지는 않았다. 페터는 좀처럼 입을 열려고 하지 않았다. 의사는 몇 번이나 궁금한 점을 물었지만 대답을 거의 듣지 못했다. 결국 두 사람은 걷는 내내 침묵을 지켰다. 마침내 통나무집에 도착해 하양이와 밤송이를 우리에서 데리고 나와 기다리고 있는 하이디와 만나고 나서야 페터도 의사도 분위기가 밝아졌다.

"오늘 올라갈 거지?" 평소처럼 페터가 물었다.

"그럼, 올라가야지. 의사 선생님도 가실 거야." 하이디가 대답했다.

페터는 곁눈질로 손님을 보았다. 그때 알프스 삼촌이 나와 의사에게 반갑게 인사를 건넸다. 노인은 잊지 않고 페터의 어깨에 점심 가방을 걸어주었다. 페터가 느끼기에 가방은 평소보다 더 무거웠다. 의사 선생님이 산에 올라가서 점심까지 머무르게 되면 아이들과 점심을 먹고 싶을지도 모른다고 짐작해 노인이 미리 큼직한 크기의 말린 고기를 넣었기 때문이다. 페터는 묵직한 가방 무게에 뭔가 특별한 점심이 들었을 것 같아 입이 찢어져라 웃음을 지었다.

마침내 세 사람은 산을 오르기 시작했다. 하이디는 평소처럼 염소들에게 둘러싸였다. 염소들은 하이디에게 조금이라도 더 가까이 가려고 이리저리 밀어댔다. 하이디는 염소들을 잠시 몰고 가다가 우뚝 멈췄다. "얘들아, 이제 너희들끼리 가." 하이디가 말했다. "되돌아와서 나를 성가시게 하지 말고. 오늘은 의사 선생님과 같이 갈 거니까." 그리고 눈송이를 토닥거리며 착하게 굴라고 말했다.

의사 선생님은 페터와 달리 하이디와는 쉽게 이야기를 할 수 있었다. 하이디는 가는 내내 쉴 새 없이 종알종알 이야기했다. 염소들과 그들의 기묘한 버릇이며 산 위로 올라가면 볼 수 있는 산봉우리들과 야생화들, 새들에 대해서 이야기할 때면 하이디의 이야기보따리는 도무지 바닥이 날 줄 몰랐다. 한편 페터는 가는 동안 몇 번이고 심통이 난 표정으로 의사 선생님을 노려보았다. 하지만 의사 선생님도 하이디도 페터의 기분을 알아차리지 못했다. 이야기에 정신이 팔려 올라가다 보니 고원까지 순식간에 도착한 것 같았다.

하이디는 저 멀리 골짜기가 한눈에 들어오는, 자신이 제일 좋아하는 곳으로 의사 선생님을 안내했다. 눈 아래로는 신록이 푸르렀고 고개를 들면 만년설이 햇빛을 받아 반짝이는 멋진 산들이 보이는 장소였다. 탑처럼 높은 회색 암벽 봉우리들은 눈이 시리도록 푸른 하늘을 향해 웅장하게 솟아 있었다. 발에 밟히는 풀들은 따뜻하고 바삭거렸다. 하이디는 의사 선생님에게 그곳에 앉아 쉬시라고 했다. 두 사람은 염소들이 풀을 뜯으러 이리저리 움직일 때마다 유쾌하게 딸랑딸랑 울리는 종소리를 들었다. 여름내 만발했던 야생화 중에 초롱꽃이 남아 있었는데, 가느다란 꽃대에 열린 꽃송이가 아침의 미풍을 받아 하늘거렸다. 매 한 마리가 소리도 없이 점점 크게 원을 그리며 머리 위로 솟구쳐 날았다. 너무나 아끼고 사랑하는 자연을 하나씩 살피는 하이디의 두 눈에 행복이 차올랐다. 아이는 의사 선생님도 풍경을 즐기고 있는지 궁금해 곁눈질로 보았다. 그는 아이와 눈이 마주치자 행복하게 웃었다. 그런데도 그의 눈가에 드리워진 슬픔은 사라지지 않았다.

"하이디. 이곳은 정말 아름답구나." 그가 말했다. "혹시 이곳에서는 마음속 슬픔을 잊고 기쁨을 느낄 수 있을까?"

"여기서는 아무도 슬프지 않아요." 하이디가 대답했다. "프랑크푸르트에서만 슬프죠."

그의 얼굴에 미소가 슬쩍 나타났다 사라졌다. "하지만 그 슬픔이 프랑크푸르트에 남지 않고 여기까지 따라올 수도 있어. 그때는 어떻게 해야 하지?"

"혼자 힘으로 더 이상 할 수 없다면 하느님에게 말하세요." 하이디가 자신 있게 말했다.

"그것 참 좋은 말이로구나, 얘야." 의사가 대꾸했다. "하지만 이 슬픔을 보내신 분이 바로 하느님이라면 어떻게 할까?"

하이디는 잠시 골똘히 생각했다. 하이디는 하느님이 항상 우리를 도와주신다고 가슴 깊이 믿었다. 그래도 자신의 경험을 되짚어보며 해답을 고민했다. "제 생각에는 일단 기다리셔야 해요." 마침내 하이디가 말문을 열었다. "그리고 하느님이 선생님에게 그 슬픈 일로부터 좋은 것을 준비해두고 있다고 계속 생각하세요. 하지만 인내심을 가지셔야 해요. 아주 슬픈 일이 일어나면 곧장 좋은 일이 생길 거라는 생각을 하지 못해요. 그 슬픔이 결코 끝나지 않을 것만 같거든요."

"네가 언제나 그 믿음을 지켜나가면 좋겠구나, 하이디." 의사 선생님은 이렇게 말한 후 잠자코 눈앞의 풍경을 응시했다. 이윽고 그가 말문을 열었다. "이곳까지 와서도 슬픔이 내 눈 위에 그림자를 드리우는 바람에 아름다운 풍경을 제대로 즐기지 못하고 슬픔이 더 깊어져. 너는 이런 게 이해되니?"

그의 말에 하이디는 일순 진지해졌다. 문득 언제나 베일이

드리워져 있는 그래니의 눈이 떠올랐기 때문이다. 햇살이 아무리 환해도, 산이 아무리 아름다워도 그래니의 눈에는 아무것도 보이지 않았다. "네, 저도 알아요." 하이디가 대답했다. "어쩌면 그래니의 찬송가를 들으면 마음이 편해질지도 몰라요. 그래니는 그 찬송가가 빛을 되찾아준다고 말씀하셨거든요."

"어떤 찬송가를 알고 있니?"

"처음부터 끝까지 기억하는 찬송가는 해에 관한 것 한 편뿐이에요. 그래니가 몹시 좋아하시는 긴 찬송가도 있는데, 그건 일부만 외워요. 제가 항상 그래니에게 세 번씩 읽어드려야 해요."

"그 찬송가들을 내게도 들려줄 수 있겠니?" 의사 선생님이 바위에 등을 기대고 앉아 귀를 기울일 준비를 하며 말했다.

하이디는 양손을 딱 마주치더니 물었다. "그럼 그래니가 새로운 희망을 갖게 되어서 좋다고 입버릇처럼 말씀하시는 찬송가부터 낭송해볼까요?" 그가 고개를 끄덕이자 하이디가 시작했다.

하느님에게 당신의 근심을 털어놓아라.
그분에게 짐을 내려놓아라.
하느님은 당신의 기도를 전부 듣고
마침내 안식을 보내주실지니.

그분의 변함없는 사랑과

확고하고 진실한 지혜는

저 위에서 안식을 가져다주고

당신의 희망을 새롭게 회복시켜주리라.

하이디는 의사가 듣고 있는지 알 수 없어서 잠시 멈췄다.
그는 한 손으로 눈을 가린 채 가만히 앉아 있었다. 하이디는 그
가 잠이 들었을지도 모른다는 생각이 얼핏 들었다. 잠시 후 잠
에서 깨어나서 더 듣고 싶으면 다시 부탁할 것이라고 생각했
다. 그렇지만 의사는 잠이 든 게 아니라 생각에 잠겼을 뿐이었
다. 하이디의 암송을 듣다 보니 의사는 어린 시절로 되돌아간
것 같았다. 그 시절 어린 소년이었던 그는 의자에 앉은 어머니
곁에 서서 똑같은 찬송가를 들은 기억이 났다. 어린 아들을 바
라보는 어머니의 자애로운 눈빛이 눈앞에 선했다. 너무나 고왔
던 어머니의 음성이 귓전에서 다시 들리는 것 같았다. 의사는
행복한 추억 속에 한참 빠져 있었다. 마침내 고개를 들자 하이
디가 커다란 두 눈으로 그를 진지하게 바라보고 있었다. 그는
아이의 손을 토닥이며 쾌활하게 말했다.

"정말 아름답구나, 하이디. 우리 여기 다시 오자꾸나. 그러
면 내게 좀 더 들려주려무나."

한편 페터는 요즘 벌어지는 일이 하나부터 열까지 마음에

들지 않았다. 오늘은 몇 주 만에 처음으로 하이디와 함께 산에 올라온 날이었다. 그런데 하이디는 아까부터 내내 손님하고만 붙어다니고 함께 앉아 있을 뿐 페터에게는 눈길도 주지 않았다. 페터는 괜히 잔디를 발로 차고 눈을 흘겼지만 두 사람은 페터를 봐주지도 않았다. 심지어 손님 뒤로 바짝 다가가 주먹을 마구 흔들기까지 했다. 그런데도 두 사람은 페터의 기척도 알아차리지 못했다. 해가 점점 하늘 꼭대기로 올라가 점심시간이 되자 페터는 두 사람에게 소리를 질렀다. "점심시간이에요!"

하이디는 의사 선생님에게 점심을 가져다주려고 자리에서 벌떡 일어났다. 하지만 그는 배가 고프지 않으니 염소젖만 조금 먹겠다고 했다. 그걸 다 마시면 산을 좀 더 올라가겠다고 했다. 그 말을 듣자 하이디도 허기가 느껴지지 않았다. 그래서 자신도 염소젖만 먹기로 했다. 하이디는 뾰족이가 골짜기로 추락할 뻔했던 절벽과 염소들이 좋아하는 맛있는 풀들이 잔뜩 자라는 곳을 의사에게 보여주고 싶었다. 그래서 페터에게 의사 선생님과 자신이 먹을 염소젖을 하양이에게 짜서 가져다달라고 했다.

"그것만? 가방에 든 점심은 어떻게 하고?" 페터가 깜짝 놀라 물었다.

"염소젖만 짜주고 남은 점심은 네가 다 먹어."

페터는 부탁받은 일을 얼른 해치우는 아이가 아니었다. 그

런데 아침부터 가방이 왜 무거운지 몹시 궁금하던 차였다. 그
래서 하이디에게 염소젖을 갖다주자마자 얼른 가방을 열어 안
을 보았다. 말린 고깃덩어리를 본 순간 페터는 자신의 눈을 믿
을 수가 없었다. 고기를 덥석 움켜쥐었는데, 방금 전 의사를 향
해 성을 내며 주먹을 흔들었던 사실이 떠올랐다. 원래 이 고기
는 의사 선생님에게 대접하려고 삼촌이 넣어준 것 아닌가. 페
터는 자신의 행동이 후회스러워 선뜻 고기에 손을 댈 수가 없
었다. 페터는 잠시 후 벌떡 일어나서 의사를 향해 주먹을 허공
에 날린 곳으로 가 손을 활짝 펼친 채 양팔을 뻗었다. 더 이상
누구와도 싸우고 싶지 않다는 뜻이었다. 그렇게 한참을 서 있
었다. 마침내 충분히 사과를 했다는 생각이 들자 페터는 자신
을 기다리고 있는 만찬 장소로 돌아와 홀가분한 마음으로 점심
을 먹기 시작했다.

　　하이디와 의사는 계속 이야기를 하며 산을 올라갔다. 잠시
후 그는 이제 돌아가야겠다며 하이디는 염소들과 더 있고 싶을
테니 따라오지 않아도 된다고 했다. 하이디는 그 말을 듣지 않
고 통나무집까지, 아니면 좀 더 아래까지 바래다주겠다고 고집
을 부렸다. 나란히 손을 잡고 함께 산을 내려가는 길에 하이디
는 의사 선생님에게 염소들이 풀 뜯기를 가장 좋아하는 곳을
일일이 보여주고 여름에 가장 예쁜 꽃들이 자라는 곳도 알려주
었다. 하이디는 수많은 꽃의 이름을 척척 가르쳐주었는데, 그

게 다 할아버지에게 배운 덕분이었다. 마침내 의사는 하이디에게 그만 돌아가 보라고 했다. 그곳에서 두 사람은 작별 인사를 나누고는 의사는 홀로 마을로 향했다. 그는 간간이 뒤를 돌아보았다. 그를 지켜보며 손을 흔들어주는 하이디가 보였다. 그가 외출을 할 때면 항상 손을 흔들어주던 사랑했던 딸을 보는 것 같았다.

그달 내내 날씨는 화창하고 따스했다. 의사는 매일 아침 하이디의 통나무집으로 올라왔다. 그곳에서 긴 산책을 했는데 알프스 삼촌을 길동무 삼아 갈 때도 잦았다. 두 사람은 웅장한 전나무들이 폭풍에 피해를 본 곳까지 올라갔다. 가끔은 더 높이 매가 둥지를 튼 곳까지 올라가기도 했다. 그러다 침입해오는 낯선 존재들을 물리치려는 듯 매가 하늘로 솟구치는 모습을 보기도 했다. 의사는 알프스 삼촌과 함께 보내는 시간이 몹시 즐거웠다. 게다가 산에서 자라는 식물들과 그 쓰임새에 대해 노인이 보여주는 해박한 지식에 매번 놀라움을 느꼈다. 알프스 삼촌이 보여준 작은 돌 틈마다 작은 식물들이 자라 꽃을 피우고 있었다. 이렇게 높은 곳인데도 말이다. 노인은 야생 고산지대에 대한 지식이 풍부했다. 그래서 의사에게 동굴이나 땅속구멍, 심지어 나뭇가지를 보금자리 삼아 사는 짐승들에 대해 흥미진진한 이야기를 잔뜩 들려주었다. 한번은 이런 탐험 같은 산책을 끝내고 마을로 돌아가는 길에 의사가 말했다. "삼촌, 덕분에 함께 산에 오를 때마다 매번 새로운 것을 배웁니다."

유난히 날씨가 화창했던 날, 몇 번이나 의사는 하이디와 함께 고원에 올랐다. 두 사람은 늘 같은 자리에 앉았는데, 그때마다 하이디는 즐겁게 수다를 떨거나 외워둔 찬송가를 암송하곤 했다. 페터는 한 번도 그 두 사람과 어울리지 않았다. 하지만 하이디를 빼앗겼다는 생각은 꽤 옅어져서 더 이상 의사에게 앙심을 품지 않았다.

9월의 마지막 날이 찾아오면서 휴가도 끝이 났다. 프랑크푸르트로 떠나기 전날, 의사는 몹시 울적한 표정으로 하이디의 집을 찾아왔다. 그는 떠나야 한다는 사실이 너무 아쉬웠다. 어느새 이 산이 집처럼 느껴졌기 때문이다. 알프스 삼촌도 그가 가고 나면 몹시 그리울 것 같았다. 하이디는 매일 의사를 만나는 일상에 너무 익숙해져서 그렇게 즐거웠던 시간이 거의 다 끝났다는 사실이 믿기지 않았다. 의사와 알프스 삼촌은 그곳에서 작별 인사를 나누었다. 마침내 의사가 집을 나서자 하이디는 그와 함께 산을 같이 내려갔다. 하이디가 너무 멀리까지 내려왔다는 생각이 들자 의사는 발걸음을 멈추고 아이의 머리를 다정하게 쓰다듬어주었다.

"나는 이제 가야겠구나, 하이디." 그가 말했다. "너와 함께 프랑크푸르트로 돌아갈 수 있다면 얼마나 좋을까."

하이디의 마음의 눈앞에 높은 집들이 수없이 서 있고 자갈

깔린 도로가 뻗어 있는 도시가 펼쳐졌다. 자연스레 미스 로텐마이어와 티네테도 떠올랐다. "의사 선생님이 우리에게 다시 오시면 더 좋을 것 같아요." 하이디가 망설이듯 말했다.

"그래, 네 말이 맞구나." 그가 맞장구를 쳤다. "아주 좋은 생각이야. 잘 있어, 하이디."

하이디가 의사 선생님에게 손을 내밀자 그의 다정한 눈가에 눈물이 고이는 것 같았다. 다음 순간 그가 얼른 몸을 돌려 산길을 잰걸음으로 내려갔다. 하이디는 가만히 서서 멀어지는 그의 뒷모습을 지켜보았다. 갑자기 마음이 아파 견딜 수가 없었다. 하이디는 다급하게 그를 따라가며 소리쳤다. "선생님, 의사 선생님." 그는 하이디의 목소리가 들리자 뒤를 돌아보았다. 하이디는 의사에게 다가가 울먹이며 말했다.

"의사 선생님과 같이 프랑크푸르트로 갈게요. 있으라고 하시는 만큼 있을게요. 하지만 그전에 먼저 할아버지에게 말씀을 드려야 해요."

의사는 아이 어깨에 손을 올리고 달래주었다. "아니야, 괜찮아." 그가 말했다. "너는 당분간 전나무들 사이에서 지내야 해. 안 그러면 다시 병이 날지도 모른단다. 대신 이렇게 하자꾸나. 내가 혹시 아프고 외로우면 네가 와서 나를 보살펴주려무나. 내가 아프고 외로울 때 보살펴줄 정도로 나를 사랑하는 사람이 있다고 생각하고 싶거든."

"물론이죠. 부르시면 언제든지 달려갈 거예요." 하이디가 진심을 담아 약속했다. "저는 의사 선생님을 할아버지만큼 사랑해요."

그는 하이디에게 고마운 마음을 전한 후 다시 길을 재촉했다. 하이디는 그곳에서 의사 선생님이 멀어져 작은 점처럼 보일 때까지 손을 흔들었다. 의사는 하이디에게 손을 흔들어주려고 마지막으로 돌아서면서 이렇게 생각했다. "이곳은 아픈 몸만 아니라 아픈 마음까지 달랠 수 있는 훌륭한 곳이군. 다시 한번 힘내서 살아보는 것도 좋을 것 같아."

되르플리 마을에서 보내는 겨울

그해 겨울 산에는 눈이 어찌나 많이 내렸는지, 페터의 집은 창틀까지 눈에 폭 파묻혔다. 매일 밤 새로 눈이 내렸다. 아침이면 페터는 거실 창문으로 빠져나가야 했다. 밤에 눈의 표면이 단단하게 얼 정도로 서리가 내리지 않으면, 폭신한 눈에 발이 푹푹 빠져들었다. 그러면 페터는 발과 손은 물론 가끔은 머리까지 사용해 눈을 헤치고 나갔다. 아침마다 엄마가 페터에게 커다란 빗자루를 쥐어주었다. 그러면 페터는 빗자루로 문까지 눈을 쓸어 길을 냈다. 이 작업은 요령이 필요했다. 문 앞에 쌓인 눈을 옆으로 잘 치워두어야 하는데, 안 그러면 문을 열 때 보드라운 눈덩이가 집 안으로 쏟아져 들어왔다. 또 다른 위험도 있었다. 심한 서리로 부드러운 눈이 단단한 벽처럼 얼어붙으면 문을 막아버렸다. 그럴 때면 몸이 작고 유연한 페터만이 창문으로 간신히 빠져나갈 수 있었다.

하지만 밤에 눈이 얼어붙으면 페터는 신나는 시간을 보냈다. 엄마가 그의 작은 썰매를 내주었기 때문이다. 아이는 썰매를 타고 되르플리 마을이든 어디든 가야 할 곳까지 씽씽 미끄러져 갔다. 산비탈은 눈이 얼어붙어서 폭이 넓고 하나로 쭉 이어진 천연 썰매장이 되었다.

평소와 같은 겨울이었다면 알프스 삼촌도 집 주변의 눈을 신경 써서 치워야 했을 것이다. 하지만 노인은 약속을 잊지 않고 지켰다. 그는 첫눈이 오자마자 하이디와 염소들을 데리고 겨울을 보내러 마을로 내려갔다.

되르플리 마을의 교회와 목사관 근처에는 금방이라도 무너질 듯한 폐가나 다름없는 큰 집이 한 채 있었다. 그 집은 원래 어떤 군인의 집이었다. 그는 스페인에서 용감하게 싸웠고 상당한 재산을 일구었다. 후에 그는 되르플리 마을로 돌아왔다. 그리고 이 마을에 정착해 여생을 보내기로 마음먹고 집을 지었다. 하지만 어느새 군인은 조용하고 단조로운 시골 생활에 흥미를 잃고 그곳을 떠나 다시는 돌아오지 않았다. 집은 텅 빈 채 아무도 돌보지 않았다. 오랜 세월이 흘러 군인이 죽자 골짜기에 사는 먼 친척이 물려받았다. 하지만 그 무렵에는 집이 너무 허물어져서 새 주인은 굳이 돈을 들여 수리를 하려 하지 않았다. 그는 가난한 사람들에게 집세를 아주 조금 받고 빌려주었지만 집수리는 꿈도 꾸지 않았다. 그렇게 몇 년이 흐른 후 알프스 삼촌이 아들을 데리고 되르플리 마을로 돌아왔다. 부자는 한동안 그 집에 머물렀다. 집은 지붕과 벽에 수많은 구멍과 금을 훈장처럼 단 채 다시 빈집이 되었다. 추위가 엄혹한 그곳에서는 기나긴 겨울이 되면 얼음장 같은 차가운 바람이 그 집을 휘감고 지나갔다. 알프스 삼촌은 되르플리 마을에서 겨울을 보내기로 마음을 정한 후 그 집을 다시 빌렸다. 노인은 연장만 있으면 뭐든 만들고 고칠 수 있었기 때문에 폐가를 사람이 살 만한 곳으로 수리할 자신이 있었다. 그래서 가을 동안 틈만 나면 그곳으로 가서 집을 고쳤다. 덕분에 10월 중순이 되자 그와 하이디는 그 집으로 들어갈 수 있었다.

집의 뒤편에는 높은 아치 천장 건물이 붙어 있었다. 지금은 쇠락해 폐허가 되었지만 원래 예배당으로 사용되던 곳이었다. 한쪽 벽과 다른 쪽 벽 대부분이 무너져 내렸고 유리가 다 빠지고 없는 창문에는 담쟁이덩굴이 무성하게 자라고 있었다. 지붕은 언제라도 무너질 것처럼 아슬아슬하게 걸려 있었다. 예배당에서 바로 옆방으로 들어가는 문은 사라지고 없었다. 그 방도 폐허가 되어 있었다. 바닥을 포장한 판석 틈새로 풀이 무성하게 자랐고 벽돌은 바스러졌으며 천장은 일부가 내려앉았다. 그나마 나머지 부분들은 튼튼한 기둥들이 받치고 있는 덕분에 버티고 있었다. 알프스 삼촌은 이곳에 나무판자를 대고 바닥에 짚을 깔아서 염소들이 겨울을 날 우리로 만들었다. 이

방을 나가면 반쯤 폐허가 된 통로가 나왔다. 바깥벽에 난 금들이 어찌나 넓은지 하늘과 들판이 다 보일 정도였다. 하지만 통로 끝 튼튼한 떡갈나무 문에는 경첩이 잘 달려 있었다. 문을 열면 비교적 상태가 좋은 작은 방이 나왔다. 벽은 널빤지가 대어져 있었고 한쪽 구석에는 하얀 타일을 바른 커다란 난로가 천장까지 닿을 정도로 우뚝 서 있었다. 난로는 푸른색으로 칠해져 있고 그림들로 꾸며져 있었다. 하나는 낡은 성을 둘러싼 숲 속에서 사냥개들과 함께 있는 사냥꾼 그림이었고 다른 하나는 떡갈나무 아래로 잔잔하게 펼쳐진 호수에 낚싯대를 담근 낚시꾼 그림이었다. 편리하게도 난로 둘레에는 좌석이 만들어져 있었다. 하이디는 할아버지와 함께 그 방에 들어가자마자 곧장 좌석에 앉아 그림들을 살펴보았다. 그리고 난로에 붙은 좌석을 따라가 보니 난로의 뒤쪽이 나왔다. 그곳까지 가니 난로와 벽 사이에 공간이 나왔다. 원래는 사과를 저장하려고 만든 곳 같았지만 지금은 하이디의 침대가 놓여 있었다. 침대는 다락에서 가져온 건초 매트리스에 그곳에서 쓰던 시트가 깔려 있고 두툼한 이불로 덮여 있었다. 한마디로 산에서 쓰던 바로 그 침대였다. 하이디는 침대를 보자마자 기뻐 어쩔 줄을 몰랐다.

"오, 할아버지." 하이디는 기쁨에 겨워 소리쳤다. "여기가 제 방이에요! 정말 예뻐요. 할아버지는 어디서 주무실 거예요?"

"너는 난로 옆에서 자렴. 그래야 춥지 않으니까." 노인이 말했다. "자, 이제 할아버지 방을 보러 가자꾸나." 하이디는 노인을 따라 더 작은 방으로 들어갔다. 그곳에는 노인의 잠자리가 마련되어 있었다. 침대 옆에 두 번째 문이 있었다. 하이디가 문을 열어보니 부엌이었다. 하이디가 지금껏 본 부엌 가운데 가장 컸다. 아직도 손볼 곳은 많았지만 노인이 벽에 판자를 덧대 수리를 해놓아서 벽이 수많은 작은 벽장으로 만들어진 것 같았다. 노인은 오래된 육중한 바깥문도 나사로 튼튼히 고쳐 손을 보아 제대로 닫을 수 있게 만들었다. 그곳을 나가면 딱정벌레며 거미들이 몸을 숨긴 키 큰 잡초들이 무성한 폐허가 나왔지만, 튼튼한 문 덕분에 집 안은 안전했다.

하이디는 새집이 너무 마음에 들었다. 그래서 집 안 구석구석 탐험하듯 돌아다녔다. 이튿날 페터가 놀러오자 새집을 여기저기 구경시켜주었다. 집 안 곳곳에 숨어 있는 깜짝 선물 같은 재미있는 곳들을 다 보여줄 때까지 하이디는 친구를 놓아주지 않았다. 하이디는 아늑한 구석 침대에서 편히 잘 잤다. 처음에는 아침에 눈을 뜨면 그곳이 여전히 산속 통나무집의 다락이라고 생각했다. 밤새 눈이 얼마나 왔기에 전나무들이 이렇게 조용한지 보러 얼른 일어나야겠다고 생각했다. 그러나 다음 순간 그곳이 다락이 아니라는 사실이 퍼뜩 떠오르면서 숨이 막힐 것만 같았다. 다행히도 옆방에서 염소들에게 말을 거는 할아버지의 목소리와 얼른 일어나라는 듯 매애 하고 우는 염소 소리를 듣자마자 그런 느낌은 연기처럼 사라졌다. 그곳이 어디든 여전히 집이라는 사실을 깨닫고는 침대에서 훌쩍 뛰어내려 후다닥 염소들에게 달려갔다.

그곳에서 지낸 지 나흘째 되던 날 하이디가 말했다. "오늘은 꼭 그래니를 보러 가고 싶어요. 저를 기다리실 거예요."

하지만 노인은 허락하지 않았다. "오늘도 안 되고 내일도 안 되겠구나." 그가 말했다. "산 위는 눈이 높이 쌓였단다. 게다가 눈이 계속 내리고 있어. 페터 정도 되어야 간신히 눈을 헤치고 다닐 수 있을 거야. 너처럼 조그만 아이는 산으로 올라가자마자 눈에 파묻혀서 아무도 찾지 못할 거야. 눈이 단단히 얼 때까지 기다려라. 그때는 쉽게 걸어갈 수 있으니까."

하이디는 기다려야 한다니 속이 상했다. 그래도 새 집에서 할 일이 많아 하루하루가 얼마나 빨리 지나가는지 알아차릴 겨를도 없었다. 우선 하이디는 학교를 다니기 시작했다. 물론 하이디는 열심히 공부했다. 한편 페터는 학교에 거의 나오지 않았다. 다행히도 선생님은 마음씨가 좋은 분이어서 이렇게 말할 뿐이었다. "그래, 페터가 오늘도 수업에 빠졌구나. 학교 공부가 그 아이에게 도움이 될 텐데. 하지만 눈이 너무 깊이 쌓여서 여기까지 내려올 수 없었을 거야." 하지만 페터는 그날 저녁에 간단하게 산에서 내려와 하이디를 찾아왔다.

며칠째 눈이 내리더니 마침내 해가 모습을 드러내 하얀 지면을 환히 비추었다. 하지만 빛나는 해님은 여름의 싱그러운 풀과 꽃들은 좋아하지만 겨울 풍경은 그만큼 좋아하지 않는다는 듯 어느새 산 너머로 자취를 감추었다. 어둠이 찾아오자 달빛이 차가운 눈을 비추고 서리가 내려앉았다. 그래서 다음 날 아침 싸늘한 공기는 상쾌해지고 산 전체는 수정처럼 빛났다. 이런 사실을 꿈에도 몰랐던 페터는 평소처럼 보드라운 눈 속으로 푹 빠져들 줄 알고 창문에서 훌쩍 뛰어내렸다가 얼어붙은 눈 위를 사람이 타지 않은 썰매처럼 뱅글뱅글 미끄러졌다. 하지만 페터는 요령껏 일어서서 사방에 눈이 얼마나 단단히 굳었는지 보려고 집 주위를 쿵쿵 걸어다녔다. 여기저기 얼음이 미세하게 금이 가고 작은 얼음 조각이 튈 뿐이라 페터는 잔뜩 신이 났다. 산비탈이 꽝꽝 얼었을 테니 하이디가 집에 놀러올 수 있었다. 페터는 집으로 들어가 염소젖을 꿀꺽꿀꺽 마신 후 빵한 조각을 주머니에 넣고 엄마에게 말했다. "저 학교에 가요."

"착하구나." 엄마가 말했다. "열심히 해."

문은 당연히 꽝꽝 얼어서 열리지 않았다. 페터는 다시 창문을 통해 집을 나갔다. 그리고 자신의 작은 썰매를 끌고 나왔다. 페터가 탄 썰매가 번개처럼 산을 내려가기 시작했다. 썰매는 페터가 멈추지 못할 정도로 가속이 붙더니 순식간에 되르플리 마을을 통과하고 마이엔펠트를 지나 골짜기를 다 내려간 후에야 비로소 멈춰 섰다. 페터는 어디까지 미끄러져 내려왔는지 주위를 살펴보았다. 그러더니 속 편하게 어차피 지금 학교를 가도 지각이라고 생각했다. 마을까지 다시 올라가려면 한 시간은 족히 걸릴 터였다. 게다가 수업은 벌써 시작했다. 페터는 서둘러봐야 소용없다며 느긋하게 되돌아가기 시작했다. 되르플리에 도착하니 하이디와 알프스 삼촌이 점심을 먹고 있었다. 페터는 신나는 소식을 한시바삐 전하고 싶어 입이 근질거렸다. 그래서 불쑥 이렇게 말했다. "드디어 내렸어요."

"잔뜩 신이 난 것 같구나, 대장! 그게 무슨 뜻이냐?" 노인이 물었다.

"서리 말이에요." 페터가 대답했다.

"오, 그럼 그래니를 뵈러 갈 수 있겠네." 암호 같은 대화를 완전히 이해한 하이디가 기쁨에 차 소리쳤다. "학교는 왜 결석한 거야, 페터? 썰매로 쉽게 내려올 수 있었을 텐데." 하이디는 정당한 이유 없는 결석이 좋아 보이지 않았다.

"썰매가 너무 멀리까지 내려갔어. 가봐야 어차피 지각이었거든." 페터가 대답했다.

"그건 탈영이다." 알프스 삼촌이 말했다. "탈영은 벌을 받아야 해."

페터가 약간 겁을 먹은 표정으로 모자를 마구 비틀었다. 페터는 알프스 삼촌을 무척 존경했기 때문이다.

"너 같은 대장이 저지른 탈영은 더욱 나빠." 노인은 꾸지

람을 멈추지 않았다. "염소들이 자꾸 도망치려고 하고 네 말을 듣지 않으면 너는 염소들을 어떻게 할 테냐?"

"염소를 때리겠죠."

"그렇다면 말 안 듣는 염소처럼 구는 사내아이가 그 때문에 맞고 있다면 너는 뭐라고 할 거냐?"

"받을 벌을 받는 거라고요."

"이제 내 말 잘 들어, 대장. 학교에 있어야 할 시간에 썰매를 타고 돌아다니고 있으면 나중에 내게 벌을 받게 될 거야."

페터는 노인의 마지막 말이 무슨 뜻인지 이제야 깨달았다. 혹시 방에 버르장머리 없는 아이를 위해 마련한 막대기가 있는지 호기심 어린 눈빛으로 주위를 둘러보았다. 하지만 곧장 알프스 삼촌은 다정한 목소리로 말했다.

"자, 이제 여기 와서 뭘 좀 먹어라. 다 먹으면 하이디를 데리고 집으로 가. 저녁에 하이디를 데리고 오면 함께 저녁을 먹자꾸나."

페터는 갑자기 분위기가 훈훈해지자 빙그레 웃으며 식탁에 냉큼 앉았다. 하이디는 오랜만에 그래니를 만난다는 생각에 흥분한 나머지 음식을 먹는 둥 마는 둥 했다. 남은 감자와 치즈는 모두 페터에게 주었다. 페터는 음식을 산처럼 담은 접시를 삼촌에게 받았는데, 하이디 몫까지 받아 정신없이 먹었다. 하이디는 벽장으로 가서 클라라가 보내준 코트를 꺼내 입었다.

코트에 달린 모자를 쓰고 외출할 준비를 마친 후 페터 옆에 가섰다. 그리고 그가 접시를 비우기를 이제나저제나 기다렸다. 마침내 페터가 마지막 한 숟가락을 입에 넣자 얼른 가자며 재촉했다. 마침내 두 아이는 산으로 출발했다. 가는 내내 하이디는 페터에게 새로운 우리에서 보낸 첫날 하양이와 밤송이가 먹이도 거부한 채 울지도 않고 고개를 푹 숙이고 있었는데 그 모습이 처량했다고 재잘재잘 이야기를 들려주었다.

"할아버지가 그러시는데, 내가 프랑크푸르트에 있을 때 느꼈던 기분을 그 두 녀석도 느끼고 있는 거래. 왜냐하면 염소들은 산을 한 번도 떠난 적이 없잖아. 그게 어떤 느낌인지 페터 너는 절대 모를 거야."

페터는 하이디 이야기를 귓등으로 들었다. 무슨 생각을 깊이 하는지 대꾸도 하지 않았다. 마침내 집에 도착하자 페터는 침울한 표정으로 말했다. "삼촌에게 맞을 짓을 하느니 학교에 가야겠어." 하이디는 그 말이 옳다고 생각했다. 그래서 잘 생각했다고 격려해주었다.

집으로 들어가니 브리기테 혼자 바느질을 하고 있었다. "그래니는 누워 계셔." 그녀가 아이들에게 말했다. "지금 몸이 많이 안 좋으셔. 추위를 심하게 타시는구나."

하이디는 이런 그래니를 처음 보았다. 하이디가 올 때마다 그래니는 항상 구석에 있는 의자에 앉아 있었다. 하이디는 얼른 옆방으로 달려갔다. 그래니가 좁은 침대에 얇은 담요 한 장을 덮고 누워 있었다. 몸에는 따스한 회색 숄을 두르고 있었다.

"하느님, 감사합니다." 하이디의 발걸음 소리가 들리자 그래니가 말했다. 그래니는 가을 동안 하이디가 찾아와주지 않을 때면 남몰래 속으로 끙끙 앓았다. 페터가 프랑크푸르트에서 온 손님에 대해 이야기를 해주었기 때문이다. 손자는 그 손님이 하이디를 독점하다시피 한다고 했다. 그래니는 손님이 하이디를 다시 데려가기 위해 왔다고 내심 확신하고 있었다. 그가 결국 하이디 없이 돌아간 후에도 그래니는 프랑크푸르트에서 다른 사람이 찾아와 하이디를 데려갈지 모른다는 불안을 지울 수 없었다.

"많이 편찮으세요, 그래니?" 하이디가 옆으로 다가와서 물었다.

"아니야, 아니란다." 그래니는 아이를 다정하게 쓰다듬으며 대답했다. "늙은 뼈에 한기가 스며들어서 그런 거야."

"다시 날이 따뜻해지면 건강해지실까요?" 하이디가 걱정스럽게 물었다.

"오, 그전에 벌써 내 물레로 돌아가 있을 거야. 별일이 없다면." 그래니가 다짐하듯 말했다. "오늘은 정말 일어나려고 했어. 내일이면 다시 괜찮아질 거야. 분명 그럴 거야."

하이디는 그제야 마음이 놓인 것 같았다. 아이의 총명한 눈은 이상한 부분을 놓치지 않았다. 그리고 그래니에게 물었다. "프랑크푸르트에서는 산책을 나갈 때 숄을 둘러요. 혹시 숄을 침대에서 쓰는 거라고 생각하셨어요, 그래니?"

"따뜻하라고 두른 거야." 그래니가 대답했다. "내 담요가 많이 얇잖니. 그래서 이 선물이 특히 더 고맙단다."

"침대 머리 부분이 올라가지 않고 꺼져 있어요." 하이디가 말했다. "이러면 안 될 텐데."

"나도 안단다, 얘야." 그래니가 말했다. "그래서 몹시 불편해." 그리고 베개의 폭신한 부분에 머리를 누이려고 몸을 뒤척였지만, 베개는 나무토막이나 다름없었다. "이 베개는 처음부터 폭신하지 않아. 오랜 세월 이 늙은 머리를 뉘었더니 낡고 눌려서 더 납작해졌구나."

"클라라에게 부탁해서 프랑크푸르트에서 제가 쓰던 침대를 가져오면 좋을 텐데. 그 침대에는 두툼한 베개가 세 개 있어서 차곡차곡 쌓아뒀어요. 덕분에 베개에서 자꾸 미끄러졌어요. 하지만 아침이 되기 전에 얼른 베개를 다시 베었어요. 그게 제대로 자는 방법이니까요. 그래니도 그렇게 주무실 수 있어요?"

"그럼. 그렇게 자면 몹시 편하겠구나. 베개로 몸을 받치니 숨 쉬기도 한결 편할 거야." 그래니가 머리를 조금이라도 들려고 애쓰며 한숨을 쉬었다. "하지만 그 이야기는 그만하도록 하자. 지금도 감사할 일이 많으니까. 다른 병든 노인들에 비하면 나야 가진 게 이렇게 많지 않니. 매일같이 맛있는 롤빵을 먹지. 몸에 두를 따뜻한 숄도 있지. 게다가 오늘은 네가 찾아왔잖아. 오늘도 내게 찬송가를 읽어주겠니?"

하이디는 얼른 낡은 책을 가져와 찬송가를 몇 곡 읽었다. 모두 잘 아는 노래들이었지만 오랜만에 읽으니 처음처럼 신선했다. 그래니는 양손을 맞잡은 채 가만히 누웠다. 이윽고 야위고 주름진 얼굴에 행복한 미소가 번졌다. 하이디가 불쑥 낭송을 멈추고는 이렇게 물었다. "이제 좀 나아지셨어요. 그래니?"

"그래, 덕분에 훨씬 좋아졌구나. 계속 읽어주렴."

하이디는 계속 낭송을 했다. 찬송가 마지막 절에 다다르자 그래니가 그 부분을 몇 번이고 반복해서 읊었다.

내 심장은 슬프고, 내 눈은 침침해지네.
하지만 내 믿음은 그분의 것.
때가 되어 모든 슬픔이 지나가면
마침내 나는 안전한 집에 다다르리.

노래가 그래니의 마음을 부드럽게 어루만져주었다. 하이디도 이 부분이 마음에 들었다. 이 찬송가를 읽을 때마다 산으로 돌아왔던 화창한 날이 떠올랐기 때문이다. "집으로 돌아오면 얼마나 행복한지 저는 잘 알아요." 하이디가 들떠 말했다.

하이디가 집으로 돌아가려고 일어섰다. 어느새 밖이 어둑
어둑했기 때문이다. "그래니가 괜찮아지셨다니 정말 기뻐요."
그래니가 손을 꼭 쥐어주자 하이디가 말했다.

"그래, 나도 한결 기분이 좋구나. 이렇게 누워서 지내야만
한다고 해도 이제 걱정하지 않을 거야. 말 걸어주는 사람도, 말
을 걸 사람도 없는 컴컴한 곳에서 하염없이 며칠씩 지내는 게
어떤 일인지 너는 절대 모를 거야. 가끔 다시는 햇빛을 볼 수
없다는 사실이 떠오르면 전부 다 포기해버리고 싶어져. 하지만
네가 와서 아름다운 찬송가를 들려주면 내 심장이 다시 기운을
차린단다. 그러면 안심이 돼."

하이디는 작별 인사를 건넨 후 페터와 함께 집을 나섰다.
달빛이 눈을 밝혀 대낮처럼 환했다. 페터는 하이디를 뒤에 태
운 후 썰매에 올랐다. 두 아이는 한 쌍의 새처럼 산비탈을 미끄
러져 내려갔다.

그날 밤 하이디는 난로 뒤 포근한 침대에 누워 그래니의
납작하고 낡은 베개를 떠올렸다. 찬송가들이 그래니의 마음에
얼마나 큰 평화를 가져다주는지 곰곰이 생각해보았다. 매일 그
래니를 찾아가 찬송가를 들려주면 더 빨리 기운을 찾으실 것
같았다. 하지만 다시 산에 오르려면 일주일은 기다려야 했다.
운이 나쁘면 그보다 더 걸릴지도 몰랐다. 어떻게 하면 좋을지
고민을 하다 보니 문득 한 가지 계획이 떠올랐다. 자신의 생각

이 너무나 마음에 들어 어서 빨리 아침이 되어 실행에 옮기고 싶어서 몸이 근질근질했다. 어찌나 골똘하게 생각을 했는지 하마터면 기도도 잊을 뻔했다. 요즘 하이디는 자기 전에 반드시 기도를 했다. 아이는 똑바로 앉아서 자신은 물론 그래니와 할아버지를 위해서 기도했다. 기도를 끝낸 후에야 하이디는 폭신한 건초 침대에 누웠고 아침까지 한 번도 깨지 않고 푹 잤다.

페터가 모두를 놀라게 하다

이튿날 페터는 학교에 갔다. 그뿐 아니라 점심이 든 작은 책가
방을 들고 시간에 딱 맞춰 도착했다. 되르플리 마을에 사는 아
이들은 정오가 되면 점심을 먹으러 집으로 돌아갔다. 마을에서
멀리 떨어진 곳에 사는 아이들은 책상에 앉아 다리를 의자에
걸치고 무릎 위에 점심을 올려놓고 먹었다. 점심을 다 먹으면
쉬는 시간이었다. 그리고 1시에 다시 수업이 시작되었다.

　　페터는 수업이 끝나면 항상 하이디를 만나러 알프스 삼촌
집으로 갔다. 그날 하이디는 목이 빠져라 페터를 기다리고 있
었다. 마침내 페터가 집으로 오자 곧장 달려나갔다.

　　"내게 계획이 있어." 하이디는 흥분을 감추지 못하고 소리
쳤다.

　　"무슨 계획?" 페터가 되물었다.

　　"네가 읽기를 익히는 거야."

"벌써 배웠어." 페터가 대답했다.

"내 말은 제대로 배우라는 거야. 뭐든 읽을 수 있도록." 하이디가 끈질기게 말했다.

"그게 될 리가 없잖아." 페터가 대뜸 대답했다.

"그런 말은 더 이상 안 믿어." 하이디가 단호하게 말했다. "다른 사람들도 안 믿어줄 거야. 클라라의 할머니가 네 말은 틀렸다고 하셨어. 그리고 그 말씀이 옳았고."

페터는 이 이야기에 갑자기 프랑크푸르트의 노부인이 등장하자 깜짝 놀라 말문이 막혔다.

"내가 가르쳐줄게." 하이디가 계속 말했다. "방법은 내가 알아. 그러면 네가 그래니에게 매일 찬송가를 읽어드릴 수가 있어."

"난 안 돼." 페터가 툴툴거렸다. 하이디는 지난밤 열심히 생각해낸 묘책을 페터가 협조하지 않겠다고 하니 그만 짜증이 났다. 하이디는 으름장을 놓았다. 검은 두 눈동자가 활활 타오르는 듯했다. "네가 읽기를 배우지 않으면 어떤 일이 생길지 말해줄 테니 잘 들어. 너는 네 어머니 말씀대로 프랑크푸르트로 가야 할 거야. 그곳의 학교가 어떤지 나는 잘 알아. 언젠가 클라라와 외출을 했는데, 클라라가 어느 커다란 건물을 가리켰어. 건물에서 남자아이들이 어른이 될 때까지 지낸다는 거야. 나도 아이들을 봤어. 그 학교에서는 우리 학교처럼 친절한 선생님은 꿈도 못 꿔. 그곳에는 선생님이 아주 많아. 그분들은 모두 검은 옷을 입고 있어. 매일 교회에 가는 것처럼 말이야. 이렇게 높고 까만 모자를 써." 하이디는 한 손으로 땅에서부터 손을 들어 모자의 높이를 보여주었다. 페터는 이야기를 듣고 있자니 차가운 바람이 등을 훑고 지나가는 것만 같았다.

"학교에 가면 너는 그 선생님들과 공부를 하게 될 거야." 하이디는 어느새 자신의 이야기에 빠져들었다. "네 차례가 되면 너는 글을 읽지도, 심지어 철자도 제대로 말하지 못하겠지. 모두 너를 비웃을 거야. 그게 티네테에게 비웃음을 당하는 것보다 훨씬 더 지독할 거야. 티네테에게 놀림을 받는 것도 얼마나 기분이 나쁜데."

"오, 알았어. 배우면 되잖아." 페터가 부루퉁하게 대답했다.

그 말을 듣는 순간 하이디의 얼굴에 미소가 되돌아왔다. "잘 생각했어. 당장 시작하자." 그러더니 페터를 잡아끌어 테이블에 앉혔다. 그 위에는 책이 한 권 놓여 있었다. 책은 알파벳 노래책인데 클라라가 선물로 보낸 커다란 꾸러미에 들어 있었다. 하이디는 이 책을 매우 좋아했다. 페터를 가르칠 교재로 더할 나위 없을 것 같았다. 두 아이는 나란히 앉아 머리를 맞대고 책을 보며 수업을 시작했다. 페터는 첫 번째 노래의 철자를 몇 번이고 말해야 했다. 하이디는 친구가 철자를 철저하게 익혀야 한다고 생각했기 때문이다.

"아직도 제대로 못하는구나." 잠시 후 하이디가 말했다. "내가 전체를 읽어줄게. 무슨 뜻인지 알면 공부하기가 더 쉬워질 거야." 그러더니 하이디가 책을 소리 내어 읽기 시작했다.

A, B, C를 모르면,
당신은 재판장에게 불려갈 거예요.

"난 안 갈 거야." 페터가 웅얼거렸다.
"어디를 안 간다는 거야?"
"재판장에."
"그러면 얼른 이 철자 세 개를 익혀. 그러면 안 가도 되니까." 하이디가 격려했다. 그러자 페터는 하이디가 만족할 때까지 ABC를 반복해서 말했다.

하이디는 짧은 노랫말로 공부를 시켜보니 페터가 금방 철자를 외운다는 사실을 깨달았다. 다음 수업도 이번 시간처럼 준비하면 좋을 것 같았다. "잠깐." 하이디가 말했다. "내가 나머지 노래도 모두 읽어줄게. 그러면 다음 내용을 알 수 있을 테니까."

D, E, F가 입에서 술술 나오지 않으면
불행이 앞길을 막을 거예요.

H, J, K를 잊어버리면
하루 종일 재수가 없을 거예요.

L과 M을 구별하지 못하면
벌금을 내야 해요.

N, O, P, Q를 못 읽는 당신을 위해
고난이 마련되어 있을 거예요.

R, S, T에서 더 이상 진도를 나가지 못하면
당신은 벌칙 모자를 쓰게 될 거예요.

페터가 너무 조용하게 듣고 있어서 하이디는 읽기를 멈추고 친구의 얼굴을 바라보았다. 페터는 온갖 고난과 역경이 닥칠 것이라는 경고에 당황하고 겁에 질려 하이디를 빤히 바라보았다. 그 모습을 보자 다정한 하이디는 자신이 심했다는 생각이 들었다. 그래서 서둘러 친구를 안심시켰다.

"걱정하지 마. 매일 오후에 여기로 와. 오늘 한 것처럼만 계속하면 곧 알파벳을 다 익힐 수 있을 거야. 그러면 아무 일도 일어나지 않아. 하지만 꼭 매일 와야 해. 학교 수업처럼 맘대로 빼먹으면 안 돼. 눈이 와도 너라면 여기까지 오는 데 아무 문제

없겠지?"

페터는 그러겠다고 약속을 했다. 하이디가 들려준 프랑크
푸르트 학교 이야기를 듣자 완전히 기가 죽었기 때문이다. 그
날 이후 하이디가 시키는 대로 매일 공부를 하러 왔다. 페터는
알파벳 노래가 언제나 잘 외워지지 않았지만 금세 철자를 많
이 익히게 되었다. 종종 알프스 삼촌도 그 방에서 파이프 담배
를 피우며 수업을 지켜보았다. 두 아이가 티격태격하면서 공부
하는 소리를 들으면 노인은 키득키득 웃음이 새어나왔다. 공부
가 끝나면 대개 함께 저녁을 먹었다. 페터는 하이디와의 공부
가 아무리 힘들어도 이 시간 덕분에 견딜 수 있었다. 마침내 진
도는 U까지 나갔고 하이디가 U 노래를 읽었다.

V와 U를 혼동하면
아주 먼 곳으로 보내버릴 거예요.

"싫어, 나는 안 가." 페터가 낮은 목소리로 말했다. 그러더
니 누군가에게 목덜미를 잡혀 끌려갈까 봐 겁이 난 것처럼 얼
른 철자를 공부하기 시작했다. 다음 날 저녁 하이디는 이 문장
을 읽었다.

W를 제대로 익히지 못하면

벽에 걸린 회초리를 조심해요.

페터가 주위를 둘러보더니 가소롭다는 듯이 말했다. "그런 건 없는데."

"없지. 그런데 너는 할아버지가 벽장 속에 뭘 넣어두시는지 아니?" 하이디가 물었다. "내 팔뚝만 한 몽둥이가 하나 들어 있어. 이 문장을 읽을 때는 그 몽둥이가 벽에 걸려 있다고 상상을 하면 돼."

페터는 알프스 삼촌의 단단한 개암나무 지팡이를 잘 알았다. 그래서 다시 책에 코를 박고 W를 완벽하게 익히기로 마음을 먹었다. 다음 날 노래는 이랬다.

X가 기억나지 않으면
오늘은 쫄쫄 굶어야 해요.

페터는 빵과 치즈가 들어 있는 벽장 쪽으로 눈을 돌리더니 부루퉁하게 말했다. "누가 X를 잊어버린대?"

"좋아. 그러면 철자를 하나 더 공부해도 되겠네. 그러면 내일은 하나만 더 배우면 돼." 페터는 더 이상 공부를 하고 싶지 않았지만 하이디가 벌써 문장을 읽고 있었다.

Y를 제대로 발음하지 않으면

오늘 학교에서 놀림을 당할 거예요.

페터는 높고 검은 모자를 쓴 프랑크푸르트의 신사들이 떠올랐다. 그래서 눈을 감고도 Y를 떠올릴 수 있을 때까지 열심히 공부했다.

페터는 다음 수업 시간에 와서 철자를 하나만 더 배우면 된다는 사실에 우쭐해했다. 평소처럼 하이디는 문장을 소리 내어 읽었다.

Z를 못 외워 끙끙댄다면

사람들이 당신을 괴물에게 보내버릴 거예요.

"괴물이 어디에 사는지는 아무도 몰라." 페터는 잘난 척하며 말했다.

"할아버지는 아실 거야." 하이디가 얼른 대꾸했다. "바로 할아버지에게 달려가서 여쭤보기만 하면 돼. 지금 목사님 댁에 계시거든." 하이디가 벌떡 일어나 정말 뛰어가려고 하자 페터가 얼른 만류했다.

"잠깐만 기다려봐." 페터가 다급하게 소리쳤다. Z를 제대로 외우지 않았다며 삼촌과 목사님이 괴물에게 자신을 보내버리는 모습이 눈앞에 생생하게 그려졌기 때문이다. 물론 하이디는 얼른 멈췄다.

"왜 그래?" 하이디가 물었다.

"아무것도 아니야. 돌아와. Z를 공부할게." 페터가 중얼거리듯 말했다.

그런데 하이디는 정말로 괴물이 어디에 사는지 궁금해졌다. 그래서 얼른 가서 할아버지에게 물어보고 오겠다고 다시 말했다. 하이디는 친구 얼굴이 걱정으로 어두워진 것을 본 후에야 발걸음을 돌려 테이블에 다시 앉았다. 대신 하이디는 페터가 절대 Z를 잊지 않으리라는 확신이 들 때까지 몇 번이고 반복하게 했다. 공부도 안 하고 우쭐거렸으니 그 정도는 혼내 줘야 했다. 하이디는 페터가 Z까지 공부를 끝내자 알파벳 노래 읽는 법을 가르치기 시작했다. 그것만으로도 놀라운 발전이었다.

그 무렵 다시 눈이 내리기 시작했다. 눈은 며칠이나 계속 쏟아졌다. 세상은 또다시 폭신한 눈으로 뒤덮여 하이디는 그래니를 만나러 갈 수 없었다. 그래니를 보지 못한 지 3주가 다 되어갔다. 하이디는 페터가 자신을 대신해서 그래니에게 찬송가를 잘 읽어드릴 수 있을지 걱정스럽고 궁금했다. 마침내 어느 날 저녁 공부를 다하고 되르플리 마을에서 돌아온 페터가 엄마에게 이렇게 말했다. "나 할 수 있어."

"뭘 말이니, 페터?" 엄마가 물었다.

"읽기."

"정말이야? 어머니, 지금 이 말 들으셨어요?" 브리기테가 깜짝 놀라서 물었다.

그래니는 두 사람의 대화를 듣기는 했지만 어떻게 페터가 글을 읽을 수 있다는 건지 짐작도 가지 않았다.

"지금부터 할머니에게 찬송가를 읽어드릴게요." 페터가 말했다. "하이디가 그렇게 하라고 했어요."

브리기테가 아들에게 책을 갖다주었다. 그래니는 차분하게 낭독이 시작되기를 기다렸다. 페터는 탁자에 앉더니 정말로 읽기 시작했다. 한 연이 끝날 때마다 브리기테가 감격에 겨워 소리쳤다. "세상에, 이게 믿어지세요!" 그래니는 차마 말이 나오지 않아 귀만 기울일 뿐이었다.

이튿날 마을 학교에서 페터네 반은 평소처럼 읽기 수업을 하던 중이었다. 마침내 페터 순서가 되자 선생님이 말했다.

"이번에도 그냥 지나쳐야겠구나, 페터. 아니면 한번 해보겠니? 다 못 읽겠으면 단어 한두 개만 읽어도 돼."

페터가 책을 들더니 세 줄을 한 번도 실수하지 않고 단숨에 읽었다. 선생님은 너무 놀라 말문이 막힌 채 아이를 빤히 바라보았다. 이윽고 선생님이 말했다.

"지금 기적이 일어난 거니? 네게 읽기를 가르치려고 몇 시간, 몇 주, 몇 년을 고생했는데, 지금까지 너는 철자 하나 제대로 알지 못했잖니. 아무래도 가망이 없다고 포기하려던 참이었는데 갑자기 벌떡 일어나 술술 책을 읽다니. 도대체 어떻게 된 일이니?"

"하이디 덕분이에요." 페터가 대답했다.

선생님은 하이디를 바라보았다. 아이는 제자리에 얌전히 앉아 순진한 표정을 짓고 있었다.

"음, 요즘 들어 네 태도가 훨씬 좋아졌다는 건 알고 있었어. 전에는 몇 주씩 학교에 빠지더니 요즘은 하루도 결석을 하지 않더구나. 누구 덕에 그렇게 된 거니?"

"알프스 삼촌요." 아이가 대답했다.

아이의 대답에 선생님의 놀라움은 커져만 갔다. "한 번 더 읽어보겠니?" 선생님이 조심스럽게 말했다. 그러자 페터는 이번에는 다른 세 줄을 읽었다. 이번에도 실수 없이 단숨에 읽었다. 정말 읽을 수 있게 된 것이다.

수업이 끝나자마자 선생님은 목사관으로 한달음에 달려가 이 기쁜 소식을 전했다. 두 사람은 하이디와 하이디의 할아버지가 이 마을에 미치는 좋은 영향에 대해 이야기를 나누었다.

그 일이 있은 후 페터는 집에 오면 매일 저녁 찬송가를 소리 내어 읽었다. 항상 한 편만 읽었다. 한 편을 더 읽어달라고 살살 구슬려도 아이는 말을 듣지 않았고 그래니도 억지로 시키지 않았다. 브리기테는 아무리 들어도 여전히 처음처럼 놀라웠다. 그래서 페터가 잠자리에 들면 그래니에게 살짝 말했다. "페터가 마침내 글을 익힌 걸 보면 앞으로 또 뭘 배워올지 정말 기대가 되어요!"

한번은 그래니가 브리기테에게 이렇게 대답했다. "그래. 저 아이가 드디어 뭔가를 배워서 나도 흐뭇하구나. 그런데 어서 봄이 와서 하이디가 다시 나를 보러 오면 좋겠어. 페터가 읽어줄 때는 어쩐지 다른 찬송가인 것 같아. 빠진 부분을 내 기억으로 메우려고 기억을 뒤지다 보면 다음에 오는 말을 못 듣고 자꾸 놓쳐버려. 그러니 어째 하이디가 읽어줄 때와 비교해서 아름답지 않은 것 같아."

사실은 이랬다. 페터는 자신이 최대한 읽기 쉽게 찬송가를 조금 고쳐 읽었다. 어려운 단어가 나올 때마다 건너뛴 것이다. 이렇게 글자가 많은데 단어 몇 개를 뺀다고 해도 할머니는 모르실 거라고 멋대로 짐작했다. 그래서 가끔 페터가 읽는 부분은 뜻이 통하지 않았다.

〜〜

더 많은 손님들이 찾아오다

겨울이 지나가고 다시 5월이 찾아왔다. 마지막 남은 눈마저 녹
아내리자 산에서 시작된 작은 물줄기들이 골짜기로 모여 넘칠
기세로 흘러왔다. 산비탈은 다시 푸르러지고 따뜻하고 맑은 햇
살에 흠뻑 잠겼다. 신선한 녹색 풀들 사이로 야생화들이 꽃망
울을 터뜨리기 시작했다. 싱그러운 봄바람이 전나무들 위로 불
어와 늙은 바늘잎들을 우수수 떨어뜨리고 새 잎들이 자랄 자
리를 만들어주었다. 푸른 하늘 저 높이 늙은 매가 빙빙 돌다 한
번 더 맴을 돌았다. 한편 황금빛 햇살이 통나무집 주위에서 너
울거리며 땅을 따뜻하고 보송보송하게 말려줘 앉기 좋게 만들
어주었다.

　하이디는 산 위로 돌아와 정든 통나무집 주위를 이곳저곳
뛰어다녔다. 자신이 가장 좋아하는 곳을 고르려고 해도 도무지
정할 수가 없었다. 아이는 저 높은 곳에서부터 불어 내려온 바

람이 점점 기세를 모아 마침내 집 뒤의 전나무들에 도착하더니 나뭇가지를 흔들어대는 소리에 매혹되어 귀를 기울였다. 풀밭에 드러누울 때면 풀잎 사이를 돌아다니는 딱정벌레들을 지켜보았다. 벌레들의 윙윙 소리에도 귀 기울였다. 작은 생명들이 자기 심장박동에 맞춰 '우리는 산에 있어! 우리는 산에 있어!'라며 노래를 부르는 것만 같았다. 아이는 입을 벌려 청량한 공기를 한껏 들이마셨다. 지금껏 이렇게 아름다운 봄은 처음 보는 것 같았다.

익숙한 망치질과 톱질 소리도 하이디의 귀를 간질였다. 소리가 들리자마자 아이는 할아버지가 무슨 작업을 하는지 궁금해 헛간으로 얼른 달려갔다. 헛간 앞에 거의 다 만들어진 의자가 하나 놓여 있었다. 노인은 의자를 더 만드느라 손을 바쁘게 놀렸다.

"아하, 이 의자들을 왜 만드시는지 알겠어요!" 하이디가 신이 나서 외쳤다. "프랑크푸르트에서 손님들이 오면 의자가 필요할 거예요. 이건 할머니가 앉으시면 되겠어요. 지금 만드시는 의자는 클라라 것이고요. 어쩌면 의자를 하나 더 만드셔야 할지도 몰라요" 하이디는 내키지 않는 듯 덧붙였다. "미스 로텐마이어는 오지 않을 수도 있을까요?"

"나야 모르지." 노인이 말했다. "하지만 의자를 미리 만들어놓으면 그분이 왔을 때 앉겠냐고 물어볼 수 있지 않겠니?"

하이디는 등받이가 곧고 팔걸이가 없는 의자를 가만히 바라보며 그곳에 미스 로텐마이어가 앉은 모습을 상상해보려고 했다.

"미스 로텐마이어는 이런 의자에 앉을 것 같지 않아요, 할아버지." 마침내 하이디가 말했다.

"그러면 밖으로 나와서 깃털 침대에 앉으시라고 하면 되겠구나." 노인이 차분하게 대답했다.

하이디는 깃털 침대라는 듣도 보도 못한 가구가 무엇인지 궁금했지만 귀에 익은 페터의 휘파람 소리와 고함 소리가 위쪽에서 들리는 바람에 궁금증이 이내 머릿속에서 사라져버렸다. 잠시 후 하이디는 오랜 친구들인 염소들에게 둘러싸였다. 염소들은 하이디가 반가워 매애 울며 기세 좋게 주위로 펄쩍펄쩍 뛰어올랐다. 페터는 염소들을 헤치고 다가와 하이디에게 편지 한 통을 건넸다.

"네게 온 거야." 그는 아무 설명도 없이 이렇게만 말했다.

"고원에서 내게 온 편지를 주웠어?" 하이디가 깜짝 놀라 물었다.

"아니."

"그럼 어디서 이 편지가 났어?"

"내 가방에서."

실은 전날 저녁 되르플리 마을에서 우체부가 페터에게 편지를 줬고 페터는 그 편지를 자신의 빈 가방에 넣어 가져왔다.

그리고 아침에 가방 바닥에 있는 편지를 미처 못 보고 그 위에 빵과 치즈를 넣어버렸다. 그 후 알프스 삼촌의 염소들을 데리러 통나무집에 들렀을 때는 편지에 대해 까맣게 잊은 후였다. 점심때 마지막 빵부스러기까지 탈탈 털어 먹으려고 가방을 흔들었을 때 비로소 편지를 본 것이다. 하이디는 봉투를 주의 깊게 보더니 할아버지에게 달려갔다.

"이거 보세요." 하이디가 소리쳤다. "클라라에게서 편지가 왔어요. 크게 읽어볼까요?"

노인은 당장 들을 준비를 했다. 페터도 내용이 궁금했기에 문설주에 얼른 기대섰다. 그런 자세로 서 있으면 집중해서 듣기가 더 편했기 때문이다.

보고 싶은 하이디에게
우리는 벌써 짐을 다 쌌어. 아빠가 준비를 마치시는 대로 출발할 수 있을 거야. 아마 이틀이나 사흘 후가 될 거야. 정작 아빠는 우리와 함께 가지 않으셔. 파리에 출장을 가셔야 하거든. 클라센 선생님이 매일 오셔서 얼른 출발하라고 재촉하셔. 의사 선생님은 우리가 언제 출발할지 이제나저제나 기다리신다니까. 그곳에서 너와 네 할아버지와 정말 즐거운 시간을 보내셨나 봐. 지난겨울에는 나를 자주 보러 오셨는데, 그곳 사람들과 분위기에 대해 자세하게 들려주셨어. 네가 사는 곳이 얼마나 평화로운지 모른다고 하셨어. 산의 신선한 공기를 마시고 살면 누구라도 건강해지지 않을 리 없다고 입버릇처럼 말씀하셔. 게다가 의사 선생님도 그곳에서 돌아오신 후로 훨씬 좋아지셨어. 아빠도 그러셨어. 선생님이 정말 오랜만에 젊어지신 것 같다고 말이야.

너와 만날 날을 얼마나 고대하고 있는지 너는 상상도 못할 거야. 그곳의 모든 것을 보고, 페터와 염소들을 어서 만나고 싶어. 우리는 먼저 라가츠에 들러야 해. 내가 그곳에서 치료를 받아야 하거든. 그러니까 나는 한 6주 후에나 그곳에 갈 수 있어. 할머니와 나는 되르플리 마을에서 지내려고 해. 날씨만 좋으면 매일이라도 사람들의 도움을 받아 네가 사는 통나무 집까지 올라갈 거야. 할머니도 나와 함께 가실 거야. 할머니도 너를 몹시 보고 싶어하셔. 미스 로텐마이어는 집에 남을 거야! 요즘 할머니는 걸핏하면 이렇게 말씀하셔. "친애하는 로텐마이어, 우리와 함께 스위스를 여행할 생각 없나요? 함께 가고 싶으면 망설이지 말고 말해줘요." 하지만 미스 로텐마이어는 항상 정중하게 거절해. 방해꾼이 되고 싶지 않다나! 하지만 진짜 이유는 그게 아니야. 세바스티안이 너를 되르플리 마을에 데려다주고 돌아와서 산에 대해 끔찍한 이야기를 잔뜩 늘어놓았기 때문이야. 무시무시한 봉우리며 깊은 골짜기며 산에 걸린 커다란 바위 같은 이야기를 들려줬거든. 산비탈이 너무 가팔라서 올라가는 사람이 뒤로 넘어갈 정도라는 거야. "염소들이라면 몰라도 사람은 그런 곳을 절대 못 올라가요!" 세바스티안이 그렇게 말했다니까. 그래서 미스 로텐마이어는 절대 스위스에 가고 싶지 않은 거야. 티네테도 겁을 내서 못 가. 그래서 할머니와 나만 가게 된 거야. 물론 세바스티안이 라가츠까지 우리와 함께 가긴 갈 거야. 하지만 그곳에서 곧장 집으로 돌아갈 거야.

당장 너를 만나고 싶어!

할머니가 안부를 전해달라고 하셨어.

지금은 안녕!

너의 사랑하는 친구
클라라가

하이디가 편지를 다 읽자 페터는 벽에서 훌쩍 떨어지더니 분을 못 이기고 막대기를 허공에 마구 휘둘렀다. 그 모습을 본 염소들이 깜짝 놀라 허둥지둥 산을 달려 내려갔다. 페터는 투명 인간에게 싸움을 걸기라도 하듯 막대기를 휘두르며 그 뒤를 따라갔다. 프랑크푸르트에서 손님이 몇 사람이나 더 온다는 소식에 페터는 화가 나 견딜 수가 없었다.

반면 하이디는 너무 좋아서 다음 날 꼭 그래니에게 이 소식을 전해야겠다고 생각했다. 그래니는 누가 오고, 무엇보다 누가 오지 않는지 궁금할 게 분명했다. 하이디 덕분에 그래니도 제제만 씨 가족에 대해 잘 알았기 때문이다.

이튿날은 날씨가 청명해서 하이디가 혼자서도 산을 내려갈 수 있었다. 점심을 먹고 일찌감치 산을 내려갔다. 사방에 따사로운 햇살이 쏟아지는 가운데 산에서 불어오는 바람을 등으로 맞으려고 산비탈을 뛰어 내려가니 이보다 더 상쾌할 수 없었다. 하이디는 순식간에 페터의 집에 도착했다. 그래니는 건강을 회복한 듯 늘 앉아 있는 구석 자리에서 물레를 돌리고 있었다. 그런데 수심에 잠긴 듯 슬퍼 보였다. 전날 저녁 집에 온 페터는 단단히 성이 나 있었다. 그러더니 프랑크푸르트에서 하이디 집으로 사람들이 잔뜩 몰려올 거라고 했다. 이제 무슨 일이 일어날지 모른다며 마구 심통을 부렸다. 그래니는 밤새 걱정으로 잠을 이루지 못했다. 하이디는 자신을 위해 항상 놓아두는 작은 의자에 앉자마자 신나는 소식을 전하기 시작했다. 이야기를 하면 할수록 하이디는 점점 더 흥분했다. 그러더니 말을 하다 중간에 뚝 멈추고는 이렇게 물었다.

"왜 그러세요, 그래니? 이 소식이 기쁘지 않으세요?"

"기쁘고말고." 그래니는 억지로 웃으며 말했다. "네가 그 소식이 그렇게 기쁘다면 나도 좋아."

"하지만 걱정거리가 있으신 것 같아요." 하이디가 계속 물었다. "혹시 미스 로텐마이어가 같이 올까 봐 걱정하시는 거예요?" 그 말을 하자마자 하이디도 덜컥 걱정이 되었다.

"아냐, 아무것도 아니야. 내게 손을 줘볼래? 네가 정말 왔는지 보자." 그래니가 말했다. "설령 내가 잘 지내지 못한다고 해도 네게 좋은 일이면 그걸로 된 거야."

"그래니가 잘 지내지 못한다면 내게 아무리 좋은 일이라도 다 소용이 없어요." 하이디가 말했다.

이 말을 듣자 그래니는 프랑크푸르트 친구들이 하이디를 데려가기 위해 온다고 철석같이 믿게 되었다. 하이디가 다시 건강해졌으니 데려가고 싶을 게 분명했다. 그래니는 마음이 아팠지만 하이디에게 내색하고 싶지 않았다. 아이는 마음이 워낙 고와서 페터 가족을 두고 떠나려 하지 않을 게 분명했다. 하지만 그것은 하이디에게 옳은 일이 아니었다. 이 이야기를 그만하고 싶어진 그래니는 찬송가 이야기를 꺼냈다.

"나는 내게 무엇이 도움이 되고 행복을 가져다주는지 잘 알지. '폭풍우를 몰고 올 구름이 모이더라도'로 시작하는 찬송가를 읽어주겠니?"

이제 하이디는 낡은 찬송가책을 속속들이 알았다. 그래서 그래니가 듣고 싶어하는 찬송가가 있는 페이지를 순식간에 찾아 낭랑한 목소리로 읽기 시작했다.

폭풍우를 몰고 올 구름이 모이더라도

하늘에 계신 하느님 아버지는

당신에게 마음의 평화를 안겨주시네.

그 무엇도 당신에게 괴로움을 주지 않으리니.

주님이 당신을 지키고 축복을 내려주시면.

끊이지 않는 기쁨이 승리하리라.

"이 교훈을 다시 되새기고 싶었단다." 그래니가 말했다. 수심에 찼던 그래니의 얼굴이 서서히 밝아졌다.

하이디는 날이 어두워지고 나서야 집으로 되돌아갔다. 집으로 가는 길에 별들이 하나씩 반짝거리며 하늘에서 인사를 건넸다. 하이디는 가끔 발걸음을 멈추고 고개를 들어 반짝이는 별들을 보았다. 깊디깊은 평화를 가슴 한껏 들이마시며 짧은 감사 기도를 했다. 집에 도착하니 할아버지도 하늘을 찬란하게 수놓은 별들을 바라보고 있었다.

그달 내내 태양은 구름 한 점 없는 하늘에서 매일 세상을 환하게 비추었다. 아침마다 알프스 삼촌은 밖을 내다보며 감격해 외쳤다. "과연 올해 최고의 날이구나. 이 햇빛에 풀과 꽃이 순식간에 자라고 고원에는 풀이 풍부해지겠지. 이제부터 페터가 염소들을 잘 지켜봐야 할 거야. 안 그러면 감당이 안 될 정도로 풀을 잔뜩 먹을 테니까." 자신의 이름을 들은 페터가 '제가 잘 살펴보겠습니다'라고 하는 것처럼 막대기를 휘둘렀다.

그렇게 5월이 가고 6월이 오자 낮은 점점 더 길어지고 더 더워졌다. 곳곳에 햇빛을 듬뿍 받아 잘 자란 꽃들이 만발했고 달콤한 향기가 사방에 진동했다. 6월도 다 끝나가는 어느 날 아침, 하이디는 집 안 청소를 얼른 끝낸 후 밖으로 나왔다. 발 디딜 틈 없이 잔뜩 피어 있는 수레국화가 문득 보고 싶어서 전 나무들 뒤로 난 길로 산에 오르려던 참이었다. 그곳에는 수레 국화들이 만개했는데, 햇살이 꽃잎을 통과하는 모습이 무척 아름다웠다. 하이디는 집 모퉁이를 돌자마자 큰 소리로 할아버지를 불렀다. 노인은 그 소리에 놀라 무슨 일인지 알아보려고 헛간에서 뛰쳐나왔다. "할아버지, 얼른 나와보세요. 저기를 보세요!" 하이디가 기쁨에 겨워 방방 뛰며 소리쳤다.

깜짝 놀란 노인이 하이디가 가리키는 쪽을 보니 산을 올라오는 굉장한 행렬이 보였다. 제일 앞에는 남자 두 명이 의자를 옮기고 있었다. 장대를 끼워 들어 올린 의자에는 옷을 단단히 껴입은 여자아이가 앉아 있었다. 그 뒤로 당당한 체격의 노부인이 말을 타고 따라오는 중이었다. 노부인은 흥미로운 눈빛으로 주위를 돌아보며 말고삐를 잡고 있는 젊은 남자와 이야기를 나누었다. 그 뒤로 또 다른 남자 두 명이 따라왔다. 한 명은 휠체어를 밀고 다른 한 명은 무릎 담요와 숄 등을 둘둘 만 커다란 꾸러미를 넣은 바구니를 등에 지고 있었다.

"드디어 왔어요! 친구들이 왔다고요!" 하이디가 환희에 차

폴짝폴짝 뛰며 소리쳤다. 분명 행렬은 그렇게 고대하던 프랑크 푸르트 친구들이 분명했다. 통나무집에 거의 다 오자 짐꾼들이 의자를 내려놓았다. 하이디는 풀밭 위를 쏜살같이 달려가 클라라를 꼭 안아주며 환영했다. 뒤이어 제제만 부인도 말에서 내렸다. 하이디는 부인에게도 달려가 인사를 했다. 노부인은 한 손을 내민 채 다가오는 하이디의 할아버지를 마주 보았다. 두 사람은 서로에 대해 어찌나 많이 들었는지 처음 만났지만 오랜 친구 같았다. 그래서 격식을 차리지 않고 편하게 인사를 했다.

"오, 삼촌." 제제만 부인이 감탄을 했다. "여기는 정말 아름 다운 곳이군요! 이곳보다 더 아름다운 곳은 없을 거예요. 천하의 임금님도 삼촌이 부러울 거예요. 내 어린 친구 하이디는 6월의 장미처럼 건강해 보이고요." 제제만 부인은 하이디를 자신에게 끌어당겨 분홍색 두 볼을 다정하게 토닥거렸다. "어딜 둘러봐도 다 아름다워요. 어디부터 봐야 할지 마음을 정할 수가 없어요. 너는 어떠니, 클라라?"

클라라는 이런 곳을 난생처음 보았다. 사실 이런 곳이 실제로 있으리라 상상도 못했다. "여기는 천국 같아요." 클라라가 한숨을 쉬며 말했다. "아니, 천국이에요. 오, 할머니, 영원히 이곳에서 살았으면 좋겠어요."

알프스 삼촌이 휠체어를 앞으로 밀고 와 좌석에 담요를 펼쳐 깔았다. 그리고 클라라에게 다가가 물었다. "평소에 타는 의자로 옮겨줄까? 그게 훨씬 더 편할 거야, 그렇고말고. 지금 네가 앉아 있는 의자는 몹시 딱딱해 보이는구나." 노인은 더 이상 말을 덧붙이지 않고 튼튼한 두 팔로 클라라를 번쩍 들어 살며시 휠체어에 앉혀주었다. 평생 몸이 불편한 사람들을 보살핀 것처럼 조심스러운 손길로 담요를 아이에게 잘 덮어주었다. 제제만 부인은 놀란 표정으로 지켜보았다.

"삼촌!" 제제만 부인이 감탄을 했다. "아픈 사람을 간병하는 법을 어디서 배우셨는지 알려주시면 내가 아는 간호사들을 전부 그곳으로 보내고 싶네요. 그런 기술은 어디서 배우셨어요?"

"특별히 배운 게 아니고 경험으로 아는 거죠." 노인이 대답했다. 문득 그의 얼굴에 그늘이 드리워졌다. 과거 전쟁터에서 싸우던 시절, 그의 상관이 전투에서 심하게 부상을 입은 기억이 났기 때문이다. 상관은 거의 움직이지도 못한 채 죽을 때까지 침상에 누워 있었다. 알프스 삼촌을 제외하고는 아무도 그에게 가까이 갈 수 없었다. 그래서 노인은 상관이 죽는 날까지 보살폈다. 노인은 그 대장 말고도 다른 부상자들을 돌본 경험이 있어서 클라라를 능숙한 손길로 보살필 수 있었던 것이다. 게다가 노인은 조금만 신경을 쓰면 클라라가 훨씬 편하게 지낼 수 있다는 사실을 묻지 않아도 짐작할 수 있었다.

클라라는 앞에 펼쳐진 풍경에서 눈을 뗄 수 없었다. 전나무들도 멋있고 거대한 회색의 암벽 봉우리들이 햇빛을 받아 반짝이는 산은 말 그대로 장관이었다. "오, 하이디!" 클라라가 탄성을 질렀다. "너와 함께 이곳을 뛰어다닐 수 있다면 얼마나 좋을까. 그러면 네가 해준 이야기로 속속들이 알고 있는 곳들을 몽땅 구경하러 갈 텐데."

하이디가 휠체어 손잡이를 잡고 온 힘을 다해 밀어서 전나무들이 서 있는 곳까지 갔다. 클라라는 이렇게 키가 크고 나이가 많은 나무는 난생처음 보았다. 나무줄기는 곧장 하늘로 솟아 있고 길고 굵은 나뭇가지들이 땅에 닿을 듯 늘어져 있었다. 두 아이를 따라온 제제만 부인도 그런 나무는 본 적이 없었다. 나무들이 얼마나 오랫동안 이곳에 서서 저 아래 골짜기를 내려다보았을지 떠올리며 경탄에 찬 눈빛으로 바라보았다. 한 세대가 가고 다음 세대가 오고 사람들이 끊임없이 태어나고 죽는 동안, 이 나무들은 오로지 하늘로만 팔을 뻗은 채 굳건하게 이곳에 서 있었을 것이다.

하이디는 휠체어를 밀어 클라라를 염소 우리로 데려갔다. 우리 문을 활짝 열어서 클라라가 안을 잘 살펴볼 수 있게 해주었다. 마침 염소들이 풀을 뜯으러 가고 없어서 특별한 볼거리는 없었다.

"오, 할머니." 클라라는 아쉬움을 감추지 못하고 말했다. "페터가 하양이와 밤송이와 다른 염소들을 데리고 돌아올 때까지 여기에 있고 싶어요."

"지금 볼 수 있는 아름다운 풍경을 실컷 즐기자꾸나. 볼 수 없는 것들에 대해서는 생각하지 말고." 제제만 부인은 휠체어의 뒤를 따라가며 말했다.

"저기 잔뜩 피어 있는 붉은 꽃들과 초롱꽃들을 보세요." 클라라가 소리쳤다. "저 꽃들을 꺾을 수 있으면 얼마나 좋을까."

그 말이 떨어지기가 무섭게 하이디가 한달음에 예쁜 꽃다발을 가지고 돌아왔다. 그리고 꽃들을 클라라 무릎 위에 내려놓았다. "고원에 핀 꽃들을 볼 때까지 이걸로 참아." 하이디가 말했다. "저 위의 들판은 꽃 천지야. 수레국화가 피어 있고 초롱꽃은 여기보다 백 배, 천 배 더 많이 피어 있어. 노란 시스투스도 몇천 송이나 피어 있지. 할아버지가 빛나는 눈동자라고 부르시는 잎이 커다란 꽃들도 있어. 꽃송이가 동그란 작은 갈색 꽃들도 피는데, 향기가 얼마나 달콤한지 몰라. 그곳에 가면 몇 시간을 있어도 전혀 지루하지 않아. 어딜 봐도 너무 아름다운 곳이거든!" 클라라가 그 풍경을 본 것처럼 생생하게 설명하려는 하이디의 두 눈이 반짝거렸다. 그 흥분이 금세 클라라에게도 옮겨 갔다.

"할머니, 제가 저렇게 높은 곳까지 올라갈 수 있을까요?" 클라라는 반신반의하며 물었다. "내가 걸을 수만 있다면 너와 같이 산에 오를 텐데."

"내가 휠체어를 밀어줄게." 하이디가 약속했다. "내가 할 수 있을 거야. 휠체어는 조작하기 쉽거든." 하이디는 의자가 얼마나 가볍게 움직이는지 보여주려는 듯 힘껏 밀며 달렸다. 너무 속도가 붙어서 하마터면 의자가 옆으로 넘어갈 뻔했지만 노인이 제때 의자를 잡아 그런 일은 일어나지 않았다.

손님들이 주변을 살펴보는 동안, 노인은 식탁과 의자들을 집 밖으로 꺼냈다. 어느새 식사 준비도 다 마쳤다. 염소젖과 치즈는 난로에서 따뜻하게 데워지고 있었다. 잠시 후 그들은 점심을 들기 위해 식탁에 둘러앉았다. 제제만 부인은 이 특별한 '식당'이 몹시 마음에 들었다. 아래를 보면 골짜기가 있고 저 멀리 산봉우리들이 솟아 있고 그 너머에는 푸른 하늘이 펼쳐져 있으니, 왜 아니겠는가. 자리에 앉으니 부드러운 미풍이 더위를 식혀주었다. 그 바람이 나무들 사이를 지나다니며 사르락사르락 소리를 내니 기분이 상쾌해지는 음악을 틀어놓은 것 같았다.

"이렇게 즐거웠던 적이 언제였는지 모르겠어요." 제제만 부인이 경탄했다. "정말 장관이에요." 그러더니 이렇게 덧붙였다. "지금 내가 뭘 보고 있는 거죠? 클라라가 구운 치즈를 두 개째 먹는 건가요?"

"이 치즈가 너무 맛있어요, 할머니. 라가츠에서 먹은 것들보다 훨씬요." 클라라가 말했다. 그리고 너무 맛있다는 듯 또 한 입을 베어 물었다.

"그렇게만 먹으면 돼." 알프스 삼촌이 말했다. "이게 다 산의 맛있는 공기 덕분이죠. 음식은 소박하지만 이 공기가 식욕을 자극하거든요."

제제만 부인과 알프스 삼촌은 어느새 서로를 허물없이 대하게 되었다. 이야기를 나누다 보니 두 사람은 생각도 비슷했다. 부인과 노인은 오랜 친구처럼 보였다. 그러는 동안 시간은 순식간에 흘러갔다. 마침내 제제만 부인이 서쪽 하늘을 바라보며 말했다. "클라라, 우리는 이제 내려가야겠구나. 해가 지고 있어. 아까 그 사람들이 우리를 말과 의자에 태워서 내려가려고 금방 올라올 거야."

그 말에 클라라의 얼굴이 어두워졌다. "여기에 있으면 안 돼요?" 클라라가 할머니에게 졸랐다. "한 시간만 더 있다 가요. 아니 두 시간. 하이디의 침대는 고사하고 통나무집도 구경하지 못했단 말이에요. 오, 오늘 하루가 열 시간만 더 있으면 얼마나 좋을까!"

"그건 안 될 것 같구나." 제제만 부인이 대답했다. 하지만 그녀도 통나무집을 구경하고 싶었다. 그래서 모두 자리에서 일어섰다. 휠체어는 노인이 밀었다. 그런데 문 앞까지 와보니 휠체어는 폭이 너무 넓어서 문을 통과할 수 없었다. 그래서 노인은 클라라를 번쩍 들어 안고 집으로 들어갔다. 제제만 부인은 집 안 구석구석을 흥미롭게 돌아보았다. 어딜 봐도 단정하고

요령 있게 정리되어 있는 모습을 보며 흐뭇하게 웃었다.

"네 침대는 저 위에 있구나, 하이디?" 부인은 그렇게 말한 후 곧장 사다리를 타고 다락으로 올라갔다. "어머나, 이렇게 향긋한 냄새가 나다니. 여기에서라면 늘 단잠을 자서 몸이 튼튼해지겠구나." 그녀는 하이디의 창인 벽에 난 둥근 구멍으로 밖을 내다보았다. 노인도 한 팔로 클라라를 안고 사다리를 올라왔고 하이디까지 얼른 뒤를 따랐다. 어느새 네 사람 모두 다락에 모였다. 네 사람은 한마음으로 침대를 보며 감탄했다.

"오, 하이디! 너는 이렇게 예쁜 곳에서 자는구나." 클라라가 쾌활하게 말했다. "이 침대에 누워서 곧장 하늘을 보고, 전나무 소리를 듣고, 이렇게 향긋한 향기를 맡을 수 있다면 얼마나 좋을까. 나는 이렇게 천국 같은 침실은 상상도 하지 못했어."

바로 그때 알프스 삼촌이 제제만 부인을 슬쩍 바라보았다. "제가 생각을 해봤는데." 그는 이렇게 말문을 열었다. "제 말에 반대하시지 않기를 바랍니다. 당분간 이 아이를 여기서 지내게 하면 어떨까요. 클라라는 분명 지금보다 더 건강해질 겁니다. 담요와 무릎 덮개를 잔뜩 가져오셨으니 여기에 편안한 침대를 하나 더 만들 수 있을 거예요. 제가 클라라를 잘 돌보겠습니다. 아무 불편 없이 편하게 지내도록 제가 책임질 겁니다. 그러니 아무 걱정 마세요."

클라라와 하이디는 노인의 말에 너무 기뻤다. 제제만 부인도 환한 미소로 노인을 바라보았다.

"정말 친절하시군요." 그녀가 말했다. "제 마음을 읽으신 게 틀림없어요. 실은 저도 클라라가 이 산에서 지내면 좋겠다는 생각을 하던 참이었거든요. 하지만 차마 입이 떨어지지 않았어요. 삼촌에게 너무 부담을 드리는 것 같아서요. 그런데 삼촌이 때맞춰 모든 문제를 일거에 해결해주셨네요. 마치 그러는 게 순리라는 듯 말이에요. 뭐라 감사를 드려야 할지 모르겠어요." 제제만 부인은 노인의 손을 따뜻하게 잡았다.

알프스 삼촌은 즉시 작업을 시작했다. 일단 클라라를 집 밖에 세워 둔 휠체어에 다시 앉혔다. 그동안 하이디는 신이 나서 견딜 수가 없다는 듯이 주위를 깡충깡충 뛰어다녔다. 노인은 담요를 한 아름 팔에 안고 말했다. "한겨울에 전쟁터에 나가는 군대처럼 단단히 준비를 해오셨군요! 이 담요들이 요긴하겠어요."

"선견지명은 미덕이죠. 수많은 불행을 막아주니까요." 제제만 부인이 유쾌하게 대답했다. "산에 오를 준비를 하면서 폭풍우를 대비하지 않는다면 그것만큼 어리석은 행동이 어디 있겠어요. 우리는 운 좋게 폭풍우는 만나지 않았지만, 보시다시피 제가 미리 챙긴 담요들이 이렇게 쓸모가 있잖아요."

두 사람은 이런 이야기를 두런두런 나누며 다락으로 올라가 클라라의 잠자리를 만들기 시작했다. 건초 위에 건초, 그리고 담요 위에 담요를 차곡차곡 쌓다 보니 어느새 침대가 아니라 요새처럼 보였다. "어디 보자, 뾰족하게 튀어나온 부분은 없으려나?" 제제만 부인은 이렇게 말하며 담요의 끝을 건초 매트리스 아래로 밀어 넣었다. 그리고 매트리스가 폭신하고 평평한지 손바닥으로 훑어보았다. 부인은 흡족한 마음으로 다락에서 내려와 밖으로 나갔다. 그곳에선 두 아이가 앞으로 며칠 동안 소중한 시간을 어떻게 보낼지 머리를 맞대고 열심히 의논하는 중이었다.

"여기서 얼마나 있을 수 있어요?" 클라라는 할머니가 집에서 나오자마자 얼른 물었다.

"그 문제는 삼촌에게 여쭤봐야 해." 제제만 부인은 이렇게 대답했다. 그 순간 노인이 집에서 나와 이 산의 공기가 클라라의 건강에 좋을지 나쁠지는 앞으로 4주 정도 지내봐야 판가름 날 것이라고 진지하게 말해주었다. 그 말에 클라라와 하이디는 손뼉을 치며 반색했다. 아이들은 함께 지낼 시간이 기껏해야 2주 정도라고 짐작했기 때문이다.

마침내 클라라의 의자를 가지고 남자들이 올라오자 제제만 부인은 산을 내려갈 채비를 했다. "작별 인사는 하지 않을 거예요, 할머니." 클라라가 말했다. "우리가 얼마나 잘 지내는지 자주 보러 올라오실 테니까요, 그렇죠? 우리는 정말 잘 지낼 거야, 그렇지, 하이디?" 하이디는 질문에 그저 폴짝폴짝 뛰며 손뼉을 치는 것으로 대답을 대신했다.

이윽고 제제만 부인이 말에 올라타자 알프스 삼촌이 고삐를 잡고 가파른 산비탈을 안내하며 내려가기 시작했다. 부인은 그러지 않아도 된다고 만류했다. 하지만 노인은 가파른 비탈길은 말을 타고 내려가는 사람에게 위험하다며 부인이 되르플리까지 안전하게 내려가는지 확인해야 한다고 말했다. 제제만 부인은 가뜩이나 조용한 마을인 되르플리에서 혼자 지내고 싶지 않았다. 그래서 라가츠로 돌아가 그곳에서 종종 여기로 찾아오기로 했다.

노인이 산을 내려간 동안 페터가 염소들을 데리고 내려왔다. 하이디는 물론 클라라까지 염소들에게 둘러싸였다. 하이디는 한 마리 한 마리 이름을 가르쳐주었다. 덕분에 클라라도 그토록 만나기를 고대했던 눈송이부터 뾰족이, 하양이와 밤송이며 다른 염소들을 전부 만날 수 있었다. 물론 덩치 큰 큰뿔이도 잊지 않았다. 페터는 한쪽에 멀찌감치 서서 클라라를 무섭게 노려보았다. 클라라가 상냥하게 인사를 건네도 대꾸하지 않았다. 대답은커녕 심통이 났을 때 버릇대로 지팡이를 부러뜨리려는 듯 앞뒤로 흔들며 함부로 휘두를 뿐이었다. 잠시 후 페터는 염소를 몰고 후다닥 산을 내려갔다.

그날 클라라는 신나는 하루를 보냈다. 매 순간 즐거웠지만, 하이디와 함께 다락의 건초 침대에 누워 별이 총총 박힌 하늘을 곧장 바라볼 때가 가장 행복했다. "어머나, 하이디." 클라라가 감탄했다. "우리가 근사한 마차를 타고 천국으로 날아가는 것 같아."

"별들이 왜 우릴 보고 반짝이는지 알아?" 하이디가 물었다.

"몰라. 왜 반짝이는 거야?" 클라라가 되물었다.

"저 별들은 천국에 있기 때문이야. 하느님이 이 땅의 우리를 잘 보살펴주시기 때문에 두려워할 필요가 없다는 걸 알거든. 결국 모든 일은 잘되게 되어 있으니까. 그래서 별들이 우리를 향해 고개를 끄덕이면서 반짝이는 거야. 이제 기도를 드리자, 클라라. 하느님께 우리를 잘 보살펴달라고 부탁해."

두 아이는 얼른 일어나 기도를 읊조렸다. 기도를 끝내자마자 하이디는 자신의 팔을 베고 눕더니 그대로 곯아떨어졌다. 하지만 클라라는 눈을 말똥말똥 뜬 채 하늘을 바라보았다. 아름다운 별들이 이렇게 반짝이는데 잠을 자려니 시간이 너무 아까웠다. 클라라는 이렇게 아름다운 별은 난생처음 보았다. 그도 그럴 것이 평소에 밤에 외출을 해본 적이 없었다. 게다가 집에서는 하늘에 별이 뜨기도 전에 커튼을 다 쳐버렸다. 어느새 클라라도 졸음이 쏟아져 눈이 자꾸 감겼다. 클라라는 어떻게든 잠이 들지 않으려고 애를 썼다. 하이디 말대로 유난히 밝게 빛나는 한 쌍의 별이 침대 위를 환하게 비추며 자신에게 고개를 끄덕이고 반짝거리는지 보고 싶었다. 마침내 쏟아지는 잠에 굴복할 즈음, 클라라는 그 별들이 자신의 꿈으로 들어와서 여전히 반짝이는 것 같다는 생각이 얼핏 들었다.

클라라가 낯선 생활을 즐기기 시작하다

이튿날 아침 동이 트자 노인은 평소처럼 밖으로 나왔다. 산 위를 덮은 엷은 안개가 스르르 사라지고 아침노을을 받아 새털 같은 구름들이 분홍색으로 변해가는 모습을 조용히 지켜보았다. 어느새 골짜기에 황금빛 물결이 넘실대고 온 세상이 눈을 뜨며 싱그러운 하루가 다시 시작되었다. 노인은 집으로 들어가 조용히 다락으로 올라갔다. 클라라는 막 잠에서 깼는지 침대로 곧장 쏟아져 들어와 침대 위에서 춤추는 햇살을 보며 어리둥절한 표정을 지었다. 순간 자신이 어디에 있는지 기억이 나지 않는 것 같았다. 바로 그때 옆에 누운 하이디가 보였다. 연이어 알프스 삼촌의 다정한 목소리도 들렸다. "잠은 푹 잤니? 자고 일어나니 몸이 좀 개운하니?"

"네." 클라라가 대답했다. "지난밤에 한 번도 깨지 않고 잤어요."

노인은 흡족한 표정으로 고개를 끄덕였다. 그리고 지난밤처럼 다정하고 능숙한 손길로 클라라를 일으켜 세웠다. 하이디가 잠에서 깨보니 클라라는 벌써 옷을 갈아입고 할아버지에게 안겨 다락에서 내려갈 준비를 하고 있었다. 하이디는 클라라와 함께하는 시간을 단 한 순간도 놓치고 싶지 않았다. 얼른 침대에서 나와 후다닥 옷을 갈아입고 사다리를 내려갔다.

전날 밤 알프스 삼촌은 휠체어를 보관할 방법을 생각했다. 휠체어는 폭이 너무 넓어서 문을 통과할 수 없었다. 노인은 헛간 입구에서 판자 두 개를 떼서 문을 넓힌 후 그곳에 밀어 넣었다. 떼어낸 판자는 원래 자리에 세워두기만 했다. 필요할 때마다 쉽게 움직일 수 있도록 말이다. 노인이 클라라를 휠체어에 태워 헛간에서 나왔다. 휠체어를 밀어 밝은 곳으로 나가자 때맞춰 하이디가 나왔다. 노인이 클라라를 집 앞까지 밀고 온 후 염소를 살피러 가자 하이디가 다가와 아침 인사를 했다. 클라라는 그 순간 모든 것이 처음이었다. 도시가 아닌 자연 속에서 아침을 맞은 것도, 이렇게 일찍 일어난 것도 처음이었다. 서늘한 산속의 공기를 들이마시니 공기에 스며든 전나무 향이 너무나 향기로웠다. 클라라는 신선한 공기를 한껏 마셨다. 얼굴과 손에 닿는 햇빛이 따사로웠다. 산에서 사는 삶을 많이 상상해봤지만 이럴 줄은 꿈에도 몰랐다.

"여기서 영원히 살았으면 좋겠어." 클라라가 하이디에게 말했다.

"이제 내 말이 다 사실이었다는 걸 알겠지? 할아버지와 함께 여기서 살다니, 여기가 바로 천국이지 않아?" 하이디가 물었다.

바로 그때 노인이 거품이 가득 일어난 염소젖이 가득 든 컵 두 개를 가지고 나와 두 아이에게 하나씩 건넸다. "이 염소젖은 몸에 좋단다." 노인이 클라라에게 다정하게 말했다. "하양이의 젖이야. 이걸 마시면 튼튼해질 거야. 그러니 다 마셔. 건강에 좋아."

클라라는 염소젖을 한 번도 먹어보지 않았다. 그래서 미심쩍은 듯 냄새부터 맡았다. 하지만 하이디가 순식간에 잔을 비우자 클라라도 마시기 시작했다. 맛을 보니 설탕과 계피를 넣은 것처럼 달콤하면서 매콤했다.

"내일은 두 잔을 마시자." 클라라도 하이디를 따라 염소젖을 단숨에 다 마시자 알프스 삼촌은 흡족해하며 말했다.

마침 페터가 염소들을 몰고 올라왔다. 염소들은 하이디를 보자 평소처럼 매애 울며 하이디 주위로 몰려들었다. 염소들의 울음소리가 어찌나 우렁찬지 페터에게 당부할 이야기가 있었던 노인은 아이를 다른 곳으로 데려가야 할 정도였다.

"내 말을 잘 들어라. 이제부터 하양이는 마음대로 돌아다니도록 내버려 둬. 하양이에게서 평소보다 맛있는 젖을 더 짜고 싶어서 그래. 그 녀석은 가장 맛있는 풀이 어디에서 자라는지 잘 알 거야. 평소보다 더 높은 곳으로 가고 싶어하면 너도 따라가. 다른 염소들도 따라올 거야. 풀 맛이라면 하양이가 너보다 잘 아니까. 네가 좀 더 돌아다녀야 하겠지만, 큰일 날 정도는 아닐 게다. 왜 누구를 잡아먹기라도 할 것처럼 저쪽을 노려보는 거냐? 하이디와 클라라는 함께 가지 않을 거야. 이제 가라. 내 말 명심하고."

페터는 알프스 삼촌이 시키는 일이라면 얼른 해치웠다. 그래서 당장 염소를 몰고 떠났다. 하지만 지금은 뭔가 마음에 담아둔 게 있는 것처럼 자꾸 고개를 돌려 하이디와 클라라에게 눈을 흘겼다. 염소들이 하이디를 마구 밀어붙이며 따라왔다. 페터가 원한 것도 바로 이런 상황이었다.

"너도 같이 가는 게 좋아. 오늘 나는 하루 종일 하양이를 따라다녀야 하거든." 페터가 하이디에게 소리쳤다.

"나는 안 돼." 하이디도 덩달아 큰 소리로 대답했다. "클라라가 있는 동안은 같이 갈 수 없어. 나중에 다 같이 고원에 올라가자고 할아버지가 약속하셨어." 이 말을 마친 후 하이디는 염소들 사이에서 간신히 빠져나와 클라라에게 돌아갔다. 페터는 휠체어가 있는 쪽으로 두 주먹을 휘둘렀다. 그리고 알프스 삼촌에게 들킬까 봐 얼른 몸을 홱 돌려 통나무집에서 보이지 않는 곳까지 냅다 달렸다. 방금 한 주먹질을 알프스 삼촌이 본다면 무슨 호통을 칠지 모르는 편이 나았다.

　클라라와 하이디는 하루 종일 어떻게 보낼지 세워놓은 계획이 너무 많아 무엇부터 시작하면 좋을까 난감했다. 바로 그때 하이디는 매일 할머니에게 편지를 쓰겠다고 약속했으니 편지부터 쓰자고 했다. 제제만 부인이 클라라를 두고 가면서 걱정이 되지 않을 리 만무했다. 클라라가 그곳에서 며칠을 머무르건 지내는 동안 불편함이 없는지, 그곳 생활을 잘 견딜지 이것저것 염려가 되었던 것이다. 그래서 정기적으로 클라라에게서 소식을 들으면 좋겠다고 생각했다. 클라라가 어떻게 지내는지 매일 편지를 받으면 클라라에게 무슨 일이 생겼을 때 곧장 가볼 수 있으니 부인은 라가츠에서 안심하고 맘 편히 지내도 될 것 같았다.

　"편지는 집에서 써야 하지?" 클라라는 하이디의 생각에 금세 들떴지만 그곳에서 움직이고 싶지 않아 그렇게 물었다. 그러자 하이디는 얼른 집에서 교과서 몇 권과 다리가 셋인 의자를 가지고 나왔다. 그리고 클라라가 편지지를 받치고 쓸 수 있도록 교과서를 클라라의 다리에 올려놓았다. 자신은 벤치 앞에 가져다 놓은 의자에 앉아 벤치를 책상으로 삼았다. 두 아이는 편지를 쓰기 시작했다. 하지만 클라라의 시선은 자꾸 주위로 향했다. 눈에 보이는 모든 곳이 아름다웠다. 어느새 바람이 약해져 부드러운 미풍만이 클라라의 볼을 어루만지고 나무들 사이에서 소곤거렸다. 수천 마리는 될 것 같은 벌레들이 청명한 공기 속을 춤추듯 날아다닐 뿐, 사방이 고요했다. 아주 가끔 염소치기의 고함 소리가 암벽에 부딪혀 메아리쳤다.

오전이 순식간에 흘러갔다. 노인이 어느새 김이 모락모락 피어오르는 그릇 두 개를 들고나왔다. 클라라에게는 해가 떠 있는 동안 밖에서 지내라고 했다. 두 아이는 또다시 야외에서 맛있는 식사를 했다. 점심을 먹은 후 하이디는 휠체어를 밀고 전나무들 아래 그늘로 갔다. 그곳에서 둘은 오후 내내 하이디가 프랑크푸르트를 떠난 후 일어난 일들을 시시콜콜 이야기하며 보냈다. 하이디가 떠난 후 프랑크푸르트에 특별한 일은 없었다. 하지만 제제만 씨의 식구들에 대해 하이디는 속속들이 잘 알았기 때문에 클라라가 들려줄 이야기는 잔뜩 있었다. 그래서 두 아이는 시간 가는 줄 모르고 신나게 수다를 떨었다. 머리 위 나뭇가지에 쪼르르 앉아 있는 새들이 재잘거리며 노래를 불렀다. 아이들의 대화가 너무 재미있으니 자신들도 끼워달라고 청하는 것 같았다.

시간이 쏜살같이 흘러 어느새 주위가 어둑해졌다. 아직도 심통이 나 있는 페터가 염소들을 데리고 내려왔다. "잘 자, 페터." 친구가 들렀다 갈 생각이 없는 것을 보고 하이디가 큰 소리로 인사를 했다. 클라라도 다정하게 밤 인사를 건넸다. 하지만 페터는 대꾸도 없이 염소를 몰고 곧장 마을로 내려갔다.

클라라는 할아버지가 하양이를 우리로 데리고 가는 모습을 보았다. 그 모습을 보니 할아버지가 곧 가지고 나올 염소젖이 마시고 싶어졌다. "정말 신기해." 클라라가 하이디에게 말을 걸었다. "나는 지금까지 꼭 먹어야 해서 먹은 기억밖에 없어. 어른들이 먹으라고 주는 건 뭐든 다 대구 간유 맛이었어. 그래서 자연스럽게 아무것도 먹고 싶지 않게 되었어. 그런데 지금 할아버지가 가져오실 염소젖이 얼른 마시고 싶어."

"무슨 말인지 알겠어." 하이디는 프랑크푸르트에서 지냈던 시절을 떠올리며 맞장구를 쳤다. 그때는 아무리 맛있는 음식이라도 목에 걸릴 것만 같았다.

클라라는 자신에게 놀랐다. 난생처음 온종일 집 밖에서 보낸 날이었다. 산속의 공기가 이렇게 몸에 좋을지 생각지도 못했다. 잠시 후 노인이 염소젖을 가져오자 클라라는 하이디보다 먼저 마시고 한 잔 더 달라고 했다. 노인은 기뻐하며 잔을 받아들고 집 안으로 들어갔다. 그리고 염소젖 잔에 버터를 두툼하게 바른 빵 한 조각을 얹어 가지고 나왔다. 버터 바른 빵이야말로 별미였다. 산을 조금 더 올라가면 오두막이 하나 있는데, 노인은 오후 내내 오두막에서 맛있는 버터를 만들었다. 그리고 커다란 버터 덩어리 하나를 완성해서 내려왔다. 노인은 아이들이 맛있게 먹는 모습을 기쁜 마음으로 지켜보았다.

클라라는 그날 밤이야말로 절대 잠을 자지 않고 별들을 지켜보려고 마음을 먹었다. 하지만 자꾸 눈이 스르르 감기더니 어느새 곯아떨어져 그 어느 때보다 곤하게 잠이 들었다.

다음 날과 그다음 날도 별일 없이 즐거운 날들이 이어졌다. 그러던 어느 날 두 아이가 깜짝 놀랄 일이 벌어졌다. 건장한 짐꾼 두 명이 도착했는데, 각자 등에 침대와 침구가 든 바구니를 지고 있었다. 그들은 제제만 부인의 편지도 가져왔는데, 편지에는 침대와 침구가 클라라와 하이디의 것이라고 적혀 있었다. 노부인은 앞으로 건초 침대 말고 번듯한 침대에서 자라고 했다. 그리고 겨울을 지내기 위해 되르플리 마을에 갈 때는 침대 하나는 가져가고 나머지는 집에 남겨두라고 했다. 그러면 클라라가 하이디를 언제 보러 가더라도 잠을 잘 침대가 있으니 걱정할 일이 없을 것이라고 말했다. 제제만 부인은 매일 편지를 보내줘 고맙고, 지금처럼 어떻게 지내는지 함께 있는 것처럼 소상히 알 수 있도록 편지를 계속 보내주면 고맙겠다는 말도 잊지 않았다.

노인은 다락으로 올라가 건초를 원래 있던 곳으로 옮겼다. 담요들도 잘 개어 치워두었다. 그리고 짐꾼들과 함께 침대를 다락으로 올렸다. 두 침대를 나란히 놓아 두 아이가 누워서 새 잠자리에서도 창밖을 바라볼 수 있게 했다.

클라라는 할머니에게 보내는 편지에 통나무집에서 지내면 지낼수록 이곳이 더 좋아진다고 썼다. 할아버지는 상냥하고 속이 깊으신 분이고 하이디는 너무나 명랑하고 재미있다고 썼다. 프랑크푸르트에서 알던 것보다 훨씬 더 그런 것 같다고 덧붙였다. 그래서 매일 잠에서 깨면 아직도 하이디의 집이라 너무 행복하다는 생각이 제일 먼저 든다고 했다. 제제만 부인은 기쁨으로 가득한 손녀의 편지를 받아보고 안심이 되었다. 당분간 자신은 하이디의 집에 다시 가지 않아도 되겠다고 생각했다. 가파른 비탈을 오르면 몹시 피곤했기 때문에 당장 그곳에 가지 않아도 유감스럽지 않았다.

노인도 어린 손님에게 점점 더 정이 들었다. 그는 클라라가 건강해지도록 도움이 될 만한 것들을 매일 찾아보려고 했다. 그는 오후만 되면 산 위로 올라가 특별한 식물과 약초를 찾아다녔다. 그렇게 뜯어온 약초들을 염소 우리에 넣어두었다. 덕분에 사방에 약초 향기가 은은하게 떠돌았다. 어느 저녁 페터가 염소들을 몰아 산에서 내려왔을 때였다. 염소들이 약초 향기를 맡고 코를 찡긋거리더니 우리로 들어가려고 했다. 하지만 그런 일을 막기 위해 문은 단단히 닫혀 있었다. 염소들에게 먹이려고 힘들게 산에서 약초를 뜯어온 게 아니었다. 약초들은 오로지 하양이의 몫이었다. 조금이라도 더 맛있는 젖을 짜기 위해 노인이 생각해낸 방법이었다. 약초를 먹어서인지 하양이는 전보다 더 생기 넘치고 고개를 힘차게 내저었다. 두 눈도 전보다 더 맑게 빛났다.

클라라가 그곳에서 지낸 지 벌써 보름이 지났다. 알프스 삼촌은 매일 아침 클라라를 휠체어에 앉히기 전에 두 발로 서는 연습을 시켰다. "일 분 만이라도 서 있어보지 않겠니?" 그가 상냥하게 말했다. 클라라는 할아버지가 기뻐하는 모습을 보고 싶어 그렇게 해보았다. 하지만 너무 아파서 금세 포기하고는 쓰러지지 않으려고 할아버지를 붙잡으며 기댔다. 노인은 포기하지 말고 서 있는 시간을 조금씩 늘려보자고 클라라를 매번 설득했다.

이 산 위에서 여름이 이다지도 아름다운 해는 오랜만이었다. 구름 한 점 없는 하늘에서 해가 빛나는 날들이 이어졌다. 야생화들이 이렇게 화사하고 향기로운 적은 없었다. 저녁이 되면 아직 눈이 남은 들판과 바위 봉우리들이 보라색과 분홍색, 황금색으로 찬란하게 타올랐다. 하지만 진짜 장관은 하이디의 집보다 더 높은 곳에서만 볼 수 있었다. 하이디는 클라라에게 그 이야기를 모두 들려주었다. 자신이 너무나 사랑하는 고원에서는 눈에 보이는 모든 풍경이 무엇과도 견줄 수 없이 아름답다고 말이다. 어느 날 저녁 하이디는 또 클라라에게 고원에 대해 들려주고 있었다. 문득 그곳이 보고 싶어 견딜 수가 없었다. 그래서 헛간에서 벤치를 만드느라 바쁜 할아버지에게 달려가 말했다. "오, 할아버지. 내일 우리를 저 고원에 데려다주시면 안되나요? 지금쯤 정말 예쁠 거예요."

"그래, 알겠다." 할아버지가 승낙했다. "그전에 클라라가 내 부탁을 들어줘야 해. 오늘 저녁에 혼자 서는 연습을 열심히 해야 해." 하이디는 기쁨에 들떠 한달음에 클라라에게 달려가 할아버지의 말을 전했다. 클라라는 알프스 삼촌을 위해 열심히 해보겠다고 약속했다. 자신도 함께 산 위 목초지를 갈 수 있다는 생각에 한껏 들떴기 때문이었다.

하이디는 어찌나 신이 났는지 페터를 보자마자 큰 소리로 말했다. "내일 우리도 너와 함께 갈 거야. 고원에서 하루 종일 놀 거야."

페터는 대답 대신 누군가가 귀찮게 해서 짜증이 난 곰처럼 으르렁거리는 소리만 냈다. 그러더니 옆에서 얌전히 따라오는 뾰족이를 향해 지팡이를 휘둘렀다. 뾰족이는 눈치 빠르게 눈송이 위로 훌쩍 뛰어올라 매질을 피했다. 결국 지팡이는 허공을 갈랐다.

클라라와 하이디는 다음 날 계획으로 머릿속이 가득찼다. 잠자리로 가면서 밤새 계획을 세우자고 말했다. 하지만 아이들의 머리가 베개에 닿자 재잘거리던 소리가 뚝 멈췄다. 클라라는 길게 뻗은 목초지에 초롱꽃이 가득 피어 있는 꿈을 꾸었다. 하이디는 저 높은 곳에서 매가 끽끽 우는 꿈을 꾸었다. 매는 이렇게 말하는 것 같았다. "빨리 와! 어서! 어서 오라고!"

생각지도 못한 일이 일어나다

다음 날 알프스 삼촌은 해가 뜨기도 전에 일어나 밖으로 나왔다. 하늘을 보고 하루의 날씨를 살피기 위해서였다. 그는 산 정상이 서서히 밝아오는 모습을 지켜보았다. 어느새 해가 모습을 드러내자 그늘이 사라졌다. 저 아래 골짜기도 잠에서 깨어 술렁거렸다. 잠시 후 그는 헛간에서 클라라의 휠체어를 꺼내 집 앞에 밀어놓고 아이들을 깨우러 갔다.

곧 페터가 도착했다. 페터 주위에 모여 있는 염소들이 불안한 듯 안절부절못했다. 페터가 요즘 산으로 올라가는 동안 아무것도 아닌 일로도 지팡이를 휘둘러댔기 때문이다. 요즘 페터는 항상 뚱해 있고 걸핏하면 버럭 화를 냈다. 몇 주째 하이디와 시간을 보내지 못했다. 하이디는 항상 휠체어를 탄 여자아이와 놀며 집이나 전나무들 아래를 벗어나지 않았다. 올 여름 하이디는 한 번도 페터와 함께 고원에 올라가지 않았다. 그런데 낯선 여자아이에게 그곳을 보여주러 간다고 하니 화가 나지 않겠는가. 고원에 올라가도 하이디는 페터가 안중에도 없을 게 분명했다. 그렇게 생각하자 화가 치밀어 참을 수 없었다. 바로 그때 텅 빈 휠체어가 눈에 들어왔다. 페터는 그 의자가 이 모든 말썽을 일으킨 철천지원수라도 되듯 매섭게 노려보았다. 아이는 주위를 두리번거렸다. 근처에 아무도 없었고 집에서 누가 나오는 기척도 없었다. 페터는 그 순간 분노가 폭발해 그대로 휠체어로 달려가 악의를 이기지 못하고 홱 밀어버렸다. 휠체어는 가파른 비탈을 따라 굴러갔다. 점점 가속이 붙더니 까마득한 골짜기 아래로 떨어져 마침내 보이지 않게 되었다.

페터는 날개라도 달린 듯 순식간에 산으로 올라가 커다란 블랙베리 덤불 뒤에 몸을 숨겼다. 의자가 어떻게 되었는지 궁금했지만 그 자리에서 알프스 삼촌에게 잡히고 싶지 않았다. 산 위에서 보니 휠체어는 골짜기로 떨어지며 바위에 부딪혀 몇 번이나 통통 튀어 오르더니 결국 박살이 나버렸다. 페터는 덤불 뒤에서 사악한 웃음을 지으며 그 모습을 다 지켜보았다. 페터는 속이 후련해서 펄쩍펄쩍 뛰며 큰 소리로 웃었다. 이제 그 지긋지긋한 여자아이가 프랑크푸르트로 갈 수밖에 없을 테니 모든 것이 예전으로 돌아갈 거라고 중얼거렸다. 하이디는 전처럼 자주 함께 고원에 오를 것이다. 어쩌면 매일 갈지도 몰랐다. 페터는 방금 얼마나 못된 짓을 했는지 아직 실감이 나지 않았다. 그러니 앞으로 어떤 일이 일어날지 상상이 되지 않았다.

그때 하이디가 집에서 나왔다. 그 뒤로 노인이 클라라를 안고 따라 나왔다. 하이디가 보니 헛간의 문이 활짝 열려 있고 안은 텅 비어 있었다. 하이디는 집 뒤로 돌아갔다가 어리둥절한 표정으로 다시 나왔다.

"왜 그러니, 하이디?" 노인이 물었다. "휠체어는 어딨니?"

"할아버지가 집 앞에 있다고 하셨잖아요. 그런데 아무 데도 없어요." 하이디가 대답했다.

바로 그 순간 강풍이 불어와 열려 있던 헛간 문이 쾅 하고 벽에 부딪혔다.

"바람에 날려갔을지도 몰라요." 하이디가 걱정에 찬 눈빛으로 주위를 두리번거리며 말했다. "오, 어쩌면 좋아요. 휠체어가 되르플리로 곧장 내려갔다면 가지러 갈 시간이 없는데."

"그렇게 멀리 가버렸다면 어차피 되찾지도 못해." 노인이 말했다. "산산조각이 났을 테니까." 그는 골짜기를 내려다보러 가더니 중얼거렸다. "거 참 묘한 일이군." 저 아래 떨어져 있는 휠체어가 눈에 들어왔다. 그 순간 집 앞에 세워놓은 휠체어가 그곳에 추락하려면 헛간에서 나와 모퉁이를 한 번 돌아 나가야 한다는 사실을 깨달았다.

"오, 어쩌면 좋아!" 클라라가 울먹이며 말했다. 클라라는 몹시 속이 상했다. "오늘은 못 가겠네요. 아니 영영 못 갈 거예요. 휠체어가 없으면 나는 여기서 지낼 수 없을 테니까요. 이제 저는 어쩌면 좋죠?"

"어쨌든 오늘은 계획대로 고원에 올라가자." 노인이 클라라에게 다정하게 말했다. "그런 다음 생각해보자."

그 말에 하이디도 클라라도 안심을 했다. 그는 집으로 들어가 담요를 양팔 가득 안고 나왔다. 그는 근처에서 가장 양지바른 곳을 찾아 담요를 펼치고 그곳에 클라라를 앉혔다. 그리고 아이들이 먹을 염소젖을 가져온 후 하양이와 밤송이를 우리에서 끌고 나왔다.

"그나저나 페터 녀석은 어디에 있담." 노인이 생각에 잠겨 중얼거렸다. "오늘따라 많이 늦네." 오늘따라 페터의 휘파람 소리도 들리지 않으니 노인이 궁금해하는 건 당연한 일이었다.

두 아이가 아침을 다 먹자 노인은 담요와 함께 클라라를 들며 말했다. "자, 이제 갈 수 있겠구나. 염소들은 우리가 데리고 가자꾸나."

하이디가 하양이와 밤송이를 양쪽에 거느리고 목에 손을 올린 채 신이 나서 앞장섰다. 염소들은 하이디와 산에 오르니 무척 기분이 좋았다. 어찌나 좋은지 양쪽에서 하이디를 밀어대는 바람에 하이디는 염소 사이에 끼여 납작해질 뻔했다. 세 사람이 목초지에 도착해서 보니 보니 염소들은 여기저기 모여서 평화롭게 풀을 뜯고 있고 페터는 풀밭에 드러누워 있었다.

"거기서 뭐 하냐? 우리 집 지나가는 법을 가르쳐주랴, 이 게으른 녀석아!" 노인이 고함을 질렀다. "정신을 어디다 두고 다니는 게야?"

페터는 노인의 목소리에 벌떡 일어났다. "아무도 안 일어 난 것 같아서 그냥 왔어요." 아이가 대답했다.

"혹시 클라라 휠체어를 봤니?" 노인이 또 물었다.

"무슨 휠체어요?" 페터가 뚱해서 웅얼거리듯 되물었다.

노인은 아무 말도 하지 않았다. 그는 해가 잘 드는 곳을 찾 아 클라라를 그곳에 앉혔다.

"어떠니?" 그가 묻자 클라라가 대답했다. "휠체어에 앉아 있는 것처럼 편안해요. 고맙습니다. 여기 정말 예뻐요."

"이제 재미있게 놀아라." 노인은 이렇게 말한 후 내려갈 채비를 했다. "너희 점심은 저기 그늘에 둔 가방 안에 있어. 염 소젖은 페터에게 먹고 싶은 만큼 짜달라고 해. 하양이의 젖을 짜는지 잘 지켜보고. 저녁에 데리러 오마. 지금은 내려가서 네 휠체어가 어떻게 되었는지 알아봐야겠다."

눈이 시리도록 푸른 하늘에는 구름 한 점 없었다. 만년설 이 덮인 들판이 반짝이고 웅장한 바위 봉우리들이 화창한 하늘 을 배경으로 우뚝 솟아 있었다. 나란히 앉은 하이디와 클라라 는 이보다 더 행복하고 만족스러울 수 없었다. 때때로 염소들 이 한 마리씩 다가와 두 아이 옆에 가만히 누웠다. 특히 눈송이가 자주 찾아와 하이디에게 기대 누웠다. 그러면 얼마 후 또 다른 염소가 와서 눈송이를 몰아냈다. 덕분에 클라라도 염소를 모두 알아볼 수 있게 되었다. 어떤 염소들은 클라라에게 다가와 어깨를 비볐다. 클라라를 믿고 따른다는 확실한 의사 표현이었다. 하이디는 꽃이 만발해 있을 고원을 생각하고 있었다. 그곳이 작년만큼 아름다운지 얼른 보고 싶었다. 하지만 클라라는 저녁에 할아버지가 오실 때까지 아무 데도 갈 수 없었다. 그 때가 되면 꽃들이 봉오리를 다 오므릴 터였다. 하이디는 꽃이 만발한 그곳이 너무 보고 싶었다. 그래서 잠시 후 클라라에게 우물쭈물하며 물었다.

"잠시만 여기 혼자 있을 수 있겠니? 고원에 가서 꽃을 보고 오려고. 아, 잠깐만." 문득 좋은 생각이 떠올랐다. 하이디는 풀을 한 줌 뜯어 클라라의 무릎 위에 뿌렸다. 그리고 눈송이를 데려와 살짝 밀어서 클라라 옆에 눕게 했다. "자, 이렇게 하면 혼자가 아니지." 하이디가 말했다.

"가서 실컷 꽃을 보고 와." 클라라가 말했다. "눈송이와 이렇게 있는 것도 나는 즐거워. 눈송이에게 풀을 먹이면 재미있겠다." 그 말에 마음이 놓인 하이디는 얼른 뛰어갔다. 클라라는 어린 염소에게 풀을 조금씩 먹여보았다. 눈송이는 조심스럽게 풀을 받아먹기 시작했다. 어느새 새 친구를 편하게 여기는 것 같았다. 이렇게 아름다운 곳에 어린 염소 한 마리만을 친구 삼아 나와 있으니 기쁨으로 가슴이 벅차올랐다. 더욱이 그 염소가 클라라를 신뢰해 고분고분 풀을 받아먹는 모습을 보고 있으니 행복할 따름이었다. 자신에게 이렇게 행복한 날이 올지 상상도 하지 못했다. 그러자 클라라는 다른 여자아이들처럼 되면 어떨까 하는 생각이 새삼스럽게 들었다. 건강하고 자유롭게 몸을 움직일 수 있는 아이들처럼 말이다. 그러면 가만히 앉아서 시중을 들어줄 사람을 기다리는 대신 원하는 곳은 어디든 달려가고 다른 사람들을 도와줄 수 있을 것 같았다. 이런 생각을 하자 세상이 전보다 더 환하게 빛나는 것처럼 보였고 마음속 행복은 더욱 크고 깊어졌다. 클라라는 눈송이의 목에 팔을 둘렀다. "나는 영원히 여기서 살고 싶어." 아이는 혼잣말을 하듯 말했다.

그동안 하이디는 꽃이 만발한 고원에 도착해 노란색 양탄자처럼 땅을 수놓은 시스투스와 푸른 초롱꽃, 향긋한 향기를 뿜어내는 앵초, 그 밖에 수많은 꽃들을 홀린 듯 바라보았다. 그러다 느닷없이 클라라에게 달려가 숨을 헐떡이며 옆에 앉았다.

"너도 그곳에 꼭 가봐야 해." 하이디가 소리쳤다. "꽃들이 너무 예뻐. 나중에 가면 그 모습을 볼 수 없을 거야. 내가 너를 업고 가면 어떨까?"

클라라가 고개를 가로저었다. "네 덩치로는 어림도 없어, 하이디. 네가 나보다 작잖아. 오, 걸을 수만 있다면 얼마나 좋을까."

하이디가 뭔가 좋은 방법이 없을까 하며 주위를 둘러보았다. 페터가 비탈 위쪽에 앉아서 그들을 내려다보고 있었다. 사실 페터는 왜 저 여자아이가 아직도 여기 있는지 이해가 안 된다는 표정으로 한 시간 넘게 앉아 있었다. 밉살스러운 휠체어를 산산조각 낸 건 클라라가 아무 데도 가지 못하게 하기 위해서였다. 그런데 클라라는 이곳에 올라와 있었다. 페터는 이곳에서만큼은 저 아이를 보고 싶지 않았다. 게다가 하이디는 여전히 저 아이와 떨어질 줄을 몰랐다. 페터는 자신의 눈을 믿을 수 없었다.

"여기로 내려와, 페터." 하이디가 불렀다.

"안 가." 그가 대답했다.

"내려와. 네가 필요해. 얼른!"

"안 간다니까."

하이디는 버럭 화를 내며 페터를 향해 달려갔다. 하이디의 눈이 활활 타올랐다. "당장 오지 않으면." 하이디는 쿵쿵거리며 더 다가갔다. "네가 절대 좋아하지 않을 일을 해버릴 거야. 농담이 아니야!"

페터는 그 말을 들으니 슬며시 불안해졌다. 아까 아주 못된 짓을 했지만 조금도 양심의 가책이 느껴지지 않았다. 아무도 모를 거라고 생각했기 때문이다. 그런데 방금 그 말은 하이디가 사실을 알지도 모르고, 안다면 알프스 삼촌에게 다 말할 수 있다는 것처럼 들렸다. 당연히 페터는 그런 일은 상상조차 하기 싫었다. "알았어. 내려갈게. 대신 방금 한 말 취소해." 하이디는 페터가 어쩐지 잔뜩 겁에 질린 것처럼 보여서 용서해주었다.

"알았어. 취소할게." 하이디가 소리쳤다. "어서 와. 겁낼 거 전혀 없어."

하이디는 페터와 함께 클라라에게 가서는 페터에게 클라라를 옆에서 부축하라고 했다. 그리고 자신은 반대쪽에서 부축해서 클라라를 일으켜 세웠다. 아직까지는 썩 괜찮았다. 하지만 클라라는 부축을 받지 않으면 똑바로 서 있을 수 없었다.

"팔로 내 목을 감아." 하이디가 말했다. "그리고 페터, 클라라에게 내 팔을 붙잡게 해. 그러면 계속 걷도록 도울 수 있을 거야." 페터는 이런 일은 한 번도 해보지 않았다. 클라라가 페터의 팔을 잡았지만 뻣뻣하게 몸에 팔을 딱 붙이고 있어서 별 도움이 되지 않았다.

"아니야, 그게 아니야, 페터." 하이디가 말했다. "팔을 갈고 리처럼 구부려야지. 그래야 클라라가 껴서 기댈 수 있잖아. 그리고 제발 팔을 빼지 마. 이제 좀 낫네. 이제야 어떻게든 될 것 같아."

하지만 여전히 마음먹은 대로 잘 되지 않았다. 두 아이 사이에 낀 클라라는 비틀비틀 힘겹게 발을 내딛었다. 페터가 하이디보다 키가 큰 탓에 클라라는 계속 한쪽으로 기울어져 걸어야 했다. 클라라는 한쪽 발을 다른 쪽 발 앞으로 내딛으려고 해보았지만 얼른 내민 발을 뒤로 뺐다.

"일단 한쪽 발로 땅을 단단히 디뎌." 하이디가 조언을 했다. "그러면 덜 아플 거야."

"그럴까?" 클라라가 이렇게 되물었다. 반신반의하는 표정을 짓기는 했지만 하이디의 말대로 해보더니 활짝 웃으며 말했다. "네 말이 맞아. 이렇게 하니까 거의 아프지 않아."

"다시 해봐." 하이디가 격려했다. 그러자 클라라가 몇 걸음을 더 내딛었다.

"오, 하이디." 클라라가 감격에 겨워 소리쳤다. "날 좀 봐. 내가 지금 걷고 있어! 걷고 있다고!"

"그래, 방금 걸었어. 정말 걸었어! 그것도 혼자 힘으로! 할아버지가 지금 이 모습을 보셔야 하는데!"

클라라는 여전히 하이디와 페터의 부축을 받고 있었다. 하지만 한 발자국씩 내딛을 때마다 더 굳건하게 땅을 밟았다. 하이디는 기뻐 어쩔 줄을 몰랐다.

"이제 매일 고원으로 올라갈 수 있겠다. 어디든 가고 싶은 곳을 다 가보는 거야." 하이디가 소리쳤다. "이제 어딜 갈 때마다 휠체어를 탈 필요도 없어! 너무 신난다!" 클라라도 하이디와 똑같은 생각이었다. 건강해져서 다른 사람들처럼 걸어다니는 것만큼 클라라에게 행복한 일은 없었다.

하이디가 가장 아끼는 특별한 장소에서 그리 멀지 않은 곳까지 온 후, 클라라는 예쁜 꽃들이 만발한 양지바른 풀밭에 앉아 비로소 쉬었다. 지금까지 일어난 일들이 너무 감격스러워 온갖 색채와 달콤한 향기들로 가득한 주변 풍경을 잠자코 바라보며 마음을 가라앉혔다. 페터는 풀이 높이 자란 곳에 드러누워 이내 잠에 곯아떨어졌다. 하이디는 친구들과 달리 잠시도 가만히 있을 수 없었다. 고원을 마구 쏘다니다가 클라라에게 일어난 일들을 생각하니 다시 신이 나서 친구에게 날듯이 뛰어갔다.

잠시 후 뾰족이의 뒤를 따라 염소 몇 마리가 어슬렁어슬렁 아이들에게 다가왔다. 원래 염소들은 고원을 좋아하지 않았다. 꽃들 사이에서 풀을 뜯는 걸 좋아하지 않았기 때문이다. 지금은 염소치기가 자신들만 두고 너무 오래 자리를 비웠다는 사실을 일깨워주기라도 하는 듯 모두 어슬렁거리며 고원으로 올라왔다. 뾰족이가 하이디와 클라라를 보자 매애 하고 큰 소리로 울었다. 다른 염소들도 따라 울며 모두 두 아이를 향해 돌진했다. 페터가 화들짝 놀라 잠에서 깨어 눈을 비볐다. 페터는 휠체어가 멀쩡한 채로 하이디의 집 앞에 서 있는 꿈을 꾸던 중이었다. 그런데 눈을 뜨자마자 햇빛을 받아 반짝이는 놋쇠 못을 본 것 같았다. 잠이 덜 깬 눈이 노란색 꽃잎을 놋쇠 못으로 착각한 것일 테지만, 그로 인해 자신이 저지른 끔찍한 짓이 다시 떠올랐다. 하이디가 아무에게도 말하지 않는다고 해도 조만간 다 들통날 것 같아 겁이 났다. 이렇게 혼자서 끙끙 앓다 보니 페터는 유난히 고분고분하게 굴었다. 그래서 하이디가 이것저것 시켜도 다 들어주었다.

잠시 후 두 아이는 클라라를 고원으로 데리고 갔고 하이디는 점심 가방을 가져왔다. 가방 안에는 할아버지가 점심으로 준비해둔 맛있는 음식이 들어 있었다. 아까 페터를 윽박지를 때 하이디는 점심을 나눠주지 말아야겠다고 생각하고 있었다. 하지만 하이디는 벌써 용서했기 때문에 점심을 공평하게 삼등 분했다. 어느새 정오를 훌쩍 넘겨 아이들은 모두 허기가 졌다. 하지만 클라라도 하이디도 가져온 점심을 전부 다 먹을 수는 없었다. 그래서 두 아이가 배불리 먹고도 페터에게는 처음 받은 양과 똑같은 양의 점심이 또 생겼다. 페터는 마지막 빵 부스러기까지 몽땅 먹어치웠다. 하지만 평소와 달리 그다지 즐겁지 않았다. 뭔가가 자신의 마음을 갉아대는 기분이었다. 그래서인지 소화되지 않은 점심이 배 속을 무겁게 짓눌렀다.

아이들이 점심을 너무 늦게 먹은 탓에 얼마 지나지 않아 노인이 아이들을 집으로 데려가려고 왔다. 하이디는 할아버지가 오는 모습을 보고 얼른 마중을 나갔다. 엄청난 소식을 제일 먼저 전하고 싶어서 입이 근질거렸다. 하이디는 너무 흥분해서 조리 있게 말이 나오지 않았다. 하지만 노인은 아이의 말을 순식간에 알아들었다. 그의 얼굴이 환해졌다. 그는 클라라가 앉아 있는 곳으로 가서 다 전해 들었다고 말하는 듯한 미소를 지으며 말했다. "목표에 도전해서 그걸 손에 넣었구나."

노인은 클라라가 일어서도록 도와주었다. 그는 한 팔로 클라라의 허리를 안고 다른 팔은 아이가 잡을 수 있게 앞으로 내민 채 몇 걸음 걸어보게 했다. 클라라는 할아버지가 든든하게 지탱해주자 아까보다 더 자신감을 가지고 발을 내딛기 시작했다. 두 사람 옆에서 하이디가 기쁨에 겨워 깡충깡충 뛰며 따라왔다. 노인은 온 세상 행복을 다 가진 것처럼 보였다. 잠시 후 그가 클라라를 안아 들며 말했다. "너무 무리하면 안 돼." 노인이 말했다. "이제 집에 갈 시간이야." 그는 아이를 안고 산을 내려가기 시작했다. 클라라는 오늘 충분히 애를 썼고 이제 좀 쉬어야 한다고 생각했기 때문이다.

페터는 그날 저녁 되르플리 마을로 내려갔다가 한 무리 사람들이 모여 있는 모습을 보았다. 그들은 뭔가를 보고 수군대면서 그것을 더 잘 보려고 팔꿈치로 서로 밀치고 있었다. 페터도 뭔지 보고 싶어서 사람들을 헤치고 앞으로 나갔다. 클라라의 휠체어 잔해였다. 부서진 조각들만 보아도 원래 얼마나 훌륭한 의자였는지 쉽게 짐작할 수 있었다.

"짐꾼들이 이걸 가져왔을 때 나도 봤잖아." 빵집 주인이 말했다. "모르긴 몰라도 엄청나게 비쌀 거야. 어쩌다 이런 일이 일어났는지 알다가도 모르겠네."

"알프스 삼촌이 바람에 날려서 떨어졌을 거래." 마을 여자가 붉은 가죽의 질이 얼마나 좋은지 요리조리 살피며 말했다.

"삼촌 말대로 바람 탓이기를 빌어봅시다." 빵집 주인이 말했다. "그게 아니라면 이런 짓을 한 작자는 혼쭐이 날 거야. 프랑크푸르트에 사는 신사가 그냥 넘어가려고 하겠어? 마을에 한바탕 난리가 나겠네. 어쨌든 내가 이 일과 관련되어 있다고 말할 사람은 없을 거야. 나는 2년 넘게 통나무집 근처에는 얼씬도 안 했으니까."

그런 이야기가 한동안 웅성웅성 이어졌다. 페터는 더 들을 필요도 없었다. 아이는 몸을 홱 돌려 누군가에게 쫓기는 것처럼 후다닥 집으로 달려갔다. 빵집 주인의 말이 무겁게 아이의 가슴을 짓눌렀다. 언제라도 프랑크푸르트에서 경찰이 찾아올까 봐 무서웠다. 경찰이 오면 모든 죄가 밝혀져 감옥에 가게 될 것만 같았다. 생각만으로도 머리카락이 곤두설 만큼 무서웠다. 잔뜩 겁에 질린 채 집으로 돌아온 페터는 말도 못하고 저녁도 먹지 못하고 곧장 침대로 갔다. 그리고 두려움과 걱정으로 끙끙거리며 이불 속으로 파고들었다.

"페터가 또 괭이밥을 뜯어먹고 배탈이 났나 봐요." 브리기테가 말했다. "자꾸 끙끙거리네요."

"내일은 점심을 조금 더 싸서 보내." 그래니가 따스한 목소리로 말했다. "내 빵을 아이에게 줘."

그날 밤 클라라와 하이디는 침대에 누워 별을 보았다. 문득 하이디가 말했다. "내가 생각해봤어. 우리가 아무리 열심히 기도를 해도 하느님이 기도대로 해주시지 않는 게 오히려 좋은 일 아닐까? 왜냐하면 하느님은 우리에게 더 나은 것이 따로 있다는 걸 아실 테니까."

"왜 그렇게 생각하는데?" 클라라가 되물었다.

"내가 프랑크푸르트에 있을 때 당장 집으로 돌려보내 달라고 열심히 빌었어. 하지만 하느님은 내 기도를 그때 들어주시지 않았어. 그래서 하느님이 나를 잊으셨다고 생각했어. 내가 그때 바로 집으로 돌아왔다면 너는 여기 오지 못했을 거야. 그랬다면 건강해지지도 않았겠지."

클라라는 친구의 말을 가만 생각해보더니 이렇게 말했다. "하지만 그렇다면 우리는 아예 기도를 드릴 필요가 없지 않을까? 우리는 몰라도 하느님은 우리에게 뭐가 최선인지 아시니까."

"그건 아닌 것 같아." 하이디가 대뜸 말했다. "우리가 매일 기도를 하는 건, 우리가 얼마나 하느님을 믿는지 보여드리기 위해서니까. 모든 것이 하느님에게서 온다는 사실을 우리가 잘 알고 있다고 알려드려야 해. 우리가 그분을 잊으면 가끔 하느님은 우리가 맘대로 하도록 내버려 두셔. 그러면 결국 우리에게 나쁜 일이 일어나지. 할머니가 내게 그렇게 말씀해주셨어. 모든 일이 할머니 말씀대로 되었고. 그러니 너를 걷게 해주신 하느님에게 감사 기도를 하자."

"그 사실을 일깨워줘서 고마워." 클라라도 하이디와 한마음이었다. "나는 너무 행복해서 하마터면 기도를 잊을 뻔했거든."

다음 날 아침 노인은 아이들에게 제제만 부인에게 특별한 것을 보여주고 싶으니 어서 와달라고 편지를 쓰면 어떻겠냐고 했다. 그런데 아이들은 할머니를 위해 더 좋은 깜짝 선물을 생각해두었다. 아이들은 클라라가 더 연습을 해서 정말 혼자 걷게 되면 그때 할머니에게 소식을 전하고 싶었다. 그래서 할아버지에게 얼마나 더 연습해야 할지 물어보았다. 노인은 일주일가량 걸릴 것이라고 대답했다. 아이들은 라가츠로 보내는 다음편지에 일주일 후 꼭 와달라는 부탁을 담은 편지를 썼다. 물론그 이유는 밝히지 않았다.

그로부터 며칠 동안 클라라는 산에서 평생에 가장 행복한 시간을 보냈다. 매일 아침 눈을 뜨면 이런 생각이 들었다. '나는 이제 건강해! 이제 걸을 수 있어!' 매일 클라라가 혼자 걸을 수 있는 거리는 조금씩 늘어났다. 연습을 하니 식욕도 좋아져서 노인이 클라라에게 주는 빵과 버터의 양도 점점 늘어났다.

게다가 염소젖도 몇 번이나 더 따라주었다. 염소젖을 받자마자 클라라가 순식간에 다 마시는 모습을 노인은 고개를 끄덕이며 흐뭇하게 지켜보았다. 이렇게 행복한 분위기에서 일주일이 순식간에 흘러갔다.

다시 만날 때까지 안녕

제제만 부인은 산으로 출발하기 전날 편지를 보내 출발을 알렸다. 그 편지를 페터가 아침에 가져왔다. 아이들은 노인과 함께 벌써 밖에 나와 있었고 염소들도 조바심을 내며 염소치기를 기다리고 있었다. 노인은 흐뭇하게 미소를 지으며 아이들을 지켜보았다. 그 모습에 페터는 저절로 발걸음이 늦어졌지만 어쨌든 편지는 전했다. 편지를 전한 후 페터는 누군가 따라올까 겁을 내는 사람처럼 불안한 표정으로 뒤를 힐끔힐끔 돌아보더니 후다닥 산으로 올라갔다.

하이디는 페터가 왜 그러는지 짐작이 가지 않아 할아버지에게 물었다. "할아버지, 왜 페터가 요즘 몽둥이가 날아올까 봐 겁내는 큰뿔이처럼 구는 걸까요?"

"몽둥이로 맞을 짓을 했다고 생각하나 보다." 노인이 대답했다.

페터는 자신의 모습이 보이지 않을 때까지 멀리 뛰어갔다. 마침내 멈춰서 다시 두리번거렸다. 하루하루 지날수록 페터의 걱정은 커져만 갔다. 프랑크푸르트에서 온 경찰이 언제 덤불 뒤에서 풀쩍 뛰어나와 목덜미를 낚아챌지 몰라 전전긍긍했다. 근심 걱정이 아이의 마음을 괴롭혔다.

하이디는 아침내 집 안을 말끔하게 청소했다. 제제만 부인이 도착했을 즈음에는 눈 돌리는 곳마다 반들반들 윤이 나고 빛이 날 정도로 깨끗했다. 클라라는 앉아서 하이디를 지켜보았다. 청소를 마친 후 두 아이는 깨끗하게 몸단장을 하고 두근거리는 가슴을 안고 밖에 앉아서 할머니를 기다렸다. 노인은 일찌감치 산에 올라 푸른색 용담꽃을 한 아름 가져와 아이들에게 보여준 후 집 안으로 가지고 들어갔다. 하이디는 수시로 의자에서 일어나 산길을 내려다보며 할머니의 모습을 찾았다. 마침내 작은 행렬이 눈에 들어왔다. 제일 앞에는 제제만 부인이 탄 말을 끄는 안내인이 섰고 뒤에는 바구니를 등에 진 짐꾼이 따라왔다. 통나무집이 있는 작은 평지에 행렬이 도착하자마자 제제만 부인은 두 아이들을 보고 걱정스럽게 말했다.

"클라라, 네 휠체어는 어디에 있니? 왜 그러고 있어?" 하지만 제제만 부인이 말에서 내려 아이들에게 가까이 가자 직전의 걱정은 놀라움으로 바뀌었다. 부인이 감탄하며 말했다. "세상에, 클라라, 정말 건강해 보이는구나. 못 알아볼 뻔했어."

그러자 하이디가 벌떡 일어섰다. 클라라도 따라 일어났다. 두 아이가 걸어서 부인에게 다가왔다. 클라라는 아무런 도움도 받지 않고 하이디의 어깨에 한 손을 얹은 채 똑바로 서서 걸었다. 제제만 부인은 감격한 표정으로 그 모습을 지켜보았다. 아이들은 몸을 돌려 부인에게 다가왔다. 노부인이 아이들의 얼굴을 보니 장미처럼 두 볼이 발그레하고 행복으로 환하게 빛나고 있었다. 제제만 부인은 울고 웃기를 반복하며 클라라와 하이디를 번갈아 안아준 후 다시 클라라를 안았다. 어떤 말로 이 감정을 설명할 수 있을지 머릿속이 텅 빈 듯 아무 생각도 나지 않았다. 바로 그때 노인이 보였다. 그는 집에서 나와 흐뭇하게 세 사람을 지켜보고 있었다. 제제만 부인은 클라라와 팔짱을 낀 채 노인에게 걸어갔다. 제제만 부인은 마침내 손녀와 나란히 서서 걸을 수 있다는 사실에 만감이 교차했다. 그래서 노인의 손을 덥석 잡으며 따스하게 말했다.

"오, 삼촌. 이 은혜를 어떻게 갚아야 할까요? 이게 다 삼촌의 공이에요. 아이를 살뜰하게 보살펴주신 덕분이에요."

"그리고 하느님이 우리에게 주신 따뜻한 해님과 이 산의 공기도 한몫했죠." 노인이 덧붙였다.

"하양이의 맛있는 염소젖도 잊으면 안 돼요." 클라라도 거들었다. "제가 그 염소젖을 얼마나 많이 마셨는지 할머니는 모르실 거예요. 정말 맛있어요!"

"너의 발그레한 두 볼을 보니 다 알겠구나." 제제만 부인이 대답했다. "정말 처음에는 다른 사람인 줄 알았어. 통통해지고, 지금 보니 키도 컸구나! 네게서 눈을 뗄 수가 없어. 이건 기적이야. 당장 파리에 있는 네 아버지에게 전보를 쳐서 얼른 여기로 오라고 해야겠다. 물론 이유는 알려주지 않을 거야. 네 아버지 평생 가장 행복하고 놀라운 장면을 봐야 하니까. 그런데 여기서 어떻게 전보를 보내죠, 삼촌? 같이 온 사람들은 벌써 내려갔나요?"

"네, 벌써 갔어요." 알프스 삼촌이 대답했다. "하지만 급하시면 페터를 보내면 됩니다." 말을 끝내자마자 노인이 손가락을 입에 대고 휘파람을 획 불었다. 그 소리가 어찌나 우렁찬지 주위의 암벽에 부딪혀 메아리가 되어 사방에 울렸다. 휘파람을 불기가 무섭게 페터가 얼굴이 백짓장이 되어 뛰어왔다. 페터는 삼촌의 휘파람 소리를 잘 알았다. 드디어 악몽이 실현되었다면서 잔뜩 겁에 질렸다. 내려가면 자신은 경찰에 체포될 것이라고 말이다. 그런데 막상 내려가 보니 제제만 부인의 전보 내용이 적힌 종이 한 장을 되르플리 마을 우체국에 가져다주는 심부름일 뿐이었다. 아이는 안도의 한숨을 쉬며 쏜살같이 산을 내려갔다.

네 사람은 집 앞에서 점심을 먹으려고 자리에 앉았다. 그제야 제제만 부인은 어떻게 된 일인지 전부 전해 들었다. "도저히 믿을 수가 없어!" 그녀는 연신 이렇게 감탄했다. "너무 좋아서 믿기지 않아." 그 말에 클라라와 하이디는 할머니를 위해 준비한 깜짝 선물이 성공했다며 기뻐 어쩔 줄을 몰랐다.

바로 이 시각 제제만 씨는 이런 일이 있는 줄도 모른 채, 모두를 깜짝 놀라게 할 계획을 실행에 옮기느라 정신이 없었다. 그는 파리에서 일이 예상보다 일찍 끝나자 클라라가 몹시 그리웠다. 그래서 아무에게도 알리지 않고 기차를 타고 바젤로 향했다. 그곳에서 곧장 라가츠로 갔는데, 마침 제제만 부인이 그곳을 떠난 직후였다. 어머니의 행선지를 들은 제제만 씨는 곧장 마차를 빌려 되르플리 마을로 향했다. 마을에 도착하자 그는 산에 오르기 시작했다. 걷기 시작하니 여간 힘들지 않았다. 등산이 익숙하지 않았기 때문이다. 한참을 올라간 것 같았지만 염소치기의 통나무집에도 도착하지 못했다. 그는 클라라의 편지로 마을과 하이디의 집 중간쯤에 그 집이 있다는 사실을 알았다. 슬슬 길을 잘못 든 게 틀림없다는 생각이 들기 시작했다. 그는 지나가는 사람에게 길을 물어보려고 애타게 주위를 둘러보았다. 하지만 주위에는 지나가는 사람 한 명 보이지 않았고 벌레들이 윙윙거리고 가끔 새들이 지저귀는 것 외에 아무 소리도 들리지 않았다.

제제만 씨는 점점 더워졌다. 서서 손으로 부채질을 하고 있는데 누군가 산에서 내려오고 있었다. 전보를 부치러 가는 페터였다. 제제만 씨는 아이가 근처에 오자마자 말을 걸었다. 그러자 아이가 화들짝 놀라며 그를 슬금슬금 피하는 것이 아닌가.

"얘야." 당황한 제제만 씨가 다급하게 소리쳤다. "이 길로 가면 하이디라는 아이가 할아버지와 함께 사는 집이 나오니? 그 집에 지금 프랑크푸르트에서 온 사람들이 머무르고 있다던데?"

'경찰이다!' 그렇지 않아도 겁을 먹은 페터는 제제만 씨의 말을 듣자 아무 생각도 들지 않았다. 아이는 비명을 지르며 헐레벌떡 산을 내려갔다. 서두르다가 그만 발이 걸려 넘어져 데굴데굴 몇 번이나 구르고 말았다. 마치 클라라의 휠체어처럼 말이다. 다행히 의자와 달리 페터는 산산조각 나지는 않았다! 하지만 쥐고 있던 종이를 놓쳐서 잃어버렸다.

"세상에!" 제제만 씨가 소리쳤다. "산사람들이 이 정도로 낯을 가릴 줄이야!" 제제만 씨는 아이가 낯선 사람의 모습을 보자마자 허둥지둥 산을 내려간 줄로만 알았다. 그는 잠시 서서 페터가 사정없이 굴러가는 모습을 지켜보다가 다시 발걸음을 재촉했다. 한편 페터는 멈출 수도, 일어설 수도 없어서 계속 굴러가 결국 덤불에 털썩 떨어지고 말았다. 페터는 그대로 널브러진 채 어떻게든 두려움을 몰아내려고 했다. 바로 그때였다.

"어이쿠, 여기 또 하나 오네!" 바로 근처에서 놀리는 목소리가 들렸다. "다음 차례에는 또 누가 산꼭대기에서 감자 자루처럼 데굴데굴 굴러오려나."

목소리 주인은 빵집 주인이었다. 그는 열심히 일을 하다가 바람을 쐬려고 밖으로 나온 참이었다. 그의 목소리에 페터는 얼른 정신을 차리고 일어났다. 페터에게는 빵집 주인이 의자가 어쩌다 그렇게 되었는지 다 안다고 말하는 것처럼 들렸다. 불쌍한 어린 목동은 온몸에 멍이 들고 양심의 가책으로 발걸음이 자꾸 무거워졌지만 허둥지둥 산에 오르기 시작했다. 그는 얼른 집으로 돌아가 이불을 뒤집어쓰고 숨고 싶었다. 페터가 정말 안전하게 느끼는 장소는 이불 속뿐이었다. 하지만 염소들이 아직 산 위에 있었다. 삼촌도 염소들끼리만 오래 둘 수 없으니까 서둘러 다녀오라고 했다. 그는 감히 알프스 삼촌의 말을 거스르고 싶지 않았다.

그동안 제제만 씨는 터덜터덜 산을 올라갔다. 아이가 데굴데굴 굴러간 후에 마침내 염소치기의 집에 도착했다. 그 집을 보니 길을 잃지 않았다는 사실에 마음이 놓였다. 그는 그곳에서 다시 의욕을 다지며 길을 떠났다. 얼마 가지 않아 저 위에 세 그루의 전나무와 통나무집이 닿을 듯이 보였다. 그 모습에 힘이 솟은 제제만 씨는 발걸음도 경쾌하게 산을 올랐다. 그곳에 도착해 사람들을 깜짝 놀래줄 생각을 하니 껄껄 웃음이 절로 나왔다. 하지만 그의 생각대로는 되지 않을 터였다. 하이디와 친구들은 이미 그가 올라오는 모습을 보았기 때문이다. 잔뜩 신이 난 그들은 집 앞으로 나와 제제만 씨를 위해 허겁지겁환영식을 준비했다.

제제만 씨는 무사히 하이디의 집이 서 있는 평지에 도착하자 사방에 대고 절이라도 하고 싶을 정도로 안심이 되었다. 그때 자신을 향해 다가오는 두 사람이 보였다. 둘 중에 키가 더큰 금발의 여자아이가 키가 더 작은 검은머리 여자아이에게 살짝 몸을 기댄 채 걸어왔다.

그는 가만히 서서 두 아이를 지켜보았다. 갑자기 그의 두눈에 눈물이 차올랐다. 이유는 알 수 없지만 문득 클라라의 어머니가 떠올랐기 때문이었다. 죽은 아내도 그를 향해 다가오는여자아이처럼 금발에 피부가 뽀얗고 볼이 발그레했다. 그는 자신이 꿈을 꾸는 것인지 아닌지 분간이 가지 않았다.

"저를 몰라보시겠어요, 아빠?" 클라라가 말했다. "제 모습이 그렇게 달라졌어요?"

그 말에 제제만 씨는 아이를 향해 달려가 품에 꼭 안았다. "달라졌다마다!" 그가 놀라 소리쳤다. "이럴 수가! 내 눈을 믿을 수가 없어!"

그는 뒤로 물러나서 아이를 좀 더 살펴보더니 꼭 안았다. 감격의 순간을 조금도 놓치기 싫었던 제제만 부인도 두 사람의 곁으로 왔다.

"애야, 우리를 보고 깜짝 놀랐지?" 부인이 아들에게 묻더니 이렇게 덧붙였다. "우리를 깜짝 놀라게 하려고 했지? 하지만 보다시피 우리가 너를 위해 준비한 것에 비하면 아무것도 아니지 않니?" 그녀는 애정을 담아 아들에게 입을 맞추며 말했다. "자, 어서 오너라. 그리고 우리에게 크나큰 기쁨을 선사해 주신 삼촌에게 인사를 해."

"정말 큰 빚을 졌어요." 제제만 씨가 환하게 웃으며 말했다. "그리고 우리 하이디에게도요. 다시 이렇게 건강을 되찾고 행복한 모습을 보니 정말 기쁘구나, 하이디. 네 두 볼에 핀 꽃은 분명 알프스의 들장미겠구나."

하이디는 제제만 씨를 보며 활짝 웃었다. 사랑하는 친구가 바로 이 산에서 무엇과도 바꿀 수 없는 행복을 얻었다는 사실이 무엇보다 즐거웠다. 부인이 제제만 씨를 알프스 삼촌에게 인사시켰다. 제제만 씨는 삼촌이 베풀어준 모든 것에 진심으로 감사했다.

두 남자가 이야기를 나누는 동안 노부인은 전나무들이 서 있는 곳까지 갔다. 땅에 가장 가까이 늘어진 나뭇가지들 사이 작은 틈새에 꽂힌 푸른 용담꽃 다발을 본 노부인은 그 아름다움에 흠뻑 빠졌다. 꽃들은 원래 그곳에서 자라는 것처럼 싱그러웠다.

"이렇게 아름다울 수가!" 노부인이 감탄을 했다. "하이디, 여기로 와보겠니. 나를 놀래주려고 네가 여기에 꽃을 두었니? 그런 생각을 하다니, 정말 고맙구나."

"아뇨. 제가 아니에요." 하이디가 대답했다. "하지만 누가 했는지 알아요."

"산에 가면 꽃들이 저런 모습으로 자라고 있어요." 클라라가 거들었다. "얼마나 많은지 몰라요. 맞혀보세요. 오늘 아침에 할머니를 위해서 저 꽃을 따온 사람이 누구인지."

클라라가 너무 즐거워하니까 노부인은 꽃을 따온 사람이 손녀라고 짐작했다.

세 사람의 대화는 나무 뒤에서 들려오는 끙끙대는 소리에 뚝 끊어졌다. 소리의 주인공은 페터였다. 아이는 집 앞에 알프스 삼촌과 아까 본 낯선 사람이 함께 있는 모습을 보고 산에 숨으려고 낑낑대며 올라가는 중이었다. 바로 그때 제제만 부인이 페터를 본 것이다. 제제만 부인은 이 꽃을 갖다놓은 사람이 페터이고 그 사실이 부끄러워서 도망치려 한다고 생각해버렸다.

"애야, 이리 와." 부인은 어떻게든 보답을 하고 싶어서 페터를 불렀다. "이리 와보겠니? 부끄러워하지 말고."

페터는 어찌나 겁이 났는지 이제 도망칠 힘도 없었다. '이제 난 끝장이야.' 그런 생각이 퍼뜩 들었다. 페터는 몹시 괴로운 표정을 지으며 느릿느릿 그들에게 다가갔다.

"용기를 내." 제제만 부인이 페터의 기를 살려주려고 이렇게 격려했다. "솔직하게 말해줘. 네가 했니?"

페터는 차마 고개를 들 용기도 없었다. 그러니 부인이 가리키는 곳을 못 본 것은 당연한 일이었다. 그런데 집이 있는 쪽에서 날아오는 알프스 삼촌의 시선이 느껴졌다. 그래서 벌벌 떨며 대답했다. "네."

"어머나, 세상에." 노부인이 중얼거리듯 말했다. "그런데 왜 그렇게 벌벌 떨고 있니?"

"왜냐하면…… 왜냐하면…… 다 부서졌으니까요…… 게다가 고칠 수도 없잖아요." 페터가 힘겹게 한 마디씩 내뱉었다. 무릎이 어찌나 후들거리는지 가만히 서 있기도 힘들었다.

제제만 부인은 페터를 사려 깊은 눈빛으로 바라보더니 알프스 삼촌에게 다가갔다. 그리고 혹시 페터가 약간 모자란 아이인지 살짝 물었다.

"오, 아니에요." 알프스 삼촌이 힘주어 말했다. "절대 그렇지 않아요. 그게 아니라 클라라의 휠체어를 날려버린 '바람'이 저 녀석이었나 봅니다. 무서운 벌을 받을까 봐 겁에 질린 거겠죠. 벌을 받아 마땅하니까요."

제제만 부인은 그 말이 도저히 믿기지 않았다. 그도 그럴 것이 페터는 전혀 나쁜 아이로 보이지 않았기 때문이다. 게다가 클라라와 아무 상관도 없는 저 아이가 몸이 불편한 사람의 의자처럼 꼭 필요한 물건을 왜 부숴버리고 싶어했는지도 이해되지 않았다.

사실 노인은 처음부터 페터가 의심스러웠다. 그는 페터가 클라라를 쏘아보던 매서운 눈초리도, 산에서 걸핏하면 화를 내던 태도도 무엇 하나 그냥 지나치지 않았다. 노인은 모든 단서를 짜 맞춘 후, 범인이 페터라는 확신을 가지고 말했다. 그는 이 모든 이야기를 제제만 부인에게 들려주었다. 그러자 그녀가 말했다.

"오, 가여워라. 저 아이는 더 이상 혼이 나서는 안 돼요. 저 아이를 너그럽게 대해야 해요. 페터의 눈으로 이 상황을 보세요. 생각해보세요. 우리가 여기 왔어요. 저 아이는 난생처음 보는 사람들이었죠. 그리고 그 사람들이 몇 주나 하이디를 빼앗아갔어요. 페터는 지금껏 하이디를 자신만의 친구라고 생각했을 거예요. 그런데 혼자 남겨졌으니 자신의 신세가 얼마나 처량했겠어요. 아이는 자신의 감정이 더 소중할 테죠. 그러니 어리석은 복수를 감행하게 된 거예요. 누구든 화가 나면 어리석은 짓을 하기도 한답니다."

제제만 부인은 돌아서서 페터를 불렀다. 그리고 자신은 나무 아래에 앉았다.

"이리 와봐, 페터." 노부인이 상냥한 목소리로 말을 걸었다. "그만 떨고 내 말을 잘 들어봐. 네가 클라라의 휠체어를 산 아래로 밀어서 산산조각을 냈어, 그렇지? 너는 처음부터 그게 잘못된 행동이라는 사실을 알고 있었어. 벌을 받아야 마땅하다고 생각했고. 하지만 아무에게도 들키지 않기를 바라는 마음에 그 사실을 숨기려고만 했고, 그렇지? 나는 그랬을 거라고 생각해. 하지만 네가 잘못을 저질러놓고 아무도 그 사실을 모를 거라고 생각하면 큰 착각이야. 하느님은 모든 것을 보고 들으시거든. 그분은 누군가 자신의 행동을 숨기려고 해도 다 아셔. 그래서 모두의 마음속에 있는 파수꾼을 흔들어 깨우시지. 그 작은 파수꾼은 우리가 착하게 살 때는 쿨쿨 잠만 자. 그러다가 잠에서 깨면 작은 막대기로 우리를 쿡쿡 찌르면서 괴롭히는 거야. 그러면 마음은 단 한 순간도 편히 쉴 수 없어. 파수꾼이 우리를 계속 못살게 굴거든. 그리고 작은 목소리로 성가시게 소곤거릴 거야. '누군가 알아차렸어. 너는 이제 대가를 치르게 될 거야.' 요 며칠 동안 네게 이런 일이 일어나지 않았니?"

페터는 고개를 들지 못할 정도로 창피해 고개만 살짝 끄덕였다. 자신의 감정을 바로 맞혔기 때문이다.

"그런데 상황은 네가 생각한 대로 되지 않았어, 그렇지?" 부인은 계속 말을 이었다. "너는 클라라에게 해코지를 하기는커녕 큰 도움을 주었어. 휠체어가 없으니 클라라는 걸을 수밖에 없었어. 그래서 노력을 기울인 거야. 너도 클라라가 해내는 모습을 봤지? 그것이 바로 하느님이 나쁜 일을 좋은 일로 바꾸

348

는 방법이란다. 잘못을 저지르고 그 대가로 괴로움을 당한 사람은 바로 너 자신이었어. 이제 이해가 되니, 페터? 지금 내가 한 말을 명심해. 다음에 또 해서는 안 되는 일을 하고 싶어지면 막대기를 든 작은 파수꾼을 떠올려. 파수꾼의 성가신 잔소리를 떠올려야 해."

"네, 그럴게요." 페터가 대답했다. 마음이 많이 진정되었지만 이 상황이 어떻게 끝날지 몰라 몹시 불안했다. '경찰'이 여전히 알프스 삼촌과 함께 있었기 때문이다.

"자, 우리, 이 이야기는 여기서 끝내자." 제제만 부인이 말했다. "나는 네가 프랑크푸르트에서 온 손님들을 떠올릴 때마다 기분이 좋아질 선물을 해주고 싶어. 이 할머니에게 말해줄래? 너는 무슨 선물을 가장 받고 싶니?"

그 말에 페터가 고개를 들고 놀란 표정으로 부인을 바라보았다. 아이는 머리가 어질어질했다. 줄곧 자신에게 무시무시한 일이 벌어질 거라며 벌벌 떨고 있었는데 그러기는커녕 선물을 받게 된 것이다!

"말해봐. 나는 진심이니까." 부인이 재촉했다. "우리를 기억할 때마다 기분이 좋아질 물건을 고르면 좋겠구나. 우리가 네게 전혀 나쁜 감정이 없다는 사실을 잘 보여줄 수 있는 걸로 골라봐."

페터는 그제야 이 상황이 이해되기 시작했다. 친절한 노부인은 그와 경찰 사이에서 방패가 되어주었다. 더 이상 겁낼 일이 없었다. 커다란 산처럼 어깨를 짓누르던 짐을 내려놓은 것 같았다. 잘못을 저질렀을 때는 당장 털어놓는 것이 더 좋다는 사실도 깨달았다. 그래서 재빨리 말했다. "아까 그 종이, 잃어버렸어요."

이 말에 제제만 부인은 잠깐 어리둥절했지만 이내 전보를 떠올렸다.

"아, 그건 괜찮아." 그녀는 상냥하게 말했다. "그 사실을 내게 말해주다니 착한 아이로구나. 잘못을 하면 항상 곧장 털어놓아야 해. 그러면 고생을 훨씬 덜 수 있단다. 자, 선물로 뭘 받고 싶니?"

페터는 이 세상에서 뭐든 직접 고를 수 있다는 생각에 가슴이 뛰었다. 그는 1년에 한 번 마이엔펠트에서 열리는 큰 시장이 떠올랐다. 하나 정도 살 수 있다는 희망조차 품을 형편이 되지 않아 그냥 판매대를 구경하기만 할 때 보았던 멋진 물건들이 떠올랐다. 예를 들면 멋지고 빨간 호루라기 같은 것 말이다. 염소들을 불러 모을 때 쓰면 좋을 것 같았다. 개암나무의 잔가지를 쳐내는 시간을 줄여줄 튼튼한 접이식 칼도 있었다. 생각하고 생각했다. 무엇을 골라야 할까? 바로 그때 근사한 생각이 떠올랐다. 그래서 확실하게 말했다.

"1페니히요." 페터가 말했다. 그 돈이 있으면 지금부터 다음 시장이 설 때까지 충분히 고민만 하면 되었다.

제제만 부인은 웃지 않을 수 없었다. "소원이 너무 겸손하구나." 부인은 이렇게 말하며 지갑을 열어 동전을 몇 개 꺼냈다. "이리 와보거라. 이 자리에서 계산을 해보자. 여기에 한 해에 있는 주일의 수만큼의 동전이 있어. 그러니 너는 매주 일요일마다 동전을 하나씩 쓸 수 있단다."

페터가 눈을 휘둥그레 뜨고 말했다. "매주 일요일마다 영원히요?"

노부인이 다시 웃음을 터트렸다. 멀찌감치 있던 두 남자도 무슨 일이 벌어지는지 궁금해 다가왔다.

"그래, 영원히." 그녀가 약속했다. "내 유언장에도 써둘 거야. '염소치기인 페터에게 살아 있는 동안 일주일에 1페니히씩을 주시오'라고." 그러더니 몸을 돌려 자신의 아들에게 말했다. "너 들었지? 너도 유언장에 써둬. 페터가 살아 있는 동안 일주일에 1페니히씩 준다고."

제제만 씨가 알았다는 뜻으로 고개를 끄덕이며 따라 웃었다.

페터는 꿈이 아닌지 확인하고 싶어서 제 손에 든 동전을 보고 또 봤다. 그러더니 제제만 부인에게 감사 인사를 한 후 냉큼 산으로 올라갔다. 하늘을 날아갈 것처럼 기분이 좋아 펄쩍펄쩍 뛰며 올라갔다. 걱정 근심은 모두 사라졌고 평생 일주일에 1페니히씩 주겠다는 약속까지 받게 된 것이다!

통나무집 앞에 모여 앉아 즐거운 식사를 끝낸 후 클라라는 아빠의 손을 잡고 이렇게 말했다. "오, 아빠. 할아버지가 저를 어떻게 도와주셨는지 아빠도 아셔야 해요! 저는 절대 못 잊을 거예요. 어떻게 하면 할아버지에게 받은 즐거움을 반이라도 갚아드릴 수 있을지 늘 생각할래요."

"나도 그 방법을 알고 싶구나." 제제만 씨가 노인을 바라보며 대답했다. 그때 노인은 제제만 부인과 즐겁게 대화를 나누는 중이었다. 그는 손을 내밀어 알프스 삼촌의 크고 거친 손을 따뜻하게 쥐었다. "하이디 할아버님." 그가 말했다. "잠시 몇 마디만 드리겠습니다. 지난 몇 년 동안 저는 진정한 행복이라는 걸 알지 못했습니다. 제 말이 진심이라는 사실을 잘 아시겠죠. 가여운 제 어린 딸이 건강하지 못한데 그 많은 돈과 성공이 다 무슨 소용입니까. 그런데 하느님의 은혜로 할아버님이 우리 부녀에게 살아갈 희망을 주셨습니다. 이 은혜는 무엇으로도 다 갚지 못할 겁니다. 그러니 제가 이 빚을 갚을 수 있는 방법이 있다면 기꺼이 말씀해주세요. 제가 할 수 있는 일이라면 뭐든 하겠습니다. 말씀만 해주세요."

알프스 삼촌은 잠자코 그의 말을 들었다. 제제만 씨의 행복한 얼굴을 보니 절로 미소가 나왔다. 제제만 씨의 말이 다 끝나자 삼촌은 점잖게 대답했다. "건강을 회복한 따님을 보며 제제만 씨가 기뻐하시니 저도 기쁩니다. 그걸로 보답을 다 받았습니다. 방금 해주신 말씀은 정말 고맙습니다만 지금 당장 저는 아무것도 원하지 않습니다. 제가 살아 있는 한 저와 하이디는 부족함 없이 잘 지낼 겁니다. 사실 한 가지 청이 있기는 합니다. 그것을 들어주신다면 여한이 없을 겁니다."

"얼른 말씀해보세요." 제제만 씨가 재촉했다.

"이제 저는 늙은 노인네입니다." 알프스 삼촌이 다시 말했다. "남은 생이 그리 길지는 않겠지요. 그런데 제가 죽으면 저 아이에게 아무것도 남겨줄 게 없습니다. 저 아이에게 눈곱만큼도 관심이 없는 한 사람을 제외하면 하이디는 이 넓은 세상에 의지할 사람이 저밖에 없어요. 하이디가 먹고살기 위해 낯선 곳으로 가 낯선 사람들 사이에서 살지 않아도 된다고 약속해주시겠습니까. 그렇게만 해주시면 제가 제제만 씨와 따님에게 해드린 것에 대한 답례로 넘칠 정도로 충분할 겁니다."

"그건 부탁조차 하실 필요가 없습니다." 제제만 씨가 얼른 대답했다. "하이디는 이미 제 가족입니다. 제 어머니나 클라라에게 물어보세요. 두 사람도 저와 같은 생각일 테니. 우리는 절대 하이디가 낯선 사람들 사이에서 돈을 벌도록 내버려 두지 않을 겁니다. 약속드립니다. 자, 악수로 약속을 하죠. 제가 살아 있는 한 하이디를 책임지겠습니다. 물론 그 후에도요. 하이디가 제 집에서 지낼 때 아이가 이곳을 떠나 얼마나 힘들어하는지 잘 봤습니다. 그렇게 힘든데도 하이디는 우리와 좋은 친구가 되었습니다. 아시다시피 말이죠. 그리고 하이디의 친구들 가운데 한 명이 지금 프랑크푸르트에서의 생활을 정리하려고 합니다. 우리의 친애하는 클라센 선생 말입니다. 그 친구는 조만간 은퇴를 하고 이 근처에 정착할 작정입니다. 작년에 할아버님과 하이디와 이곳에서 지낸 시간이 무척 즐거웠다고 하더군요. 그러니 조만간 하이디의 보호자는 할아버님과 그 친구까지 두 명이 될 겁니다. 할아버님도 의사 선생도 건강하게 오래오래 사시기 바랍니다."

"그렇게 되기를 저도 간절히 바랍니다." 제제만 부인이 알프스 삼촌의 손을 정겹게 흔들며 말했다. 그러더니 한 팔로 하이디를 안고 입을 맞추며 물었다. "자, 너는 어떠니? 들어줬으면 하는 소원이 있니?"

"네, 있어요." 하이디는 고개를 들어 제제만 부인을 보며 얼른 대답했다.

"제가 프랑크푸르트에서 썼던 침대요. 베개 세 개와 따뜻한 조각 이불까지 같이요. 그걸 그래니에게 드리고 싶어요. 지금은 침대의 머리 쪽이 더 낮아서 숨 쉬기가 힘드세요. 그 침대가 있으면 힘들게 주무시지 않아도 돼요. 그 이불이 있으면 추위 때문에 예쁜 숄을 두르고 주무시지 않아도 되고요."

하이디는 숨도 쉬지 않고 열을 올리며 말했다.

"이렇게 착한 아이가 있다니!" 제제만 부인이 말했다. "자신이 행복하면 형편이 힘든 사람은 자연히 눈에 보이지 않게 되기 마련인데. 네 소원을 들어주마. 당장 프랑크푸르트에 전보를 보내서 미스 로텐마이어에게 침대를 포장해 이리로 보내라고 할게. 하루나 이틀이면 도착할 거야. 그래니가 그 침대에서 편히 주무실 거야."

하이디는 기뻐서 폴짝폴짝 뛰며 소리쳤다.

"지금 당장 달려가서 이 소식을 알려드려야 해요. 너무 오래 뵈러 가지 못해서 지금쯤 제게 무슨 일이 일어났는지 궁금하실 거예요."

"하이디." 노인이 하이디를 부드럽게 만류했다. "무슨 생각을 하는 거니? 친구들과 함께 있는데 그렇게 불쑥 가버리면 안 돼." 그러자 이번에는 제제만 부인이 노인을 만류했다.

"하이디의 말이 맞아요." 그녀가 말했다. "요즘 우리 때문에 가여운 그래니가 외로웠을 거예요. 우리 모두 그래니를 만나면 어떨까. 나는 거기서 말을 기다렸다가 되르플리에 전보를 보내러 가면 돼요. 어떠니, 얘야?"

제제만 씨는 좀처럼 자신의 계획을 말할 기회를 얻지 못했다. 그래서 생각해둔 여행 계획을 모두에게 말했다. 그는 이번 기회에 어머니와 함께 스위스를 여행할 생각이었다. 클라라의 몸이 괜찮다면 여행 기간 중 일부라도 함께 지내고 싶었다. 그런데 클라라가 처음부터 함께 여행을 다녀도 될 정도로 건강해 졌다. 그러니 곧 끝날 아름다운 여름을 가족이 함께 보내지 않으면 몹시 아쉬울 것 같았다. 그는 되르플리에서 하룻밤 묵고 이튿날 클라라를 데리고 라가츠로 가 그곳에서 어머니와 함께 셋이서 짧은 휴가를 보내고 싶다고 말했다. 그 이야기를 듣고 클라라는 이렇게 일찍 산을 떠나야 한다는 생각에 여행이 내키지 않았다. 하지만 넓은 세상에 보고 싶은 것들이 잔뜩 생겼기 때문에 금방 마음이 풀어졌다.

하이디의 손을 잡고 염소치기의 집까지 앞장서서 내려가려던 제제만 부인에게 퍼뜩 무슨 생각이 났다. 그래서 몸을 돌려 물었다. "그런데 클라라는 어떻게 하죠?" 알프스 삼촌은 미소를 지으며 전에 자주 하던 대로 클라라를 번쩍 안아 들었다. 그렇게 산을 내려가기 시작했다. 가는 길에 하이디는 제제만 부인에게 그라니 이야기를 들려주었다. 겨울에 추위를 많이 타신다는 이야기며 언제나 배부르게 드실 수 있는 형편은 아니라는 이야기였다. 제제만 부인은 하이디 이야기에 귀를 기울였다.

브리기테는 페터의 셔츠를 밖에 널어 말리려고 나왔다가 산에서 내려오는 사람들을 보았다. 그녀는 사람들을 보자 얼른 집으로 들어가 어머니에게 소식을 전했다. "그 사람들이 전부 산에서 내려오고 있어요." 그녀가 알렸다. "집으로 돌아가나 봐요. 알프스 삼촌이 몸이 불편한 여자아이를 안고 있어요."

"오, 세상에." 그래니가 탄식을 했다. "그 사람들이 하이디를 데려가는 거야? 떠나기 전에 잠시라도 우리 집에 들렀다 가면 좋겠는데. 한 번 더 하이디의 목소리가 듣고 싶구나." 바로 그때 문이 활짝 열리더니 하이디가 깡충거리며 뛰어 들어와 두 팔을 벌려 그래니를 꼭 안았다.

"그래니, 그래니." 아이가 소리쳤다. "제 말을 들어보세요. 제 침대가 곧 프랑크푸르트에서 도착할 거예요. 베개 세 개랑 따뜻한 조각 이불과 함께요. 할머니 말씀이 며칠 후면 이곳에 도착할 거래요." 하이디는 이 소식에 그래니의 얼굴이 환하게 밝아질 줄 알았다. 하지만 오히려 슬픈 미소를 희미하게 지을 뿐이었다.

"무척 친절하신 분이구나. 네가 그분과 간다면 나는 기뻐해야겠지. 그런데 나는 네가 없으면 죽을 것 같아."

"그게 무슨 말씀이시죠?" 제제만 부인이 이렇게 말하며 집으로 들어왔다. 그리고 평소처럼 다정한 음성으로 말했다. "아니에요. 절대 그런 일은 없을 거랍니다. 하이디는 그래니와 함께 여기에서 계속 지낼 거예요. 하이디가 그래니에게 얼마나 큰 위안이 되는지 우리는 다 알아요. 물론 우리도 하이디가 보고 싶겠죠. 그러면 우리가 하이디를 보러 오면 돼요. 우리는 해마다 이 산을 찾을 거랍니다. 클라라가 건강해졌으니 그렇게라도 고마움을 표시하려는 거예요."

그 말에 그래니 얼굴이 마침내 환해졌다. 그녀는 제제만 부인의 손을 꼭 쥐었다. 하지만 너무나 고맙고 행복한 나머지 말이 나오지 않았다. 하이디가 다시 그래니를 포옹했다. "모든 일이 행복하게 끝났네요, 그죠?" 아이가 말했다.

"오, 그렇구나, 애야. 이렇게 좋은 분들이 세상에 있다는 걸 나는 몰랐어. 하느님은 나처럼 가난한 늙은이도 걱정해주시는구나. 덕분에 하느님을 향한 믿음이 되살아났어."

"하느님의 눈에 우리는 모두 가여운 존재들이랍니다." 제제만 부인이 말했다. "우리는 그분의 보살핌이 필요해요. 당장은 작별 인사를 건네야 하지만 우리는 내년에 다시 올 거예요. 그래니를 잊지 않고 또 만나러 올게요." 그녀는 그래니의 손을 따뜻하게 잡았다. 그래니는 몇 번이고 고마움을 표하며 부인과 부인의 가족에게 신의 은총을 기원했다.

그 후 노부인과 제제만 씨는 되르플리 마을로 내려갔고 노인은 두 아이를 데리고 통나무집으로 돌아갔다.

이튿날 아침 마침내 클라라가 떠날 시간이 되었다. 클라라는 자꾸 눈물이 흘렀다. 하지만 하이디가 힘껏 위로해주었다. "여름은 금방 다시 와." 하이디가 말했다. "그러면 너는 또 올 거잖아. 그때는 휠체어 없이 처음부터 걸어올 거야. 그러면 얼마나 즐거울까? 우리 매일 고원에 올라가고 매일 꽃들을 보러

다니자."

그 말에 클라라가 눈물을 닦으며 말했다. "나 대신 페터와 염소들에게 작별 인사를 전해줘. 특히 하양이에게. 내게 맛있는 염소젖을 줬으니까 답례로 선물을 주고 싶어."

"그러면 소금을 조금 보내." 하이디가 웃었다. "하양이가 소금을 얼마나 좋아하는지 알잖아."

"그럴게. 하양이에게 나를 기억해달라고 소금 100파운드를 보낼게."

그 무렵 제제만 씨가 도착해 알프스 삼촌과 잠시 이야기를 나누었다. 이윽고 제제만 씨가 떠날 시간이라고 말했다. 할머니가 타고 왔던 하양 말이 클라라를 태우고 내려가기 위해 문가에 서 있었다. 곧 하이디는 떠나는 친구들에게 손을 흔들며 배웅을 했다. 아이는 비탈이 시작되는 곳까지 뛰어가 그들이 보이지 않을 때까지 계속 지켜보았다.

며칠 후 침대가 도착했다. 침대를 제자리에 놓은 후 그래니는 기쁘게 침대에 누웠다. 밤새 한 번도 깨지 않고 푹 잤다. 제제만 부인은 산속의 겨울이 몹시 춥다는 하이디의 이야기를 잊지 않았다. 그래서 침대와 함께 따뜻한 겨울옷도 잔뜩 보내주었다.

그런데 기쁜 일은 거기서 끝이 아니었다. 제제만 가족이 떠나고 얼마 후 이번에는 의사가 찾아왔다. 그는 전에 묵었던 되르플리의 여관에 여장을 풀었다. 의사는 그 후 알프스 삼촌의 조언을 받아 버려진 낡은 집을 샀다. 그리고 허물어진 집을 말끔하게 수리해 반은 자신이 쓰고 나머지 반은 겨울 동안 하이디와 할아버지가 살게 했다. 의사는 집 뒤에 하양이와 밤송이에게 줄 우리도 지었다.

한 해 전 시작된 알프스 삼촌과 의사의 우정은 점점 단단해졌다. 두 사람은 집수리가 얼른 끝나 함께 살 수 있는 날을 손꼽아 기다렸다. 의사는 하이디와 가까이 살 수 있다는 생각에 몹시 기뻤다.

어느 날 두 사람은 한창 집을 수리하는 인부들을 지켜보고 있었다. 의사가 알프스 삼촌의 팔에 한 손을 내려놓으며 말했다. "삼촌도 나도 하이디를 사랑하는 마음은 똑같을 거라 믿습니다. 그래도 그 아이가 내게 어떤 의미인지 알려드리고 싶어요. 하이디는 내게 친딸과 다름이 없습니다. 그러니 삼촌과 함께 아이의 행복뿐 아니라 걱정까지 나눌 수 있으면 좋겠어요. 노년을 그 아이와 함께 보낼 수 있다는 사실만으로도 가슴이 따뜻해져요. 마치 하이디가 친딸인 것처럼 말이죠. 그래서 내가 죽으면 가진 것을 전부 하이디에게 남기려고 합니다. 그러면 우리가 더 이상 이 세상에 없어도 하이디는 걱정 없이 살 수 있을 거예요."

알프스 삼촌은 말없이 의사의 손을 꼭 잡았다. 두 사람은 서로의 마음을 깊이 이해하는 눈빛을 주고받았다.

그 무렵 하이디와 페터는 그래니와 함께 있었다. 하이디는 그동안 있었던 일을 전부 들려주는 중이었다. 아이는 별별 일이 다 있었던 무더운 여름에 대해 시시콜콜한 것까지 다 기억해 이야기를 들려주었다. 하이디의 열띤 목소리가 집 안을 가득 메워가자 페터 가족은 점점 더 이야기에 푹 빠져들었다. 브리기테는 페터가 매주 받게 된 1페니히에 대해 처음으로 듣고는 얼굴 가득 환한 미소를 지었다.

마침내 그래니는 하이디에게 찬송가를 읽어달라고 했다. 그래니는 이렇게 말했다. "우리에게 복을 주신 하느님에게 앞으로 죽을 때까지 매 순간 감사를 드려도 충분하지 않을 거야."

HEIDI

- **이름** 요한나 루이제 슈피리Johanna Louise Spyri

- **출생일** 1827년 6월 12일

- **사망일** 1901년 7월 7일

- **국적** 스위스(『하이디』는 원래 독일어로 쓰였다)

- **거주지** 주로 스위스의 취리히

요한나 슈피리는 어떤 사람이었을까?

요한나는 세계에서 가장 유명한 아동작가들 가운데 한 명이지만, 그녀의 생애는 거의 알려지지 않았다. 한번은 자서전을 써달라는 청탁이 들어왔지만, 요한나는 이렇게 대답했다. "겉으로 보기에 내가 평생 걸어온 길은 몹시 단순합니다. 그래서 글로 쓸 만한 특별한 이야기가 없지요. 반면 나의 내면의 삶은 온갖 폭풍우로 가득합니다. 하지만 어느 누가 그것을 글로 옮길 수 있을까요?"

요한나 슈피리는 어디에서 자랐을까?

아름다운 풍경을 자랑하는 스위스 산악 지대에 있는 작은 마을인 히르첼이 그녀의 고향이다. 요한나는 꽤 풍족한 가정에서 자랐다. 그녀의 다섯 형제자매는 유복한 삶을 살았다. 집에는 책이 많았고 늘 음악이 흘렀다. 친구들과 친척들도 자주 요한나의 집을 찾아왔다. 요한나는 스물다섯 살에 결혼할 때까지 집을 거의 떠나지 않았다. 십대에 학교에 다니느라 잠시 집을 떠난 적은 있다.

요한나는 책을 많이 읽었지만, 젊었을 때 글을 많이 쓰지는 않았다. 그녀의 첫 번째 책은 마흔 살이 넘어서야 비로소 출판되었다.

요한나 슈피리는 글을 쓰는 것 외에 어떤 일을 했을까?

요한나는 많은 돈을 자선단체에 기부하고 자선 활동도 많이 했다. 여행과 음악을 사랑하고 책과 예술, 음악, 정치에 대해 다른 사람들과 토론을 즐겼다.

요한나는 행복해지기 위해 노력했다. 어른이 된 후로 주로 취리히에서 살았지만 하이디처럼 때로는 도시 생활이 힘들게 느껴지기도 했다. 도시 생활의 어려움이야말로 그녀가 말한 '폭풍우' 중 하나였다. 신앙을 잃었다가 다시 얻은 경험도 그 폭풍우 중 하나일 것이다.

요한나 슈피리는 어디에서 『하이디』에 대한 아이디어를 얻었을까?

되르플리는 요한나의 고향을 바탕으로 만들어낸 곳이 아니다. 가족과 휴가를 자주 보냈던 스위스의 다른 지방이 그 배경이다. 마이엔펠트와 라가츠, 프래티가우, 돔레슈크는 모두 실제로 존재하는 곳이다. 하지만 프랑크푸르트에서 하이디가 앓았던 향수병은 고향을 떠나 살았던 요한나 자신의 경험에서 나온 것으로 보인다.

『하이디』가 처음 출간되었을 때 사람들의 반응은 어땠을까?

『하이디』는 처음에는 두 부분으로 나뉘어, 1부는 1880년에, 2부는 1881년에 출간되었다. 그때 요한나는 쉰이 넘은 나이였고 주로 성인을 대상으로 한 전작들이 꽤 성공을 거두기도 했다. 『하이디』에 대한 사람들의 반응은 전혀 예상 밖이었다. 『하이디』는 출간된 지 5년 만에 영어로 번역되었으며 곧 전 세계에서 인기를 얻게 되었다.

요한나 슈피리는 또 어떤 책을 썼을까?

요한나는 스물다섯 권이 넘는 책을 썼지만 오늘날까지 읽히는 작품은 『하이디』뿐이다. 하이디의 속편인 『하이디 어른이 되다』와 『하이디의 아이들』은 그녀의 작품이 아니다. 속편은 하이디를 영어로 번역한 번역가인 찰스 트리튼이 썼다.

등장인물

◆ **하이디(세례명은 아델하이트)**

이야기가 시작될 때 하이디는 다섯 살 정도다. 끝날 즈음에는 열 살이나 열한 살이 되어 있다. 하이디는 자유로운 기질에 총명하고 용감하다. 고통을 받고 있거나 곤경에 빠진 사람을 보면 마음 아파한다.

◆ **토비야스와 아델하이트**

하이디의 돌아가신 부모.

◆ **데테**

하이디의 이모. 스물여섯 살이다. 하이디는 부모님이 돌아가신 후 이모인 데테와 외할머니의 손에 맡겨졌다. 엄밀히 말해 데테는 나쁜 사람은 아니지만 이기적인 면이 있다. 게다가 다른 사람의 감정을 신경 쓰지 않으며 곤란한 상황을 빠져나가기 위해 거짓말도 서슴지 않는다.

◆ **알프스 삼촌(할아버지)**

겉으로는 무뚝뚝하지만 마음은 따뜻한 하이디의 할아버지. 젊은 시절 알프스 삼촌은 노름을 일삼고 술을 마시며 재산을 탕진했다. 늙어서는 아들인 토비야스가 죽었다. 마을 사람들은 알프스 삼촌이 젊은 시절 방탕하게 산 벌을 받은 것이라고 쑥덕거렸다. 그래서 마을 사람들에게 화가 난 알프스 삼촌은 산속에서 홀로 살게 되었다.

◆ **페터**

동네 염소치기. 열한 살이다. 페터는 마음씨가 착하지만 그다지 영리하지는 않다. 하이디가 다른 사람들과 맺은 우정을 시기하기도 하고 이기적인 모습을 보이기도 한다.

◆ **브리기테**

페터의 엄마.

◆ **그래니**

페터의 할머니. 앞이 보이지 않으며 신앙심이 깊다. 이야기의 시작 부분에서 그래니는 추위와 외로움으로 몹시 고생을 한다. 게다가 고달픈 삶 때문에 신앙심을 잃을까 걱정한다.

◆ **클라라 제제만**

하이디의 친구. 열두 살이다. 부유한 가정에서 태어났으며 프랑크푸르트에서 산다. 데테는 하이디를 납치하다시피 데려가 몸이 불편한 클라라의 말동무가 되게 한다. 그럼에도 불구하고 두 아이는 둘도 없는 친구가 된다.

◆ **제제만 씨**

클라라의 아버지. 딸을 몹시 사랑하지만 출장이 잦아 집을 자주 비운다.

◆ **제제만 부인(할머니)**

언제나 든든하고 마음씨 고운 노부인. 제제만 씨의 어머니이며 클라라의 할머니다. 클라라를 따라 하이디도 '할머니'라고 부른다.

◆ **미스 로텐마이어**

제제만 씨 집의 가정부. 냉담하고 어리석으며 가끔은 잔인한 모습을 보인다. 하이디는 대도시 부유한 가정에서의 생활 방식을 잘 몰라서 미스 로텐마이어가 보기에 자꾸 문제를 일으킨다.

◆ **어셔 씨**

클라라의 가정교사.

◆ **세바스티안과 요한**

제제만 씨 집의 하인들. 세바스티안은 미스 로텐마이어와 앙숙이다.
종종 하이디와 클라라가 꾸민 계획을 도와준다.

◆ **티네테**

제제만 씨 집의 콧대 높은 하녀. 하이디를 시골에서 온 촌뜨기라고
깔본다.

◆ **클라센 선생님(의사 선생님)**

제제만 씨의 친구. 나중에는 하이디와 하이디 할아버지와도 친구가
된다. 외동딸의 죽음으로 슬픔을 가누지 못한다.

◆ **바르벨**

데테의 친구.

◆ **우르술라**

되르플리에 사는 노부인. 데테가 일을 나간 동안 하이디를 봐주었다.